王文杰——著

生死
追狍
守卫

辽宁人民出版社

图书在版编目（CIP）数据

生死守卫．追狍 / 王文杰著．-- 沈阳：辽宁人民
出版社，2025．5．-- ISBN 978-7-205-11485-5

Ⅰ．I247.5

中国国家版本馆 CIP 数据核字第 202564CV70 号

出版发行：辽宁人民出版社
　　　　　　地址：沈阳市和平区十一纬路 25 号　邮编：110003
　　　　　　电话：024-23284191（发行部）　024-23284304（办公室）
　　　　　　http://www.lnpph.com.cn
印　　　刷：河北朗祥印刷有限公司
幅面尺寸：165mm×235mm
印　　张：17
字　　数：252 千字
出版时间：2025 年 5 月第 1 版
印刷时间：2025 年 5 月第 1 次印刷
责任编辑：赵维宁
封面设计：乐　翁
版式设计：一诺设计
责任校对：吴艳杰
书　　号：ISBN 978-7-205-11485-5

定　　价：58.00 元

CONTENTS
目录

第一章　万分狼狈，直面现实

"狗鼻子，下次再见喽！"蔺永清那极为嚣张的声音，随着车子渐行渐远而彻底消失。

"野驴子，我总有一天要亲手逮到你！"秦卫山从地上爬起，赶忙去捡回了自己的配枪。

王守林看着这一幕，微微摇摇头。他缓缓走到秦卫山面前，用那粗糙的大手抚摸着秦卫山的脑袋，嘴上则低声安慰道："卫山，时刻记住师父今夜跟你说的话，你还年轻，以后不能如此冒险了。"

秦卫山望着蔺永清离去的方向，万分愧疚地开口道："师父，对不起，全让我搞砸了。"

秦卫山的内心深处，总认为蔺永清能成功逃离，他有着不可推卸的责任。如果蔺永清夺枪时他能及时出手制止，那么此刻应该能押送花狍盗猎队三人回分局，而不是如此狼狈。

王守林有些心疼地说道："卫山，这次行动成果尚可，你还发现了水井内的尸体。"

秦卫山仿佛被雷击中那般，那具蜷缩在井内女尸的身影，重新映入脑海里。他呆呆地看向房屋水井的方向，泪水在这一刻奔涌而出，嘴上却呜咽着说道："对不起，我没能抓住那些狼子！"

雨水更加汹涌了，狂风与雷鸣仿佛要毁灭世界，不停翻滚和奔涌，就连圆月也被乌云所吞噬。雨水打到秦卫山的脸上，将他脸上的血迹彻底清洗干净，也洗掉了衣襟上沾染的泥土。

王守林见状轻轻摇头，又重新看向了越野车离开的方向，神情很复杂。

第二日，秦卫山从医护室的床上苏醒，他缓缓睁开双眼，猛然间坐起，开始大口喘着粗气。他刚刚做了一个噩梦，噩梦中看到那位朴素的妇人正在忙碌，可下一秒蔺永清等人冲进来，对其进行侮辱和杀害。而他站在一旁，除怒吼之外，什么事都干不了。当蔺永清等人结束杀戮，缓缓走到他面前，蔺永清双目之中写满不屑跟轻蔑。

秦卫山则恶狠狠地质问他，为什么要这么做，那只是一个无辜的妇人。

蔺永清没有多说什么，只是不断冷笑，然后朝秦卫山的脑袋开了一枪。

随后，秦卫山彻底从梦中惊醒。坐在病床上的他缓缓将目光移开，看向窗外的那些景物。此刻阳光正好，暖风轻轻从窗外吹拂到他的脸上，一切好似还是那般充满希望跟生机。

秦卫山撑着身体从床上下来，穿好鞋子之后，亦看到镜子里的自己。他的脸上多处贴着创可贴，脑门也被缠上止血绷带，包括身体各处几乎都裹着白色绷带，看起来就像一个现代的活木乃伊。

秦卫山一脸苦笑打量着镜子里的自己，然后深吸一大口气，如今的状态可谓狼狈万分。

"花狍盗猎队！"秦卫山望着镜子里的自己，嘴上则发狠道，"迟早要把你们都给抓光！"

"卫山，你这么快就醒了？"就在此时，一个内穿警官常服，外套白色衬衫的中年男子缓缓走进了医护室。他的长相很是平凡，但平凡之中却透露着一丝优雅和淡定，让人一看便觉如沐春风。他轻轻用右手中指推了推鼻梁上的眼镜笑道："你师父和你小师妹在办公室等你，他们跟我说你醒了直接过去。"

"好，感谢您告知，我等会儿就去。"秦卫山先是一愣，随后轻轻点头道谢。

"不用客气，我就是帮忙传个话。"中年警官则笑着摆了摆手，随意回答道。

"我身上的绷带啥时能拆掉？"秦卫山犹豫片刻问道，实在太影响行动了。

"你身体有多处划伤，最好短时间内先别拆。"中年警官极为严肃地给出答复。

秦卫山右眼皮跳了跳，但还是点头道："好，那我先去找师父跟小念了。"

"嗯，先去忙吧，若身体不舒服随时来找我。"中年警官再次叮嘱道。

秦卫山点了点头，迅速奔向大队长办公室。他完全没注意到，那位中年警官一直认真看着他的背影若有所思。

"还真没看出来，这小子跟大队长年轻时真像呀。"中年警官低声喃喃自语道。

秦卫山来到大队长办公室门前，时间已经到了上午九点半。一路上，他遇见了不少同龄的年轻警官，所有警官都跟他点头示意。秦卫山轻轻抬手敲击面前的门，门内王守林沉稳的声音缓缓传出："请进。"

秦卫山调整好情绪之后，才缓缓用手推开面前的门，可所见的场景完全出乎意料。

只见大队长的办公室内，十多名身着常服警装跟便装的警官正严肃站立并扭头看向他。这些警官的年龄普遍比较大，也有几个年轻的警员。这些警官的身旁还站着缠着绷带的林念。

王守林坐在办公椅上，拿起桌上的凉茶一饮而尽，而后发问道："卫山，醒了呀？"

"才醒不久。"秦卫山答复道，随后进入办公室内，转身顺势把后头的门给带上。

办公室内的警官将目光从秦卫山身上移开，重新又看向了王守林那边，一切都迅速恢复到之前的状态。秦卫山没有贸然插话，慢慢走到林念的身旁。

林念为不打扰会议秩序，压低声音发问道："秦哥，你感觉咋样？"

"我没啥大问题，过几天就好了。"秦卫山的心中感到一阵温暖，他看向林念答复道。

"小念，目前这啥情况，咋来了这么多警察？"秦卫山扫过在场的警员追问道。

"召开最新的案情分析大会，主要商量怎么抓捕花狍盗猎队。"林念继续小声回答道。

"原来如此，那咋不去会议室开分析会？"秦卫山对此很是疑惑，颇为不解地问道。

"这我也不知道，可能是为了方便吧。"林念随口答复，显然她也不太清楚真正原因。

当秦卫山打算问林念下一个问题时，一个头发略微发白，看起来年龄很大的警官发问道："王队，虽然您已经解释过，但我还是想了解更多细节，方便再详细讲讲吗？"

王守林还没开口回答，这位警官右手边的一名年轻人苦笑着摇了摇头，抬起手轻轻拍了拍白发警官的肩膀，用很温和的话语说道："师父，刚王队已经详细说过两次了，您咋又给整忘了？"

白发警官的嘴唇动了动，仿佛想继续说点什么东西，但良久之后还是选择了沉默。

"王队，您详细说一下水井女尸吧。"年轻警官给自己的师父解围，赶紧转移话题。

王守林看向二人点了点头，然后把话锋一转："卫山是发现者，让他来讲吧。"

秦卫山说完之后，重新提问："师父，咱们从草原发现的尸体，身份确定了？"

"卫山，昨天就已经确定了，此人名叫林守义，经查是一名普通的牧民。他的妻子叫王秀娟，也是一名普通的群众。"王守林说着又叹一口气。

秦卫山一边听着，一边暗中握紧双拳，没有继续发问和插话，因为已经知道了结果。

王守林又布置了一些任务给相关参会成员，这场简短的内部案情分析会便正式结束。正式案情分析大会定到了今晚 8 点钟召开。

秦卫山和林念都不知道，王守林根本就没休息过，回来之后就开始抽丝剥茧地分析案情。

王守林已经找上级申请蔺永清一行人的通缉令，等到批复之后就能下发覆盖全市。花狍盗猎队这三个人不可能离开本市，除非对方敢偷渡出边境。当然，为了彻底扼杀这种可能性，警方已经提前跟边境相关单位进行沟通，一经发现通缉令上的人员就立刻逮捕。负责前往林守义房屋的警员已经出发，还得派一批小队前往陈磊的房屋进行尸骨挖掘工作。

王守林想着又长叹一口气，其实他的内心很矛盾，一方面认为自己应该亲自带队去往陈磊的房屋四周进行尸骨挖掘。可另一方面，他又不想看到陈磊那冰冷的尸体，怕会接受不了残酷的真相。

不过，最后这个任务还是落到了王守林的头上。当年林森的尸骨挖掘工作他没参加，是因为他心中有愧疚和自责，太过痛苦而选择躲避现实。可如今的王守林很清楚，这种局面他迟早要去面对，逃避不是解决之法。

"走吧，跟我出发去陈磊家。"王守林强行撑着运转到极限的身体下令道。

"师父，您不休息一下？"秦卫山看着王守林血红的眼睛道，"这次让我和小念去吧。"

"我们一起去吧。"王守林笑着说道，"我主要还想考考你，你也适当准备一下。"

"好。"秦卫山见王守林态度如此决绝，也不敢忤逆师父的命令。

当王守林从办公椅上站起，秦卫山和林念看到王守林上身穿着常服警装，下身穿着一条宽松的运动裤。可这种搭配很不伦不类，王守林身为一个对自己要求极严的人，绝不可能犯这种错误。秦卫山刚要发问为何会这么穿，突然瞧见王守林的裤子上染着鲜红的血液。

第二章 案件拼图，剖析疑犯

"师父，您咋了？"秦卫山见状立刻跑了过去，将王守林给搀扶到办公椅上坐下，蹲下身认真把其裤脚给掀开。只见王守林原本那健壮的大腿上，正包裹着数条白色绷带，只不过这白色绷带已被鲜血染红。血腥味刺激着秦卫山的大脑，他抬起头发问道："您咋不去医护室处理伤口？"

王守林没有回答秦卫山的问题，只是微微苦笑摇头，并没有如实相告他为何不去医护室。

"王叔，您去医护室一趟吧，毕竟身体要紧！"林念也蹲到王守林身边，开口劝说道。

王守林经过这番教育后，他怔怔看着面前二人脸上的表情，许久之后也长叹出一口气。

"好，我还是拗不过你们俩。"王守林说着又轻咳一声，然后勉强咧嘴一笑道，"你们先去换便装吧，我等会儿上医护室处理一下伤口，然后再动身去陈磊的住所，希望花蕊会留下些线索。"

"好！"林念和秦卫山异口同声答复，随后二人起身敬礼后离开，自然是赶着去换便装。

王守林目送二人离去，从口袋里拿出一包烟，这烟是当年林森留下的，直到现在也只不过吸了几根。不过，此时的王守林只是静静摩擦着香烟外包装的软皮，就这么过了许久，又笑着自言自语道："老林，你看见了吗？你闺女真是长大了，她身边的那个小伙子我觉得不错，不知你觉得如何？"

王守林把烟又装回原处，然后缓缓站起身子，缓慢地朝着医护室那边走过去。

而秦卫山和林念二人换完便装，相约到大厅内的一个角落，开始分析案情。

秦卫山看向灯光下的林念，开口说道："小念，把目前所掌握的线索全拿出来分析，我们各说各的，最后进行相关补充，最终将所有案情和线索如拼图那样逐渐拼凑完整。"

秦卫山说着，从一旁拿出笔和十张左右的 A4 白纸，一边说一边下笔写："我们最初跟花狍盗猎队接触，是源于张兴铭的失踪事件，张兴铭并非意外失踪，而是因目睹了花狍盗猎队犯罪后遭到绑架，花狍盗猎队对其起了杀心。那一次，花狍盗猎队涉案成员有三人，分别是野驴、胖子和舌头。"

"这次行动逮住了胖子于宗源，而野驴和舌头则逃出生天。"秦卫山将白纸上"胖子"两字打上一个大叉，随后用笔从大叉上画出一个拐点，拐点直至一旁的空闲处，空闲处写上"医护"二字。

"随后又牵扯到护林员陈磊，师父让你留在警队休息，但你悄悄跟了上来……"秦卫山又换了一张全新的白纸，眼看他就要在上面落笔写时，林念则轻声打断了他，将其手中的白纸和笔接过来，嘴上却开口道："秦哥，你负责说，我来同步写。"

"行，那就我说你写。"秦卫山点点头，又接着往下说道，"经线索指引，在林守义家的庭院偶遇尚未撤离的花狍盗猎队成员野驴子，野驴子故意装成普通牧民'王大海'，也就是林守义的假身份，跟我们玩猫捉老鼠。"

林念听罢轻轻点头，将王大海的虚假身份也给同步写下，并且还特意画成了相应图表。

"我们后边才知晓花蕊，对方是一位年龄 30 岁左右的女性，行事特别心狠手辣，看起来应该是野驴跟舌头的领导，在花狍盗猎队内部有着较高地位。"秦卫山又继续补充道，"目前的情况是花蕊中弹去向不明，舌头同样也中弹了，并且两手拇指全都断裂，小拇指断裂状态不明，野驴暂无任何受伤情况。"

林念写下"花蕊"二字，换了一张新纸，详细记下对方是否中弹，和身体的预估状态。

"花蕊的性格心狠手辣，团队地位比较高。舌头和野驴应该是同等地位，不过我个人认为舌头的地位，应该比野驴高些，胖子则是地位最低的那个。"秦卫山说完之后，又展开一番推敲，"我们不妨大胆猜测下，这个团伙内只有五个成员，分别是首脑花姐，其次则是花蕊、舌头、野驴，还有已经落网的胖子。当然，我目前只是初步假设，这个团伙内到底还有几个人我不清楚。而且师父曾经说过，花狍当年还有一个死掉的二哥。"

"如此一来，结合目前所掌握的情况，花狍盗猎队共有六人浮出水面。其中，首脑花姐最为神秘，不会轻易出手。其次是花蕊、舌头、野驴、胖子。这应该就是花狍盗猎队内部核心成员构成。"秦卫山认真地加以分析，他徐徐转头看向林念，结果发现对方彻底听呆。

林念咽下一口口水，比了个大拇指赞扬道："秦哥，你这脑子很灵光，有当神探的潜质！"

秦卫山先是一愣，片刻后就摇摇头，谦虚地说道："与师父比起来，还差十万八千里。"

秦卫山清了清嗓子，指向林念白纸上写着的"舌头"："这是一个不足以为惧的笨蛋，其智商应排花狍盗猎队最低，当然我只是合理推断，没掌握实质性证据。"

林念又取出一张新白纸，然后写下"舌头"二字，将秦卫山对其性格分析的话也写了上去，然后发问道："秦哥，你是通过短暂接触后判断出舌头这人没啥脑子的吧？尤其是你被劫持上车时？"

"对，舌头只会用武力，根本不擅长用脑子。"秦卫山使劲点头答道。

"秦哥，我其实也有这种感觉，他好像特别喜欢骂人，很爱说脏话。"林念笑着附和道。

"不过，野驴这家伙绝对是一个危险人物，他危险的程度不比花蕊低。"秦卫山一脸严肃分析道，"无论是第一次我们跟他相遇，他果断抛弃同伴逃跑，还是昨日的交锋，都能证明这人不简单！"

林念听着也点头认可，野驴子这家伙不光有脑子，还有匪气。

"关于花蕊，我们了解不多，只是她看起来很有江湖派头，也就是那种女老大风范，我感觉这个人应该是管内部分赃的人。"秦卫山皱着眉头，又往下补充道，"而且她称呼花姐为花妈，所以她在花狍内部的地位一定很高。"

林念一边认真记录，同时也浮现出昨日花蕊的模样，那确实是一个心狠手辣的女人。

林念将花狍盗猎队这几人性格记录完毕后，还特意写下"疑犯分析表"这几个大字。

秦卫山笑着伸出右手，然后冲林念说道："小念，我已经都讲完了，现在换成你来。"

林念则笑着清了清嗓子，表情很严肃地说道："目前只抓了花狍盗猎队里的胖子，他没有被你套话之前，其实一直期待会有人来营救。这是他当时死活不开口的底气，也是唯一的希望。"

"对，没有经历过绝望的人，心中则会一直充满希望。"秦卫山点了点头，接着补充道。

"据现下所掌握的情况来看，于宗源确实是有一个老母亲，可局里还没找到他母亲的具体下落。不过最后肯定能找出来，只需多花些时间。"林念讲完先是为之一顿，而后又继续说道，"等于宗源说出关于花狍盗猎队的信息，那时自然会加快破案速度，只不过没找到其母之前，就拿不到啥有用信息了。"

秦卫山却不这么认为，他换了个角度分析道："想破案其实还有别的路子能走，比如花蕊和舌头都受伤了，二人都中了弹和大量失血，如果没有专业人士去处理，那后果会很严重。"

"秦哥，你这言外之意是说咱们能从医院方面去入手？"林念的双眸顿时一亮追问道。

"并非如此，花狍盗猎队本身具有极强的反侦查意识，花姐更是深不可测，她不可能让花蕊和舌头去医院接受治疗。唯一的可能要么是花姐彻底舍弃二人，要么是花狍盗猎队内也存在懂医术之人。"

"不过，西医只有上过本科或专科医科院校的人才有机会学。我们可以先扩大范围然后逐一缩小范围，查一查近十几年是否有医科院校的人士，来到咱们延吉市而后没有从事这一行。"秦卫山又扭头看向林念，轻声补充道，"虽然这难度很大，但最起码比大海捞针强，只能说算一个调查方向。"

林念点了点头附和道："这个法子行，虽然工作量有点大，但只要有心查，总能查出来！"

秦卫山则无奈一笑，摇了摇头道："这只是一个调查方向，但我个人感觉花姐应该不会放弃花蕊和舌头二人，毕竟胖子已经落咱们手里了，如果花姐真这么做，花狍盗猎队内部会立刻散掉。"

话音刚落，王守林的声音就突然传了出来："你俩勤快，这么快又研究上案情了？"

秦卫山和林念齐齐扭过头去，瞧见身穿便装的王守林，异口同声发问道："伤势如何？"

第三章　特殊问答，送别老友

"别担心，都是小问题。"王守林又笑着补充了一句，"伤口已经处理好了，出发干活吧。"

"问题不大就好。"林念和秦卫山同时松了一大口气，内心的大石成功放下。

王守林则又轻咳一声，望向两位小徒弟，故作神秘地发问道："你们俩刚才聊了啥？"

林念知道自己三言两语解释不清，就直接把手里的东西一股脑递给王守林。

王守林接过之后开始一张一张翻看，脸上的表情极其认真，根本不愿意错过任何一个细节，全部看完才笑着点点头，主动开口赞扬道："不错，逐一剖析疑犯很到位，等晚上案情分析大会时，你们可以有发言机会。"

"谢谢师父。"秦卫山自然很清楚王守林的真正用意，他是想把自己和林念推到台面上。

"你们都准备好了？"王守林把东西还给林念道，"稍微收拾一下，我们该出发了。"

"准备好了！"林念和秦卫山异口同声道。随后三人稍微收拾了一下，直接去往停车场。

而李许国带领一些身穿便装的警官已经在停车场等候。

"师父，李政委也会跟咱一起去吗？"秦卫山一时间有些小疑惑，低声开口发问道。

"陈磊跟李政委也算是特殊老友。"王守林没有过多加以解释，只是轻轻叹了一口气。

至于陈磊为何能跟李政委成为特殊老友，其中的原因王守林也不太清楚。虽然他知道林森曾带着李许国去和陈磊见过一面，但这过程中具体发生了啥事儿，他没有第一时间去找林森了解相关内情。

王守林一行三人和李许国一车，后边还跟着一台车，两台车相继朝陈磊家的方向前进。

汽车的速度自然比马快，虽然一些崎岖的道路汽车不如马匹方便，但重在不开车的人是处于放松状态，而王守林那台车的驾驶员是政委李许国。李许国打开空调后，就静静驾驶车辆前行，车内的氛围有些压抑。

王守林本来想适当小憩一会儿，但感受到压抑氛围后，率先打开话匣子道："卫山，小念，你们把刚刚的案情分析报告重新拿给我看一下。"

秦卫山自然能明白王守林是几个意思，迅速将怀中揣着的几张 A4 纸拿出来递了过去。

王守林继续用手翻动纸张，直接将最后一张纸放到最上面，他好似对着空气般自言自语道："查探近十年内，是否有医学专业的人来到过咱们市里，但最后却没有从事医学相关工作。"

"王队，你又有啥新线索？"李许国果然被成功吸引，他轻咳一声，极为好奇地追问道。

虽然李许国的职位是政委，花狍盗猎队之案也不属他负责，但毕竟这案子跟林森案有关联，李许国私底下也了解过不少内容。他能来到森侦大队担任政委，跟林森有着很大的关系。

"新线索就是暂时还没线索。"王守林先是咧嘴淡淡一笑，就如同恶作剧般回答道。

"没有线索？"李许国差点将车踩停，他不解追问道，"王队，这意思是线索又断了吗？"

王守林瞧着李许国那严肃且认真的表情，无奈叹了一口气，没有直接开口回答李许国。

因为正如李许国猜测的一样，线索确实中断了，而且是再次中断，导致暂时毫无进展。

虽然秦卫山提出了那个新的调查方向，可实在太讲求时效性，更何况落地操作难度很大。

姑且不说一个城市的人口流动性有多大，要调查出来会耗费多少人力跟物力，就算真能从这一点找到突破口，说不定也要花费好几周，甚至好几个月。等真到那时候，黄花菜都凉了。

王守林略微思考后缓缓说道："老李，其实还是有些线索。我打个简单的比方吧，你需要一把破题的钥匙，可钥匙你找遍了各个地方都没发现，可实际情况是想找的那把钥匙被藏到了沙发缝内，而那张沙发你能轻而易举寻到。"

李许国沉思片刻，最后恍然大悟道："我整明白了，那目前所寻觅到的沙发都有什么？"

王守林不打算对李许国有所隐瞒，他组织了一下语言答道："目前我们所掌握的'沙发'有代号为胖子的于宗源，他的关键突破口是其母亲。但目前还在搜索目标人物，初步锁定了年龄，暂时没有别的突破性进展，其余方面就只有花蕊等人的画像。"

"这么一听，好像案子又进了死胡同里。"李许国一边开着车，一边眉头紧皱道，"王队，这段时间真是辛苦你了。"随后，李许国又想到了别的事儿，他看向后视镜内正襟危坐的秦卫山和林念，和蔼一笑道："也辛苦你们二位了。"

秦卫山跟林念听后，二人赶忙一脸认真之色说道："不辛苦，这是我们应尽的责任。"

话音落下，车厢内又重新陷入尴尬状态，但这次主动打破尴尬的人变成了李许国。

"我看到小念和卫山就情不自禁想起自己年轻的时候，知道为啥这次我要求参与陈磊尸骨的挖掘行动吗？其实这里头有一个不为人知的内情，当然目前还处于保密状态。"李许国缓缓开口说道，双目之内闪过一丝忧伤。

秦卫山此时也深吸一口气，他总感觉又能听到一个深刻的故事，而且与陈磊有关。

"政委，您方便详细讲讲内情吗？"秦卫山率先发问，因为他实在很想知道答案。

"陈磊，也算是我的老朋友吧，虽然我们只见过一次面。"李许国说道，"当年正式调动工作之前，我其实不是特别自信。准确来讲，我对于是否能够胜任咱们森侦大队的工作很没信心。不管当时森哥怎么开导我，可我还是不确定应不应该到分局任职。"李许国讲完又顿了顿，往下补充，"后来森哥说要带我去见一个特殊的老友。"

记忆仿佛重新回到当年，李许国的脸上挂上一抹笑容，眼眶也有点泛红道："那个时候的森哥，看着是那么年轻跟爽朗，而且还很乐于助人，又喜欢提携晚辈，当然我算是他的平辈哈。"

"我之前在警号授予仪式上说过，我曾经遇到了一位老公安同志。"李许国将话题从林森的身上扯回来，"那位同志也是一名铁汉子，从警多年一直兢兢业业，从辅警提到正式警察，他一直都很认真坚守岗位，这也是我报考公安的原因。而后来遇到林森，其实也算一桩趣事。"

李许国又侧头看向王守林问道："老王，你应该还没忘，林森被提政委后去京都出过差吧？"

"对，去京都这事儿我有印象。"王守林轻轻点头答道。

"那个时候，我恰好休假，回了一趟京都科技大学，也就是我的母校，在大学门口我遇见了林森。那个时候他正在吃烤冷面，给妻子打着电话。当时也比较赶巧，我同样也买了一份烤冷面，跟林森站在一起开吃。森哥是土生土长的东北汉子，社交能力比较强，渐渐就聊了起来。"李许国神情有些伤感，嘴上却感慨道，"后来我和森哥彼此留了联系方式，以为永远都不会相遇了。"

"可谁承想命运如此弄人，因为一次任务汇报工作时，我不小心打错电话，巧合的是，我将电话误打给了森哥。"李许国说着自己先忍不住咧嘴一笑，然后温和地说道，"森哥听到了我工作之中的窘迫，还花时间来特意安慰我。"

"不过，正是从那时起，我开始产生了兴趣，试图去了解森林公安和大自然。后来，通过森哥的指引，我萌生了加入森林公安的想法。可你们应该都很清楚，放弃原有的舒适区，去选择一个未知的道路，想迈出这一步很艰难，我怕生活规律和环境改变，导致我未来要走的路曲折。"李许国一边开车前行，一边低声冲王守林说道，"后来休假，我来到咱延吉旅游，王队那时恰好出公差，所以多半不清楚林森单独招待了我。"

"这些我都知道，林森后来全跟我说了。"王守林看向李许国，挑了挑眉哈哈大笑道。

"果真如此，我其实早猜到了，森哥和你就像亲兄弟，你俩之间肯定没秘密可言，亏我自己还觉得尴尬。"李许国眯着眼睛感叹了一番，仿佛脑海中又出现了那位名叫林森的硬汉子。

"我讲述了自己对于森林公安的向往，也描述了跳出舒适区的困难。"李许国的语气有了变化，夹带着些许庆幸说道，"森哥则带我见了一个人，一个让我决定加入森林公安的特殊老友，那位老友就是与我有一面之缘的陈磊。

"我第一次听森哥讲述完陈磊的故事，只觉得这是一位特别有骨气的狼子，毕竟干过盗猎贼后又继续干护林员，这听起来实在不太符合常理，何况陈磊当时又强行跟外界切断了联系，就像一位隐居山林的独行者。可当我见到他时才发现，原来真有这种人存在，所以存在即合理。

"森哥当时没做什么，只是将我引荐给了陈磊，随后便驱车离开。我主动问了陈磊三个问题，第一个问题特别犀利和直入主题，我问他为啥干完盗猎贼又干护林员？陈磊当时给我的答复是他想为自己赎罪。"

李许国自顾自说完，又踩了一脚油门继续讲述，"接下来我又问了第二个问题，为何要将自己与外界强行切断联系？陈磊的回答是不希望外人来影响工作。"

"我最后的那个问题是，如果让你选择回到二十年前，你还会当盗猎贼吗？"李许国说完都有点懊悔，用无比自嘲的口吻道，"我也不知自己当时为啥那么欠考虑，反正我就这么问了，我清楚记得陈磊没有一丝犹豫，果断回答我，还会当。"

"我对这一答案很疑惑，毕竟他都已经坐过牢了，为啥回到二十年前还会再次选择当盗猎贼？可他给了我独属于他的解释，他说他有想要守护的人，而想要守护他爱的人，他只能走这条路。"

"所以您最终选择了当森警？"秦卫山被李许国所讲的故事迷住了，他紧接着追问道。

"对，我也有想要守护的人，也想像森哥那样，守护自然和生态链，守卫我爱的一切。"

"守卫我爱的一切？"秦卫山喃喃低语，双目内写满坚定之色，内心则大受震撼。

林念听完内心同样也相当震撼，她完全没想到陈磊和父亲之间，还发生过这种事。

"这次主要来送我的老友最后一程，送这个曾经虽然破坏过自然，却迷途知返的浪子最后一程，送这位有心有胆尽忠职守的人上路。"李许国叹了一口气，抬头看向远方，此时车子已经抵达陈磊的房屋前。

四人陆续下了车，另一辆车的警官们也很快下车，从后备箱内取出挖掘工具跟相关工具，便来到王守林等人的面前。这四位警官里头有一位法医，让王守林更加放心不少。经过片刻交谈后，王守林打头阵走到最前方，顺利来到陈磊的房屋门口前。

此刻，这间房屋已经破败不堪，房门上有着数个小窟窿，一看便知是霰弹枪子弹打出来的弹痕。一行人步入屋子里后，墙壁上还残留着暗红色的鲜血，整间房内都充斥着浓郁的血腥味。

王守林缓缓闭上双眼，他知道就目前这种惨烈的战场情况，陈磊绝无生还的可能了。

一众警官武装完毕在屋内搜寻许久，包括王守林都没发现陈磊的尸首，因为房间内除了血迹和弹痕之外，根本没发现有尸体被拖动的痕迹，这由此能确定陈磊没死在房里头。

王守林走出屋外，双眼紧盯着一处位置，脸上的神情很复杂，但看到此处位置时，便推测出了一些东西。他徐徐走到一处有些坍塌的泥土前，扭过头冲屋子里大喊道："卫山，赶紧过来接受考试。"

第四章　流泪敬礼，许下承诺

"师父，您稍等一会儿，我马上过来。"秦卫山从陈磊的房间离开，一路小跑来到王守林身旁。他见王守林看着脚下的泥土整个人一动不动，随后他也徐徐蹲下身体，看着同一个地方。在秦卫山所见的泥土之中，与附近泥土最大的差距是有明显凹陷。秦卫山紧接着又反复仔细观察周围泥土，只可惜没发现明显线索。

"师父，这地方之前应该被撞击过。"秦卫山低声道出分析，脑海中瞬间脑补出陈磊跟花蕊和舌头二人激战后倒地，才将这泥土给撞出了凹陷。虽然这脑补内容与实际情况不太沾边，可泥土凹陷还真是因陈磊倒地而形成。

秦卫山眉头紧皱继续展开分析，如果泥土塌陷真是陈磊造成，那只有两种可能性。陈磊倒地后又迅速起身寻找掩体反击，而第二种可能性是他彻底失去战斗力，失去战斗力的下场不难预测，此处自然会是陈磊尸首被外力移动后，最为明显的一处位置。

不过，放眼四周没发现什么明显痕迹，秦卫山也无法第一时间判断出何种可能性较大。

沉思片刻，秦卫山的鼻子也如王守林那般微微抽动，眼睛不停疯狂扫描塌陷处四周的各种细小线索，耳朵随之一同竖立，开始静静聆听细微变化。渐渐就好似进入到一种特殊状态里，仿佛一位入定的老僧，也如王守林先前那般一动不动。

李许国等人也因搜索无果来到王守林的身旁，看到王守林伸出手指静默给出提醒，他们也立刻放慢前行速度。等彻底看清秦卫山此时的状态，在场的所有警员脸上都写满震惊之色。因为绝大部分警员都看到过王守林用步法追踪时的状态，而此刻秦卫山的神态，跟他们印象之中的王守林逐渐重合。

"老王，你把步法追踪那套本事传给卫山了？"李许国轻声开口发问。他身为森侦大队的政委，自然是希望有能力和本事的后辈越来越多。他担任政委之后也时常跟王守林提收徒之事，可每次王守林都以各种理由搪塞。

李许国深知王守林的为人性格，绝不是那种爱藏着掖着的人，估计还没选定合适的人选。

"对。"王守林抬眼望向李许国低声赞扬道，"卫山是一个好苗子，天赋跟能力都很强。"

此刻的李许国看向秦卫山的目光慢慢改变，然后又追问道："他这是成功锁定了底踪？"

"对。"王守林又特意压低声音，专门对李许国说道，"老李，你可别影响他的思路啊！"

李许国听着不由得翻了个大白眼，对于王守林这种爱护犊子的性格，有了更深刻的了解。

此刻秦卫山也有了收获，只见他那一直没改变的眼瞳向右偏移，鼻子抽动的速度变快。

有一股淡淡的血腥味不断刺激秦卫山的大脑，而且这股血腥味里还夹杂着泥土芳香，如今秦卫山双目所见的东西都悄然发生改变。秦卫山自然不敢懈怠半分，保持半蹲姿势慢慢向前移动。

王守林站在远处目睹全程变化，极为欣慰地点了点头，双目内满是欣喜之色。他知道秦卫山这一时半刻虽然没彻底掌握步法追踪要领，但对于基本的步法追踪已经能运用出来了。

"老王，卫山这又算啥情况？我咋越看越糊涂了？"李许国眉毛微皱，低声追问道。

"登堂入室虽然还达不到，但好歹达到信手拈来的程度了。"王守林笑着回复了一句。

此刻林念同样满脸震惊地看向秦卫山那边，虽然她知道王守林已经传授给秦卫山步法追踪技巧，可她一直不知道秦卫山到底掌握到了何种程度，因此也不太清楚秦卫山的真正能力跟水平。

"这位小秦警官开窍了，不会真被他找到吧？"一同跟来的警官低声问道。

"你看王大队长的表情，那么胸有成竹的模样，这下子看来是很稳了呀！"

"那咱们大队岂不是出现了两个会步法追踪的奇人？"

"那小子真帅，要是我也会步法追踪就好了！"

"小徐，你要是能会猪都上树了，说出来也不怕被人笑话。"

"老张，我今天跟你拼了，让你骂我是猪！"

当一众警官的讨论声音越来越大时，李许国默默走过来，警官们闭上嘴没有说话了。

"大伙都小点声吧。"李许国轻飘飘丢下一句话，随后扭头静静看向秦卫山那边。

这一刻的秦卫山距离李许国已经有了不少距离，身体渐渐向着陈磊房屋后山的一个小坡走过去。别的警官只是静静看着没贸然向对方的位置移动，就怕会不小心影响秦卫山的精准判断。

不一会儿，秦卫山就顺着小坡走上去，而随着他距离坡顶越来越近，原本那半蹲的姿势也慢慢改变。直到最后彻底变为挺拔姿态，双目亦随之产生大变化，眼里写满悲伤之色。

秦卫山迈着步子缓缓走到一处位置，这里是一个小土坡，外表跟别的位置看起来没有太大区别。但如果仔细去观察一下，还是能发现此处的泥土有问题，有被人为挖掘过的痕迹。

如果秦卫山此次没有发现的话，这些挖掘痕迹或许会随着时间的推移慢慢不见，由此能看出来埋土的人还是有一些经验，上层居然还有青草的泥土保留，怎么挖出来的就怎么填进去。

秦卫山如今已经能预料到下边有啥东西了，他缓缓移动往后退半步，而后就小跑着下了土坡，来到王守林的面前开口说道："师父，我找到了，陈磊大哥应该就在那个土坡的下面。"

王守林脸上的神情很复杂，缓缓看向秦卫山刚刚站过的位置："嗯，你的判断很正确。"

话音刚落，王守林身旁的警员们就立刻拿好相关装备，向着秦卫山刚刚站过的位置跑去。

当所有警员都来到那片泥土前，王守林才姗姗来迟。并不是他故意拖延，而是面对陈磊的尸首，他内心有一种复杂的情感，那是不敢面对的迟疑以及不愿相见的痛苦。如果是面对一个陌生人，或许他也会像别的警员那般坦然。可陈磊是他曾经接触过的大活人，而且陈磊有着一颗热爱生活跟疼爱女儿的心。除王守林有这种感觉之外，林念也想起了许久之前曾与陈磊那次简短的见面。

林念想起陈磊那关怀的目光，有些想接触但害怕的话语以及那句"我是你父亲的朋友"。

林念想起自己首次听闻死讯是父亲因公殉职，此后便是牧民林守义，随后又是这次要面对陈磊的遗体。可一想到要面对陈磊的遗体，她突然很想放声哭泣。那种感觉很奇怪，好似回到了高中时期，她面对父亲遗体时的无声哭泣。

"政委，我们能开工了吗？"一位警官扭头看向呆呆的王守林和李许国，轻声发问了一句。

"开始吧。"李许国也不继续纠结了，果断下了命令，他知道王守林此刻一定很不好受。

伴随着李许国的这一声令下，挖掘工作便正式开始。因为参与这次挖掘工作的人数比较多，而蔺永清和王星蕊没将尸体埋太深，所以很快陈磊的尸骨就被挖掘出来了。众警望着这一副尸骨，纷纷给自己佩戴好口罩，这口罩能暂时抵挡尸臭味。

可王守林四人没有任何异常，就这样静静看着躺在泥土中的陈磊，眼神里写满无尽悲伤。

不一会儿，陈磊的遗体便被抬到特用的医学担架上。法医经过详细尸体检查，然后开口宣布道："经查死者身体多处中弹，应该是失血过多而死，死亡时间距离现在不超过 48 个小时。"

王守林叹了口气，缓缓走到法医身旁，望着那已经冰冷的遗体，狠狠地握紧了双拳。

王守林多么希望陈磊没有死，多么希望现在他能突然睁开眼睛，然后说上一两句话。

王守林的泪水从眼中缓缓流出，泪水里夹杂着愤怒跟不甘以及无法抹去的伤痛。

王守林此刻只觉得有一把无形的刀，已经插到了他的胸膛里。不知道为什么，这一刻王守林又回忆起五年前的那个雨夜。他比任何人都坚信，陈磊在死前一定跟林森一样硬气和不屈服。

王守林看着陈磊的尸体，身体颤抖着抬手敬礼，嘴上低声说道："再见了，老朋友。"

林念早就已经泪流满面，她也和秦卫山跟李许国那样，一同抬手向陈磊的遗体敬礼。

随后，众警员又将陈磊的遗体放到警车上。原本收尸车应是法医陪同，但在王守林的强烈要求之下，这一趟收尸车由他和李许国以及秦卫山跟林念四人亲自相送。陈磊的遗体在车里散发出强烈的臭味。如果是常人闻到，一定会立刻迅速逃离，可王守林四人此时却无动于衷。

这一次的驾驶员还是政委李许国，此时他的心情很沉重。

王守林打开车窗，点了一根烟狠抽一大口，又重新静静望着手中的烟。

如果万物都拥有生命时效的话，那么王守林手中的这根烟只有短短几分钟。在这短短几分钟里，它会不断地燃烧自己。不过，王守林很清楚人命跟烟没法比，他只知道什么叫人死如灯灭，用东北话来说就是一了百了。

随后，王守林一口接一口抽着烟，很快就把这根烟抽完了，将烟头掐灭然后轻轻弹出窗外。其实，王守林也是想用这种方式给陈磊送行，因为这根香烟是当年林森所留。如今陈磊应该已经去见林森了，两个老伙计又能以另一种方式团聚。可他王守林还有尚未完成的使命，暂时不能去见两位老友。

王守林又徐徐转过头去，看向身后陈磊的位置，流着泪水说道："老陈，一路走好，别担心丫头的事。"

车里的另外几人听了都很伤感，王守林的那句话，无异于是对陈磊许下的承诺。

第五章　心生疑惑，残暴处决

李许国驾车驶入分局的露天停车场，车停稳之后先一步下车，而王守林一改初见陈磊尸体时的伤感，紧跟李许国身后下车。李许国独自快步离开，王守林从车内走出时，脸上的表情已经变为坦然。可当他再次瞧见一脸愤恨和悲伤的秦卫山和林念时，还是没忍住叹了口气，最后默默折返回去，抬手轻轻拍打二人的肩膀。王守林身为过来人，很清楚这种滋味有多难受。

法医领着几名警官将陈磊的尸体运走，而王守林让秦卫山跟林念先去休息，晚上还有案情大会要开。王守林自己则立刻跟领导汇报花狍盗猎队的案件进展。

在王守林等人看不见的远方草原，有一处外表看起来很旧的木屋。木屋的空间很大，像城市里的那种二层别墅，只是材料看上去有点廉价。若打开房门走入木屋里，绝对会被里头的场景震撼。房屋里一楼家具看着跟平常牧民家没太大区别，可若仔细去看一眼墙壁上悬挂的装饰物，肯定会大吃一惊。

墙壁上总共摆放着五排装饰物，是那种被弄成标本的兽头，第一个标本是野狍子，第二个是麋鹿，第三个是白狐，第四个跟第五个才让人震惊，居然是国家一级保护动物——东北虎！

一楼衔接二楼的是那种简单的木梯，木梯上没有灰尘，能看出有人经常打扫。进入二楼，能发现二楼分布着各式各样的房间，像极了小旅馆。

此刻最里边有一间房门紧闭的房间，如果有人站在房门口，肯定能听到痛苦的号叫声。

"好痛，大姐您轻点整啊！"一道有些粗犷的声音疯狂咆哮，显然是抵抗不住痛楚了。

"闭嘴！"一道严厉的中年女声随之从房内传出来，而后那号叫声立刻消失了。

房间里一个上半身缠满绷带的精壮男子，正躺在一张木床上，他的双目布满红血丝，整张脸已经涨红、紧咬牙关不敢说话，目光偶尔会瞥向站在身边的那个中年女性。

这个中年女子身穿白袍，还戴了一个白色的医学口罩，发丝带着几丝鬓白，能够看出年纪要比木床上的男人大很多。她随意用衣袖擦掉溅到眼镜上的鲜血，随后又用手去扶了扶眼镜，重新看向男子柔声道："已经处理好了，近期内不要碰水，也别吃太辛辣的东西。"

精壮男子如蒙大赦般坐起身，他正疯狂喘着粗气，颇为感激地说道："谢谢大姐。"

如果王守林一行人在这里的话，一定能认出此人的身份，正是负伤而逃的初禹阳。

初禹阳一向桀骜不驯，除面对王星蕊时很卑微，又有谁能让他如此恭敬跟恐惧？

中年女子咂吧咂吧嘴，将身上的白袍缓缓取下，没搭理初禹阳，随后看向了另外一张木床上正保持着坐立姿态的王星蕊，微笑着开口追问道："蕊蕊，你现在感觉怎么样？有没有稍微好一些？"

"花妈，你放心吧，我这会儿好多了。"王星蕊用有点虚弱的口吻答道，还咳嗽了两声。

"行，回头抓紧把上批皮子卖了，别让买家等急了。"中年女子布置着后续任务。

随后，中年女子从兜里取出一包中华，打开后散了两根出去，点燃后就开始吞云吐雾。

"还是大姐仗义，这华子随便散！"初禹阳笑嘻嘻地奉承道，从怀里拿出一个防风火机，点燃后也开始吞云吐雾。其实，刚刚中年女子给他做手术时，他那该死的烟瘾就已经犯了，一直等着手术结束都没敢抽。

当然，这名中年女子的真实身份，就是跟王守林玩猫鼠游戏近十年的花姐——沈溪花！

沈溪花没有搭理初禹阳，只是独自静静吸烟，整个房间又陷入死寂状态。

片刻之后，沈溪花将抽了一半的软中华掐断，面无表情地向着门外走去，打开房门后，还不忘回头说道："我给你们一天的时间准备，休息好了就去交易。等交易彻底结束，昨天跟狗鼻子发生的那些事，必须要有人给我一个合理解释！"

一听沈溪花要一个合理的解释，初禹阳那张原本已经有些红润的脸庞，瞬间就变白了。

等沈溪花彻底离开之后，初禹阳赶紧看向王星蕊，期待对方能给出一个解决问题的办法。

可王星蕊刚刚手术完没多大一会儿，大脑才恢复意识不久，现在思考事情都有点迟钝。她呆呆地坐在那张木床上，不知道有没看到初禹阳那求救的目光。突然之间，她脑海中想起沈溪花在她清醒时说的第一句话。

"子弹没有打中要害，这一次算你命大，但下次要小心点了。"王星蕊徐徐吐出一个大烟圈，又因此陷入一种迷茫状态。无论是陈磊还是王守林所言，都让王星蕊的内心对沈溪花产生严重疑惑。

"总有一天能真相大白。"王星蕊自顾自低声说着，显然是想让时间去解决这个问题。

"姐，您说啥呢？"初禹阳从自己的木床上走下，缓步来到王星蕊的身旁低声追问道。

"舌头，我没说什么哈，就是这会儿脑子还不太清醒。"王星蕊随口找了个理由搪塞道。

"姐，我感觉大姐很生气。"初禹阳想起沈溪花愤怒的状态，又不受控地打了个大哆嗦。

"这我不知道，花妈的脾气跟性子谁都吃不准。"王星蕊还是那一副无精打采的样子。

"行吧，那俺自己琢磨琢磨。"初禹阳见状也不强求，开始思考着怎么才能逃避掉惩罚。

而位于木屋一楼的位置，一个脑门满是汗水，身着黑衣的男子，正静静地站在楼梯口处默默等待。不到片刻，沈溪花从楼梯口走了下来。蔺永清望着沈溪花的表情内心为之一紧，但他迅速调节好状态，无比恭敬地问道："大姐，您找我有事？"

沈溪花没有理会蔺永清，而是径直从楼梯口走下，随后走到一楼一处不是很显眼的位置，轻轻蹲下身子后，用手掀开一块木板，只见木板下边居然还有一个隐秘空间。

随后，蔺永清抬手抹掉额头的汗水，瞧见沈溪花扶着直梯，缓缓去往地下一层。蔺永清跟随沈溪花这么多年，自然清楚对方是什么意思了，没过片刻便一咬牙，也跟着沈溪花去往地下一层。

地下一层的空间也很大，而且要比一层和二层还要大。这里只有三个房间，一个房间有着沈溪花这么多年搜集到的各种精良装备，一个房间储备着她藏匿的大量现金，还有一个房间是她个人的办公室和处决室。之所以称它为处决室，自然有一定道理。

蔺永清深吸一大口气，看向走入处决室的沈溪花，脚步稍微一顿很快也跟着走了进去。

这个所谓的处决室亦算是沈溪花的办公室，整体空间特别大，但里面的物品很少，只有一个竖起来类似古代固定犯人的脚架，还有一些老旧锁链跟锋利刀具，其次就剩一张办公桌和沙发椅。

蔺永清偷偷看向那个固定脚架，万分恐惧。他颤抖着问道："大姐，您想干什么？"

沈溪花依然没有理会蔺永清，她轻轻走到沙发椅的位置，缓缓坐了上去。

随后，整个房间重新陷入寂静，只有蔺永清的心跳声不断疯狂变快。

良久之后，沈溪花终于开口。但这句话差点没把蔺永清给活活吓死。

"野驴，你背叛我有多久了？"沈溪花漫不经心地问，仿佛是问起一件很随意的事。

"大姐，俺咋可能背叛您呀，俺是啥人您也知道。"蔺永清立刻为自己辩驳，但后背已经被汗水打湿。他的目光又偷偷看向那个脚架，脑海中回忆起多年前的一个事，那是办公室变为处决室的原因。

那个时候蔺永清还很年少轻狂，刚刚加入花狍盗猎队不久，当时还没有于宗源，而他也不是老五，算是排行老六。初禹阳不是老四而是老五，那时候的老四是一个年轻力壮的青年汉子，他为人也算谦逊有礼，只不过有时会反驳花姐的话，还会故意违抗花姐发布的规矩。最后，沈溪花让黑狼王鸿阳将其用绳索捆死，带着众人来到这里开了个小会议。

会议的内容是商议如何处理老四，而最为年少轻狂的蔺永清，他当时的选择很简单，反对处理老四，还说出针对团队能持续发展的建议，当时的老二金炫辰也坚决反对花姐处理老四。

沈溪花没将任何一个人的建议当回事，而是当着所有人的面，对老四进行了残暴处决。

而当时那个处决画面，至今蔺永清还印象深刻。他无法想象沈溪花一个女人居然能如此心狠手辣，也无法想象当时她那沉醉于杀戮的表情。这也是后来花狍盗猎队成员普遍都很畏惧沈溪花的真正原因，这种畏惧已经刻到了骨子里，根本无法磨灭。

蔺永清的双手满是汗水，他耳旁不时回荡着当年老四死之前，那悲痛的嘶吼和惨叫声。

"野驴，我重新问你一次，你背叛我多久了？"沈溪花的话将蔺永清从回忆之中拉回来。

蔺永清则一脸惊恐，再次开口说道："大姐，俺可以对天发誓，俺真没背叛您啊！"

"那你解释一下，咋办到一个人跟狗鼻子相处大半天，并且逃离时你为啥没受伤？"

蔺永清的大脑开始飞速转动，开始思考着应对之法。最后，他灵光一闪答道："大姐，您仔细想一想呀，如果我真是叛徒的话，最后怎会拼死从那个小警手中夺枪？要是我没有夺枪的话，我们三个可就见不到您了！"

"那谁知道这不是你跟警方提前串通好，故意演一出戏给我看？"沈溪花发问道。

蔺永清这下彻底惊呆，万分震惊看向不远处的沈溪花，不断咽下一口又一口唾沫。

渐渐蔺永清的目光开始变得冰冷，他的确是一个喜欢十拿九稳的人，但这不代表他有生命危险时还不出手反击，毕竟狗急了还会跳墙，更何况昨天他为求生存，还从秦卫山的手中夺了枪。

蔺永清开始环视房间里的东西，只见离他最近的办公桌上有一支钢笔。

"我用钢笔插入她的脖颈，花蕊和舌头都重伤休养，我杀了沈溪花之后离开，应该不会引起二人的注意。"蔺永清内心暗自分析了一番，可目光所见的范围内又出现一把利刃，那是沈溪花专用的处决武器。

"抢刀能更有效干掉她！"随后，蔺永清看到锋利物就开始分析能杀掉沈溪花的概率。

沈溪花其实一直在暗中观察蔺永清，她那双眼睛极为冷漠，仿佛跟看小丑没啥区别。

"野驴，你该不会是想要拿东西来弄死我吧？"沈溪花抬眼盯着蔺永清冷声质问道。

蔺永清听着又打了个哆嗦，杀人的想法彻底从脑海中消失，呆呆地看向沈溪花一个劲儿摇头，嘴上还不忘狡辩道："大姐，您这话就太冤枉人了，俺这条烂命都是您所救，咋可能会有那等畜生不如的想法？"

第六章　暗起杀心，拿捏软肋

沈溪花听罢，冷笑着质问道："野驴，我又不是你肚里的蛔虫，怎知你内心的真实想法？"

蔺永清强行让自己镇定下来，清清嗓子辩解道："大姐，您要相信俺，俺可不敢出卖您。"

"野驴，那你要先给我一个能信你的解释。"沈溪花嘴上如此说着，随后还拍了拍手掌。

蔺永清还没彻底看明白沈溪花为啥要拍手鼓掌，也猜不透对方葫芦里到底卖着啥药。

不出顷刻，蔺永清就明白了，只见一把猎枪猛然顶到他的腰上。蔺永清身子开始疯狂颤抖，很快就猜到了对方的身份，持枪者为花姐手下的头号猛将——黑狼王鸿阳。可这头黑狼到底何时来到的处决室，又如何出现在自己背后，蔺永清一点感觉都没有，对方如同暗夜中潜行的幽灵，让他根本就捉摸不透。

蔺永清此时额头上跟身上的冷汗，比刚刚渗出的量多了一倍。蔺永清对于沈溪花的恐惧又增多不少，此时他彻底明悟了一个道理，沈溪花绝不打没准备之仗，最大的后手自然就是神出鬼没的黑狼。

蔺永清深知，若刚才有过激行为，黑狼一定会开枪，到那时就是耶稣降世都保不住他。

"大姐，俺真不是叛徒，况且出卖您的话，俺也要完蛋啊！"蔺永清被猎枪顶着开始害怕了，这一刻他的求生欲直接达到顶峰，继续开口哀求道，"大姐，您就相信俺一次吧，俺真不是叛徒。"

蔺永清连双腿都开始颤抖了，这种感觉就如同半只脚踏入阎王殿，死亡恐惧直击灵魂。

"野驴，你不是一直都觉得自己很有智慧吗？我至今还记得你刚加入时，那时你年轻气盛，特别桀骜不驯啊！"沈溪花说着突然笑了笑，从怀里取出之前的那包中华，抽出一根烟点燃，"你明明是所谓的聪明人，面对质疑时咋说不出话了呢？"

"野驴子，这可不太像你的性格啊！"沈溪花徐徐吐出大烟圈，冷笑着又补充了一句。

蔺永清一听就知道情况不妙，便极为惊恐地辩驳道："大姐，俺真不是狗鼻子的卧底啊！"

蔺永清辩驳的同时眼角因太过恐惧而流下泪水，心里头无比后悔。

倘若早知道现在要面对沈溪花的质问，还不如去面对王守林那帮警察，最起码不会像眼下这般活受罪。沈溪花狠起来绝对是吃人不吐骨头，蔺永清等人一直自诩恶魔，可比起沈溪花来差远了。沈溪花才是那种游离法律规则之外，真正能决定别人生死的大恶魔！

"大姐，您一定要相信我，出卖您和兄弟的这种行为，我野驴绝对做不出！"蔺永清清楚感受到王鸿阳的猎枪，更加用力顶向他的腰部了，再次苦苦哀求道，"大姐，您不能这样对待一个功臣，我好歹还为团队流过血，您要相信我啊！"

"我要怎么信呢？"沈溪花用手夹着烟，还是那副冷漠的神情，"光凭你的这一堆屁话？"

蔺永清最后一咬牙回答道："大姐，我把我母亲的家庭地址给您，这样您能信我了吧？"

"野驴，你总算有点诚意了。"沈溪花抽了一大口烟，然后嘴角露出一抹笑意，很随意地摆了摆手。站在蔺永清身后的王鸿阳立刻将猎枪收回去，不过枪口还是正对着蔺永清。

蔺永清慢慢走到沈溪花面前的办公桌上，内心已经没有暗杀的想法了。

他轻轻抽出一张白纸，用钢笔在上面写下一串地址，又快步走回原来的位置，小心翼翼地看向沈溪花道："大姐，这下您不怀疑我了吧？"

沈溪花继续默默吸烟，又喷出大量烟圈，蔺永清则看着烟雾之下那张脸，更加疑惑不解。

良久之后，沈溪花瞬间又恢复成那个笑容满面的温柔大姐，缓缓起身走到蔺永清跟前，主动摸出烟盒从里头取一根中华递过去。蔺永清双手颤抖接烟，哆嗦着摸出打火机点燃后猛吸一大口。

蔺永清把打火机装回原处，吸烟时面带恐惧看向沈溪花，乖乖等待对方进行最后的审判。同时，蔺永清也有了鱼死网破的打算，如果沈溪花还是死咬不放，今天就是拼死也要将对方咬下来一块肉。

"野驴，你说这是干啥呀，大姐咋可能不信你？"温柔的话语从沈溪花的嘴里传出，蔺永清则傻望着面前之人。如果没有经历之前被枪顶着的那一幕，他多半真会相信沈溪花如今所言。

"野驴，这次是大姐错了，我跟你道歉哈，你别往心里去。"沈溪花说完又笑了笑，然后大手一挥下令道，"黑狼，赶紧去给野驴子拿一万块钱，这个就记我账上了，算我给他的个人补偿。"

话音刚落，沈溪花就轻轻摆摆右手，看起来好像是有意撵蔺永清和王鸿阳离开。

蔺永清死里逃生后无比恭敬地说道："多谢大姐的信任，俺以后一定会更卖命干活。"

"野驴，其实你表现很好，我都看在眼里。"沈溪花意味深长地丢出了这么一句话。

随后，王鸿阳带蔺永清离开，去另一个房间拿钱，而沈溪花抽完烟后，又续了一根。

没过片刻，面无表情的王鸿阳重返，看向沈溪花汇报道："大姐，野驴人已经去二楼了。"

沈溪花将手里的那根香烟用力掐断，微微上抬那雪白的脖颈，缓缓将写有蔺永清母亲的地址纸张拿起来，随后就揉成一个小纸球，扔到王鸿阳的脚边。

王鸿阳见状主动弯下身子，将脚边的纸球捡起，又重新恢复成之前的那种恭敬状态。

　　"查一下他妈是不是在这地方生活，如果地址无误，你处理掉她。"沈溪花冷声下令道。

　　"明白，大姐，如果确认无误，我会处理干净！"王鸿阳把小纸球装入裤袋中答复道。

　　"还有之前那件事你都处理完了？"沈溪花仿佛又想起了什么事儿，重新开口追问道。

　　"大姐，胖子的母亲我已按您吩咐处理掉了，尸体处理非常隐蔽，保证不会被察觉。"王鸿阳开口答复时，双目之中还闪过一丝杀气，显然又想起当时的场景，看来没少干这种灭口的活。

　　"不错，钱你自己去取吧。"沈溪花潇洒起身绕开了王鸿阳，朝着一楼厨房的位置走去。

　　王鸿阳持续保持着鞠躬的姿态，等到沈溪花走路的声音彻底消失，他才重新缓缓直起腰板。只不过，这次看向沈溪花离开的方向时，他眼神中根本没半点恭敬可言，而是那种让人畏惧的无限杀机。

　　"沈溪花，总有一天，我要让你生不如死！"王鸿阳心里头不断多次重复着这句狠话。

　　这些年来，没人知道王鸿阳到底杀了多少人。他跟初禹阳和蔺永清那些花狍盗猎队成员不同，他是花狍盗猎队里唯一的独行杀手，只专门为沈溪花服务和办事，而且只听沈溪花一个人的命令。

　　这么多年来，王鸿阳就只负责杀人，除杀掉所有的阻碍者，还会暗中监管花狍盗猎队成员的家属。不过，沈溪花让王鸿阳监管花狍盗猎队成员家属的方式也很简单干脆，当然其中有一个例外，那便是初禹阳的母亲，因为初禹阳脑子愚笨，沈溪花并不忌惮他。

　　如果有成员发现家人失踪自然会去问花姐，可花姐能给出的理由也特别简单，会声称将家属都安置到了一个安全的地方。当然，这句话的潜台词就是你家人的性命在我手里，自然也就没人敢忤逆花姐下达的命令。花姐既然能坐上老大之位，若不够心狠手辣，怕也无法让手下听话。

当然，王鸿阳也知晓不少关于沈溪花的秘密，比如老二金炫辰死亡的真相以及对方一部分的保命底牌。可王鸿阳这样一个有着很强武力的人，为何会被沈溪花轻易拿捏住，这背后的理由也很简单，他自己监管着花狍盗猎队成员的家属，沈溪花则单独监管了王鸿阳的家人。

"妈，等我干掉她就接您回来。"王鸿阳的双目内满是愧疚和心疼，内心喃喃自语道。

从处决室成功离开的蔺永清，还没从死亡的状态中缓过来。等完全缓过来后，他也意识到了一个问题，或许沈溪花从一开始就没想杀他，可为何非要步步紧逼，逼迫蔺永清承认呢？

"现在整个花狍盗猎队成员的家人，全部都被花姐给牢牢掌控了。"蔺永清心想。

花姐逼迫蔺永清的原因很简单，她要彻底拿住手下的致命软肋，家人自然是最佳选择。

"我自从加入花狍盗猎队后，一直信奉低调做事做人，可怎么都没想到，最后还是栽了啊！"蔺永清咬牙握紧双拳，猛然扭过头去，目光仿佛能射穿身后的墙壁，看向那正悠闲做饭的沈溪花，"花姐，如果你敢对我母亲下手，我发誓一定会弄死你！"

不知过了多久，沈溪花终于做完饭了，菜品有白切鸡、清蒸鲈鱼、红烧肉跟清蒸多宝鱼。

众人依次落座，沈溪花则坐在正中央的位置，午餐饮品是她特意调配的柠檬水。

这时候的气氛很微妙，每个人看向沈溪花的表情都很复杂，所谓各怀鬼胎。

"诸位，仔细算一算的话，我们已经很长时间没一起吃饭了吧？"沈溪花为每一个人倒上柠檬水后，又重新坐回主位，微微侧头目光淡然扫过所有人，脸上则挂着那种虚假微笑。

"对，大姐，咱挺长时间没一起吃饭了。"初禹阳笑呵呵接话，但完全不敢直视沈溪花。

"正式动筷之前，我想先讲两句哈。"沈溪花没理会初禹阳，而是自顾自继续说，"我这次一共做了四道菜，每一道菜都有寓意。第一道菜白切鸡，寓意吉祥如意。第二道为清蒸鲈鱼，寓意咱们花狍盗猎队年年有余。第三道是红烧肉，寓意咱红红火火。最后一道清蒸多宝鱼，预祝咱多宝多福哈！"

沈溪花讲完之后，缓缓将杯子举高，余下的成员也都心不在焉地举杯了。

"咱们这次就以水代酒。"沈溪花就把柠檬水一饮而尽，另外几个人也同样如此。

"开吃吧。"沈溪花没有继续废话，拿起筷子夹了一块白切鸡吃了起来。

别的成员也不敢随意说话，只能默默吃菜，只不过所有人吃东西的速度都很慢，仿佛是怕沈溪花下毒。沈溪花的嘴角挂了一抹意味深长的笑容，当着全体成员的面将所有的菜都吃上一遍，另外几个人才开始大快朵颐。

沈溪花的厨艺其实很精湛，虽然比不上五星级酒店的大厨，但做出来的菜色香味俱全。

初禹阳是个例外，他仿佛就没有想过，沈溪花会不会下毒，脑海中一直琢磨要怎么编理由才能让花姐满意，而他也时不时会称赞花姐的手艺好，全场除了他一人自顾自说话外，只剩下了咀嚼食物的声音。

半个小时之后，所有人都吃饱喝足。王星蕊一人驱车前往交易地点，进行相关的狍子皮买卖。初禹阳和蔺永清则回到之前的病房休息，沈溪花一个人默默收拾着餐桌，王鸿阳也不知去了啥地方。这个时候，感觉一切又好像恢复成金炫辰还在时，整个团队高度团结一心的那种状态。

第七章　与恶对决，无畏生死

　　随着时间不断推移，天色渐渐变暗。夜空中除了有璀璨的星河外，还有一轮极耀眼的圆月。位于江辽省延吉森林分局的会议室内，与花狍盗猎队相关的案件分析会再次展开，此次案件分析会总负责人是王守林。

　　只见他在会议室内熟练地用电脑点开一个PPT软件，随后看向身着正装的诸多警员说道："同志们，很荣幸能主持本次案件分析大会，多余的客套话我就不说了，直接进入本次会议主题吧。"

　　"在场的各位大部分已经知晓昨日之事，但可能有一小部分人对于案件还不太清楚，那么我着重讲一遍。"王守林又看向坐在位置偏靠后的秦卫山跟林念，给二人投去鼓励的眼神，"昨日，我带着秦卫山和林念两位警官，一同侦查死者林守义的住处，意外发现花袍盗猎队成员野驴，此人不清楚我已经发现其身份。随后，我们就与之开始斗智斗勇，大致内容已经由秦卫山警官整理出详情，并分发给你们，现在可以翻阅了解详情。"

　　参会警官立刻开始阅读面前的那份资料，而王守林又接着往下说道："昨日我们不仅获知了陈磊护林员已经死亡的消息，秦卫山警官还从牧民林守义家中的水井发现了一具女尸。现在这具女尸经过局里法医分析，主要死因是死于外伤，结合DNA信息确定，死者正是林守义的妻子——王秀娟。"

　　"林守义和王秀娟本就是老实本分的牧民，结果夫妻二人双双遇害，这是一宗极为恶劣的谋杀案！"王守林的目光凝重。

王守林之所以会特意重点强调也有独特用意，因为参会的少部分警官对花狍盗猎队还不够重视，依然认为要面对的只是一个简单的盗猎团伙。果真，当王守林话讲完之后，几乎所有警员呼吸都为之一顿，目光则比之前更加严肃。

　　"大家手边的资料应该都看完了，那我就接着继续说，花狍盗猎队目前的线索我们虽然已经断了，可其实还有两条支线能用来挖出新的突破口。"王守林说着就动手轻点了一下鼠标，屏幕上的PPT顿时迅速转换，变成了两条思维导图，"这两条支线全部由秦卫山警官提供，第一条我们可以从落网的于宗源身上切入，但现在还没有找到于宗源的母亲。"

　　另外一位负责人赶忙插话道："王队，目前已经锁定了位置，相信不久后就能找到其母。"

　　"好，但千万要注意方式方法，态度一定要好。"王守林特意叮嘱，负责人沉声称是。可惜目前全部参会警官都不清楚一件事，那就是于宗源的母亲早已离开了人世。

　　"第二条线索就是花蕊和舌头都身中数弹，如果不经过医院的系统性治疗，基本上很难痊愈，而且可能会加重病情走向死亡。据我所知，花狍盗猎队的头目花姐是一个利益至上之人，这两个人如果对她还有用，那么就一定不会死。我眼下能排除花姐允许花蕊和舌头去往医院救治的可能性，毕竟二人身上受了枪伤，花姐绝不会犯险。但不怕一万就怕万一，我会叮嘱在医院看护于宗源的两名警官，让重点留意一下有无可疑人员。其次也就是最为关键的一步，如果花蕊和舌头没有去医院接受治疗，那么花狍内部一定有会医术的人，可西医的学习条件很苛刻。"王守林目光扫过一干参会警官，又再次往下补充道，"而且想将西医融会贯通，不经过系统性的学习压根不可能，因此调查工作量又要加倍了。"

　　之前那位负责人的心又提到了嗓子眼，扭头看向王守林那边，等待着对方的下一句话。

　　"还要麻烦你那边重点筛查一下，时间范围是近十五年至二十年来，是否有医学专科或本科，甚至研究生以上学历的人才来到本市后，又没有从事本专业的人，筛查时不可漏掉任何一个人！"王守林极为严肃地提出要求道。

那位负责人听了王守林的要求，内心苦笑连连，可脸上的表情看不出任何变化，轻轻点头答应。他们本来就已经负责去搜寻于宗源母亲的下落，如今王守林又给了一个更高难度的任务。很多时候就是如此，任务压下来不管有多难都要硬着头皮上，查案本就讲求锲而不舍。

王守林随后又播放了下一张PPT，这一张PPT主要讲述的是花狍盗猎队内已经熟知的几位成员人物性格，连同相关画像，其内有蒙面的花姐，死掉的金炫辰，以及野驴子和花蕊、舌头等人。

"接下来由秦卫山警官负责分析花狍盗猎队成员性格。"王守林主动抛出这句话。

秦卫山听罢随即起身，将之前关于花狍盗猎队成员性格分析讲了出来，不少警官都开始进行相关记录。熟知要逮捕的犯罪嫌疑人性格是所有森林警察必须要详细掌握的一项硬技能。

当秦卫山作完报告后，林念提出了一点点改进，获得了参会的大部分警官认可。

随后，法医相关负责人提交了一份尸体分析报告，分析内容也呈现到了PPT之上，因为牧民林守义的尸体已经分析完毕，他主动开口说道："牧民林守义是外力钝器致死，在死前有过明显的挣扎，而且遇害前身体各处残留着被殴打过的痕迹。"

至于陈磊的尸检报告，法医也提前提交给了王守林一部分，但全部详细的尸检结果要等两天之后。这次的案件分析大会持续了整整一个小时才结束，目前天色早已经变为昏暗，不少警员等案情分析大会结束后就先一步离去。可与进行案情分析大会之前的状态不同，每一个离去的警员，脸上都挂着严肃之情。

毕竟，类似花狍盗猎队这种丧心病狂的犯罪团伙，已经很多年没遇到过了，更何况还杀害了曾经的森侦大队政委林森。而凭借本次的案情分析大会，经由秦卫山的描述更加详细了解了盗猎队成员们的各种性格，每一个人都不是善茬，特别是那个心机颇多，为了利益和自己的安危不择手段的野驴蔺永清。此人已经被所有警官列为头号目标。

不过，王守林内心中最大的遗憾是目前为止，他还没能接触花狍盗猎队大头目花姐。

　　当参会警官陆续离去之后，会议室内只剩下三人。

　　一是疲惫的王守林，还有同样困乏的秦卫山和林念，可谁都没有先开口打破僵局。

　　王守林主动看向秦卫山和林念，咧嘴一笑说道："你俩怎么回事，困了就去休息吧。"

　　秦卫山暗自斟酌许久，才开口说道："师父，您别难过，陈叔是去了一个更好的地方。"

　　林念也接茬补了一句："王叔，人死不能复生，咱们抓到凶手就是给陈叔最好的交代。"

　　王守林听着两个徒弟的话语，嘴角露出一抹笑意。他知道秦卫山和林念都特别懂事，心里因此升起一股暖意，沉默片刻才说道："行，反正会也开完了，你们俩就先回去休息，调整好自己的状态，等后续有线索了再继续破案，争取早点把那群狼子逮捕归案，这样老陈也能泉下瞑目。"

　　"好。"秦卫山和林念二人转身离去，直奔宿舍楼而去，整个会议室只剩下王守林一人。

　　王守林轻轻叹一口气，起身将案件分析大会残留在桌面上的资料全部收好，迈着大步缓缓地来到分局的篮球场。此刻已是月明星稀，点点星辰点缀于夜空之上，黑夜夹杂着一颗又一颗明亮的星光，看上去极其迷人。温柔的凉风缓缓吹过王守林，这股略微冰冷的风让他强行打起精神，抬头看向那美丽的夜空，不知不觉就深陷其中无法自拔，已经很久没看过此等绝美的夜景了。

　　漆黑的夜空偶尔有一颗星辰闪耀，仿佛要跟他对话那般。王守林突然想起小时候爷爷曾给他讲过一个关于星辰守护的故事，爷爷曾说每一个英雄死后都会变成天上的星星，会一直默默地注视和帮助自己。那些伟大英雄其实并没有离开过，只是变成了星星默默守护自己的亲人跟战友。

　　王守林望着夜空中的星星，脸上的笑容非常灿烂。他从怀里取出那包林森给他留下的香烟，取出一根用打火机默默点燃。他此刻一个人就如同一把剑，腰背挺直静静地站立于篮球场正中央的位置。宝蓝色的烟雾从他眼前徐徐飘出，还慢慢浸染到衣襟之上。

王守林又把烟用手夹住，然后重新抬头望着星空，自言自语道："老林，我马上就能给你报仇了，这么多年我总算等到了。你在天上千万要保佑小念跟卫山这两个好孩子，我不希望这俩孩子，也跟我这个老家伙一起犯险！"

天空之中那个被王守林一直注视着的星星，也非常应景地不断闪烁，仿佛能听懂王守林说的话。王守林又吸了一口烟，再度看向另外一颗闪亮的星星，徐徐吐出烟雾，再次开口说道："老陈，你也会帮我，对吗？"

这一次，王守林的笑容比哭还要难看。他一直以来都是一个很坚强的人，可他的坚强是给外人看的，没有人清楚他的内心其实很脆弱。王守林身为一名老森警，本人有着极高的觉悟。他将自己全部的人生和生命都奉献给了事业，奉献给了热爱的大自然。为此，他甚至未曾跟女生谈过恋爱，只怕爱情会成为一种负担，也怕会殃及家人遭到罪犯报复。人本身就是社交动物，都需要有社交圈子。可王守林的社交圈子就是那些老朋友，已经放到内心深处的老朋友。

或许未曾婚恋的王守林在别人看来有些极端，可王守林不曾后悔，做人无愧于心就好，这也是他的人生守则。王守林的脑海中想起跟林森相处的点滴，他又抽一大口烟，暗自下了个重要决定，这个决定与秦卫山和林念有关。

"该死的花狍盗猎队，我一定要把你们全部逮捕归案！"王守林仰天放声大吼，眼神里则带着不可动摇的坚毅，"这一次，我要守卫我所爱的东西，用我的生命去守卫，与恶对决，无畏生死！"

夜空中的星辰在这一刻更加明亮，仿佛能听懂王守林的话。

王守林又抬眼望了一眼星空的那两颗星星，然后将手里的香烟强行掐断，便转身朝着宿舍楼走去。只不过，这一次的王守林看起来没那么孤独，更多的是坚定，是一种用生死去守卫所爱之物的执着。

位于秦卫山的卧室内，秦卫山已经换上在部队穿过的体能服，这是他最喜欢的睡衣。秦卫山走到书桌前，数张涂涂画画的 A4 纸正放在上面。

他将纸张举起，开始静心翻看，脑海里则思索着破局之法。不知不觉，半个多小时过去了，秦卫山的大脑有些小混乱，他这一天从早忙到晚没休息过，而且还带伤上阵。

秦卫山甩了甩脑袋，举起桌上的凉水一饮而尽，他咬牙低喝道："该死的花狍盗猎队！"

秦卫山如今还深刻记着王秀娟的惨死状态，根本无法忘记那具蜷缩于井内的冰冷尸体。

第八章　梦魇缠身，心魔难灭

半夜十二点整，天色漆黑到如被墨水冲洗过那般，只有点点星光还默默闪耀，就连之前那散发着圣洁光芒的月亮，也被乌云给彻底遮掩，看架势仿佛又要下一场大雨。

秦卫山红着眼痴看外面这无比奇异的夜景，明明身体已经困到极限，可他只要一闭上眼睛，就会想到井里头的王秀娟，根本无法正常入眠。除此之外，秦卫山还一直忘不了害师父王守林陷入生死危机的场景。秦卫山虽然看着大大咧咧，可内心极为敏感，暗自发誓以后绝不能让罪犯夺枪。

秦卫山想到此又长叹一大口气，他徐徐扭过头去看向如雪花般白皙的墙面，不由得自言自语道："我真适合当一名森警吗？出个任务连警枪都被人给抢了，虽然最后捡回了枪，我估计是最没用的森警吧？"

秦卫山嘴上如此念叨着，视线又落到衣柜里的警装常服上，他眼里的苦涩更浓了。

"师父，我到底该咋办？"秦卫山带着这种疑惑，缓缓闭上双眼，或许实在抵抗不过困意，渐渐进入梦乡。片刻之后，躺在床上的秦卫山表情慢慢变复杂，有狰狞和愤怒，也有不甘心。可秦卫山依然紧闭双眼，通过面部表情变化能看出，今夜他又被梦魇缠身了。

同一时间，林念匆匆洗漱完毕后，也早已进入梦乡，不过她现在的梦境也很"蒙太奇"。

梦境里的场景跟林念许久之前梦到林森的地点一样，还是那片美丽静

041

谧的森林。但此刻她目光所见的东西，跟上一次的森林大相径庭。她清楚记得上一次的森林是白天，而这一次则变成了黑夜。

也不知是因梦境中的内容太真实，还是林念自己太过沉浸，梦境与现实可谓毫无差别。

皎洁的圆月高高悬挂于夜空之中，中间有一个若镜面般的池塘，水面还不时向上泛着银光，而树梢还会随着晚风微微摆动，林荫道旁的树林被月光投射出影子。突然之间，池塘内有一条大鱼猛然钻了出来，随着"扑通"一声响之后，一层又一层涟漪逐渐荡漾开来。

林念轻手轻脚漫步于月光之下，偶尔还会有小动物的叫声传出。她轻轻展开了双臂，感受着夜的魅力，也体验着特有的氛围。这片森林仿佛有种强大的魔力，能编织出一张柔韧的大网。这网将所有的东西都给笼罩其内，还能保留空幻的色彩，使林念突然有了无比阔达的感觉。

可下一刻，林念的脑海之中不知为何，突然出现白天见到陈磊遗体的那个场景。

林念的心跳猛然间疯狂加速，心情也随之急转而下，抬眼扫视一圈周围的美景，嘴上却低声喃喃自语道："如果陈叔没遭到杀害，以后一定会带着他女儿来这玩吧，可惜已经没有以后了。"

林念一想到陈磊遇害的事，心就无法保持平静。一直以来，她报考森警的执念都是能为父报仇，然后亲手将花狍盗猎队全员缉拿归案，完成父亲生前没完成的遗愿。可如今她怎么都没料到还会有父亲的友人，同样因花狍盗猎队而惨死。

林念也的确太小看花狍盗猎队的残暴程度，毫不夸张地说，从昨天跟蔺永清正式相遇开始，她其实就已经在刀刃上跳舞了。而在刀刃上跳舞的人，往往最终只有两种结果，要么完胜，要么一败涂地。

林念一脸悲伤，嘴上则自顾自念叨道："老爹，陈叔也被狼子给杀害了，我原以为为您复仇后，还会有机会跟陈叔相识和叙叙旧，还能有机会从他嘴中，听到一些与您相关的趣事。"

说着，林念想要向前踏出一步，可就如上次梦境所展现的情况那样，那条无形的锁链再度出现，猛然限制住她想要前行的脚步，就像是之前那种如影随形的枷锁，根本没法轻易挣脱。

"又是这条该死的锁链！"林念异常愤怒地吼了一句，因为上次的梦境里也出现过，她事后也分析过原因，可怎么都想不明白锁链到底为何物。明明梦境是自己所有，应该拥有控制权才对，可唯独这条该死的锁链，她怎么都无法摆脱。

林念其实不清楚，这锁链的编织者其实就是她自己，当局者迷说的就是她如今的情况。

这条锁链的本质是林森当年死后，这么多年来林念积累过的压力和束缚形成的心锁，这锁链让林念在警校读本科时，除了疯狂学习外，就没有别的业余社交活动，这心锁也让林念的内心一直处于高度冰封状态。可打开心锁的办法，也只有林念自己最清楚，毕竟是她的心锁。

当林念正气愤被心锁限制时，原本极为平静的小池旁边，突然出现了两个男人的身影。

一道身影有着宽阔的肩膀，从背影看沉稳又有力，而其鬓角处有几缕白发，正随着夜风缓缓吹拂，整个人看起来既潇洒又神秘。他穿着一身紧身运动装，估计平时没少锻炼，光看一眼便感觉很有安全感。而另外一道身影，身着朴素的大衣，脚下穿了一双草鞋。

林念看着这两道身影，情绪很激动，因为其中一人正是她的父亲林森，另一位则是护林员陈磊。可这次的情况跟上次不同，这次的林森和陈磊将林念彻底视为空气，二人开始自顾自讨论。

"老伙计，你也来了啊！"林森的嘴角挂着一抹笑意，看向身旁的陈磊打了个招呼。

"来了，我运气不太好，也着了花狍的道。"陈磊则憨厚地点了点头，嘴上笑着回应。

"花狍盗猎队的狼子，还没抓完？"林森的表情随之一变，严肃地看向陈磊发问。

"还没有，狼子太狡猾，想都抓光不容易。"陈磊耸了耸肩，一脸无奈地答道。

"老陈，你突然就这么走了，你家的大姑娘咋办？"林森颇为担忧地反问了一句。

"森哥，这事你就别担心了，守林会替我好好照看。"陈磊用信心十足的口吻答道。

"那就辛苦守林了，他身上的压力估计不小。"林森顿了顿继续问，"我闺女咋样？"

"我就见过她一面，她比你好看多了。"陈磊说着故意挑了挑眉，半开玩笑调侃道。

"哈哈哈，那我就放心了，比我好看就行。"林森则放声大笑，完全不介意被调侃。

渐渐地，小池上方形成一阵小迷雾，席卷上陈磊和林森的身影，最终也波及到了林念的身上。林念的眼泪已经奔涌而出，呆呆地看向被迷雾吞噬的二人，不断使劲想挣脱身上的枷锁，可不管多么用力都无法挣脱开。这感觉就好似亲眼看着林森和陈磊消失，一种无力感顿时填满了内心。突然之间，位于林念的右前方，迷雾疯狂滚动翻卷后，出现了一块没有迷雾的空白区域，那里正站着一个身穿高中校服，右肩挂着白色"孝"字的女孩正低头小声哭泣。

女孩抬手用衣袖擦擦眼角的泪水，缓缓将一个侧脸露给了陷入呆滞状态的林念。

"这是我父亲死的那一天。"林念不由得低声喃喃自语，又重新看向高中时的林念。

此刻，高中时期的林念正坚定目视着前方的迷雾，眼里有一种不可掩饰的愤怒，当然浓郁至极的悲伤也占了不少。林念顺着高中时林念的目光看过去，在自己的印象当中，这应该是父亲那张黑白遗照摆放的位置。

"我是打从那时起，就已经发誓要为父亲报仇了？"也就在此刻，林念的双目为之一凝，清晰看见一条黑锁链猛然出现，绕着高中时林念旋转捆绑了一圈。可高中时林念仿佛没感觉，依然神情悲伤地看向前方。

迷雾又重新席卷高中时期的林念全身，下一秒，她便被彻底吞噬。与此同时，林念的左侧，一块没有被迷雾吞噬的空白区域，重新又出现一道身影，那道身影的身上穿着警校的校服。

那时的林念是一名警校生，正默默坐在一张书桌前，不停翻看各种资料和查找相关线索。

就在这时，一个看起来比林念要大一两岁的便装女子，突然出现在林念的身旁。这个女孩轻轻敲了敲林念的肩膀，让学习中的林念吓了一跳。她很是不解地看向对方，冷声开口问道："你找我有事？"

便装女子赶紧向她道歉道："小念，很抱歉，打扰你学习了，你要不要一起出去玩？"

当时的林念连想都没想，直接摇摇头拒绝道："不了，你们去玩吧，我想多看看书。"

便衣女子则嘟着嘴，看起来有些不开心。片刻后，她拉着林念的胳膊撒娇，嘴上则柔声说道："小念，有几个学姐马上就要毕业了，读警校不应该只有学习，还要有正常的社交圈子，有属于你自己的校园生活。"

可林念还是坚定摇头，继续拒绝道："学姐，你们去吧，我还有几个知识点没看完。"

便衣女子听罢唯有转身离去，警校时期的林念消失不见，变成跟陈叔见面送酒的场景。

林念早已泪流满面，低声喃喃自语道："陈叔，如果我没去找你，你可能不会遇害。"

而位于林念的四周，重新出现一条无形的新枷锁，可她却没有感觉。

"难道这就是心魔？"林念看着被枷锁缠绕的自己，脸上万分苦涩。

突然，一道巨大的雷猛然砸落，这雷卷杂千钧之势，发出刺耳巨响。

当雷霆降落之后，所有迷雾全散去。林念揉揉眼睛，扭头看向小池。

此刻先前的二人由坐姿改为了站姿，正用柔和的目光静静看向林念。

第九章　逝者遗愿，惨烈梦境

林念的心为之一揪，她试图朝林森和陈磊那边走，可那坚硬的锁链限制了脚步。

片刻之后，她的目光开始变化，猛然迈出右腿向前一踏。当这一步成功踏出，只见梦境之中一道雷霆卷着毁灭之势砸到锁链上。这锁链遭到轰击，开始变得松动。林念的脑海中又立刻出现了两道人影，第一道是身着警服，年轻又充满朝气的秦卫山，而另外一道则是王守林。

林森死后，林念心中一直很介怀，不曾融入任何一个社交环境内。可加入分局之后，通过跟王守林和秦卫山的接触，她已经有了些改变，让她重新有了社交行为。当然，最重要还是这二人与林念有相同目标，就是死都要把花狍盗猎队全员缉拿归案。

雷霆的攻势越来越猛，渐渐她身上最紧的枷锁猛然断开，而林念的第二步也成功踏出。

这一次，余下那些锁链已无法阻拦林念，锁链最后消散不见。没有锁链阻拦的林念一路小跑，喘着粗气来到林森和陈磊的面前。此刻，林森亦如上一次梦境那副模样，带着笑意打量着林念，而陈磊也是跟第一次见面那样，只不过此时，他嘴里还叼有一根烟。

"爸爸，陈叔。"林念看着面前的二人，眼泪不受控制地流出，嘴上则轻轻呼唤道。

林森听后先是咧嘴一笑，然后又继续追问道："丫头，你最近咋样？有没遇到啥困难？"

"我感觉还行，我成功继承了您的警号。"听到林森问起自己的近况，林念又接着往下补充，"老爸，王叔带着我跟秦哥，与花狍盗猎队的花蕊等人近距离交锋了，我们马上就会完成您的遗愿。"

林森眨巴眨巴眼睛，歪了一下头，有些疑惑地反问道："我有啥遗愿？"

林念则很认真地回答道："老爸，当然是替您抓光花狍盗猎队的成员呀！"

林森的表情先是不解，片刻后笑了一下，用手抚摸林念的秀发道："傻丫头，整错了！"

林念听后则面带疑惑，赶忙接着反问了一句："老爸，你的遗愿到底是啥？"

"我希望你健康长大，能结识几个好朋友，正如我跟你王叔那样。"林森温柔地回答道。

林念又想起自己拒绝社交的行为，突然有点懊悔了，原来老爸并不希望自己为他复仇。

"傻丫头，问心无愧就好，选你认为正确的路，都会是最好的安排。"林森轻声安抚道。

"爸爸，我明白了。你放心，我会照顾好自己。"林念冲入林森的怀里，紧紧将其抱住。

这时，位于一旁抽烟的陈磊笑着说道："森哥，你可真幸福，我也想我家的大姑娘了。"

听到这句话，林念的表情难看了许多，她清楚陈磊已经不可能见到他的女儿了。

林念想了一会儿，扭头看向陈磊认真发问道："陈叔，您女儿叫什么名字？"

"她叫陈芳然。"陈磊又继续嘱托道，"小念，陈叔拜托你，以后多帮我照顾一下她。"

"好，您放心吧，我会照顾好她。"林念冲陈磊连连点头，这其实也算是一种承诺了。

"记住，千万别给自己太大压力，一步步走稳，当森警不能太急躁，跟狼子交锋要有足够的耐心和智谋。"林森又用手摸了摸林念的头，笑着叮嘱了一番，身影开始向后退，而陈磊也站在他身旁，与其一样缓缓退去。

"老爸，我们还能再见面吗？"林念抬眼望着二人不断迅速后退的身影，大声发问道。

"丫头，当你成功消灭心魔后，那时我们还会见。"林森笑着许下了诺言。

"你真的是我爸吗？"林念轻轻咬着自己的下嘴唇，问出了内心深处最大的那个疑问。

"我其实是你心中最深的执念。"林森长叹一大口气，丢下这句话就跟陈磊消失不见了。

随后，林念的梦境也开始破裂，随着四周森林的场景支离破碎，躺在床铺上紧闭双眼的当事人，则从梦境中惊醒，然后慢慢起身坐到床沿，扭头看向不远处的时钟。此刻时间刚好是清晨六点整，外面的空气很潮湿，明亮的阳光照耀到分局之内，一切就又充满了希望。林念起身换上常服正装，来到书桌前，用热水壶冲了一杯咖啡，端着咖啡杯，站到窗前用手把窗户给打开。

一股凉风带着淡淡暖意，吹拂着林念的发丝，发丝随着凉风轻轻飘摇，也使她仅剩的困意消散无踪。林念抬眼注视着远方，看着丁达尔效应之下的一个又一个光柱，慢慢喝了一口咖啡。

林念的脑海还不停回荡着，梦境之中林森曾对她说过的话，眼角再度涌出了晶莹泪花。

林念抬手将泪水给轻轻擦去，把杯子里的咖啡全部喝光，重新来到书桌前，打开了自己的小笔记本，将梦境之中发生的那些事全都记到了笔记本上，她不希望自己遗忘掉这么重要的一个梦。

而在秦卫山的宿舍内，此刻的秦卫山满脸汗水，双目呆呆地注视天花板，不停喘着粗气。

秦卫山被梦魇缠身了整整一宿，梦境里他好像身处一个地铁站，一个会永远循环如莫比乌斯环的地铁站。而乘坐地铁的过程之中，每一次进站都会有浑身血污的乘客进入地铁。那些家伙一看到秦卫山，便会发狂般朝他冲去，仿佛秦卫山的血肉对那些家伙而言，有着某种强大的吸引力。最要命的还是这些乘客有的顶着蔺永清的脸，有的顶着王星蕊的脸，总而言之场面特别恐怖。

秦卫山只好不停推开两个车厢相接的门，疯狂地朝着驾驶员的方向奔去。可就在他要打开驾驶员房门时，王守林和林念不知从哪里突然出现。在王守林和林念的帮助之下，三人成功打开驾驶员的那扇门，可出现的根本就不是驾驶室，而是秦卫山梦境最开始所处的那一个车厢。

秦卫山彻底绝望了，不知道这个莫比乌斯环的最终目的地是何处，终于在一个站点地铁停稳开门时，三人果断选择立马下车，而身后有许多怪人正拼命追赶。他们位于站点的一处位置，发现了可供一人通过的缝隙，顺着缝隙三人来到一处森林。

一处占地面积宽广且死寂的森林，放眼望去能瞧见不少尸体，这些尸体有的是保护动物，有一些则是年纪较大的人，并且尸体都有一个相同点，那便是脸上的表情看起来都很惊恐。

森林正中央的位置，有一棵冲天而起的神秘巨树。秦卫山判断不出此树的年龄到底有多大。巨树的正中央还有一个可供人通过的树洞，这多半就是离开此地的通道。

花狍盗猎队的怪人很快追随而来，秦卫山三人当下根本就无路可选，立刻进入到树洞之内，想要通过树洞逃出生天。可怎么都没想到，这树洞内居然是一条死路，并非所谓的生路，怪人也很快追赶而来。

王守林为了能让林念和秦卫山逃脱，不顾后果地拦住追击的怪人。秦卫山想要上前与王守林一起拼命反击，但因为王守林一句又一句的"这是命令"而带着林念无奈离去。在当时逃生的那一刻，梦境之中又出现了一个新东西。这东西不断吸收着秦卫山的恐惧，又为他编织了新一轮的噩梦。

从树洞成功离开之后，秦卫山与林念继续寻找新的出路，可还是没有找到正确的生路。

当怪人们重新围上来时，秦卫山惊讶地发现怪人被凝固到了林念半米的范围之外。当秦卫山想要拉着林念离开时，林念的面容顿时发生巨大变化，下一刻就变成了一个散发着阴冷气息的中年女子。这个中年女子秦卫山不陌生，正是他之前在水井之内意外发现的那具女尸——王秀娟。

王秀娟抓着秦卫山，口中不断吼道："还我命来，你还我命来，你不是说要帮我报仇吗？"

秦卫山只能不断解释，可王秀娟明显不想听解释，张开血盆大口朝他的脖颈处咬去。

正当命悬一线之际，远处两道身影突然出现在秦卫山的身旁，一个是身材娇小、神情镇定的林念，另一个是嘴里叼着香烟、面目看着很疯狂的陈磊。二人将秦卫山从王秀娟的口下救了回来，随后一行人不停地拔腿狂奔。

借助奔逃的短暂过程，林念解释她早就按照王守林的吩咐，特意兵分两路去找陈磊。

陈磊没有多说什么，只是边开路边吸烟。对此，秦卫山内心很怀疑对方的身份，同时之前还经历了王守林为了救他而身死，还有遭到王秀娟疯狂索命，所以这会儿对眼前所见没有完全相信。

一行人搜查了森林一次，没发现新的出路。林念大胆猜测，生路有可能位于巨树的顶端。

三人为能离开此地，就沿着巨树的树干向上攀爬，而之前的怪人也很快追来。怪人们的速度要比秦卫山三人快不少，负责带队的是那个口中不断喊着"还我命来"的王秀娟。

当三人爬到一半时，怪人们亦追击而来，随即位于半空之中，双方互相扭打到一起。可这些怪人好像天生就没有痛感神经，无论三人怎么攻击，都是那种只会不断进攻的状态，根本不会后退半步。

随后，一声枪响震动整片森林。当枪响结束不久，森林内无数已经死去的尸体也慢慢站了起来，一同朝着秦卫山三人的方向追击而来，其中居然还有不少猛兽，前行的速度非常快。

随后，秦卫山就瞧见蔺永清正狞笑着举起手枪，瞄准的目标正是自己。而在这一刻，陈磊突然从树上跳下，紧紧抱住蔺永清。他顺利把枪夺走扔给秦卫山，拉着蔺永清以及舌头、花蕊，一同从树干上跳下，全都摔到地上。

紧接着，秦卫山跟林念来不及伤悲，迅速成功爬到树顶，而梦境也开始破碎开来。

当秦卫山从梦里惊醒之后，眼角已经满是泪水。他是一个不喜哭泣的男人，高中毕业后，他就没有轻易哭过。可此刻，秦卫山的泪水如同大坝决堤，顺着眼角不断狂流而下，他内心里背负的压力实在太大，而且他很不喜欢梦里的场景，因为王守林在梦里为救他跟林念牺牲了，所以这个梦对秦卫山而言太过惨烈。

第十章　暗立誓言，善意谎言

秦卫山独自思索许久，最后还是没能想出啥原因，他也不清楚那个恐怖梦境有啥寓意。

因为无论是变成怪人疯狂追杀自己的花狍盗猎队成员，还是那为索命而来的王秀娟，都让秦卫山感到非常不舒服。可他现在还是要勇敢直视内心最深处，去面对自己懦弱畏惧的那一面。

秦卫山起身将常服警装换上，为了能更加提神，他动手冲了杯咖啡，站在窗前吹着凉风。

远处偶尔几声鸟鸣传来，当阳光照到秦卫山贴着绷带的脸庞上，映射出了他眼神里的坚毅和认真。他将咖啡迅速喝光后，慢慢走到卧室内警容镜前，用手把额头上的绷带解开。发现绷带下的伤口处已结痂，可看着还是很明显，结痂的疤痕极大。不过，秦卫山没有任何负面情绪滋生，用手轻抚着结痂的位置，而后拿起洗漱用品，走向洗漱室。

经过简单洗漱，秦卫山看着镜中的自己，心中暗自立下誓言："师父，我不会让您有事。"

与此同时，森侦大队大队长的办公室内，王守林正在办公。天色还没有明亮之时，他便已经起身洗漱完毕。王守林坐在办公桌前，把花狍盗猎队的卷宗拿出来翻阅分析，又陷入了一种纠结状态。

王守林不知为何轻叹一口气，只觉得更加口干舌燥，伸手拿起桌上的凉茶一饮而尽。

恰逢此时，王守林的手机突然响起。他摸出手机看到屏幕显示的联系人时，瞬间按下接通键。这次给他打电话的人，是昨日参会的一位警官。王守林又想起布置下去的任务，如果真能挖出关键性线索，或许案子能有所突破。当然，王守林最期待的是已经查到于宗源母亲的下落，如果于宗源能积极配合警方，那么难题都将迎刃而解。

"王队，有个情况要跟您同步一下。"电话那头传来一名中年警官较激动的声音。

"莫非你有了啥新发现？"王守林则主动顺着对方的话语，直接往下进行追问。

"王队，我发现了蔺永清，绰号为野驴那家伙的家！"中年警官笑着给出了答复。

"野驴的原名叫蔺永清？你肯定没搞错吗？"王守林有点疑惑，又试探性发问道。

"王队，这个肯定没错，我确定野驴的原名就叫蔺永清。"中年警官信心满满地答道。

"你们怎么发现的这条线索？"王守林虽然很激动，但强行压下兴奋，理智追问道。

"因为之前成功确认了野驴的长相，然后还发布了通缉令，提供线索的是一位牧民。这牧民之前就认识蔺永清，提供了蔺永清的家庭住址，以及他母亲目前所居住的位置。"中年警官如实答道。

"行，你先忙，忙完来我办公室一趟，派人留守蔺母住址附近，紧盯可疑人员。"

"明白，您放心吧，相关蹲守人员我早已安排好了，绝不会掉链子！"

挂断电话后，王守林的嘴角开始上翘，他挥舞了一下拳头道："皇天不负有心人！"

如此一来也算有了新突破口，如果蔺永清母亲那边能找到线索，那破案指日可待！

王守林的心情非常愉悦，他快步走到警容镜前，整理好自己的仪容，随后去往食堂。

食堂内，秦卫山和林念二人坐在一起默默就餐，看上去都很心不在焉。

王守林打完餐后，便来到二人的身边坐下，他嘴角的笑意丝毫未减。

"早上好。"秦卫山和林念异口同声跟王守林打招呼，很显然二人都有话要说。

"早。"王守林笑着将餐盘放到桌上，望向秦卫山问道，"你昨晚睡眠如何？"

"师父，俺睡眠状况挺好。"秦卫山自然不敢如实回答，主要不想师父担心。

"如果有啥需求，你随时跟我说。"王守林说着拿起一块糖三角咬了一口，又喝了一口大糊粥。当温暖的粥汤夹杂着粗粮与白糖、面团顺着他的喉咙滑到肠胃里，王守林很满足地笑了笑，见林念和秦卫山还面带愁苦，主动打开话匣子问道："你俩还很遗憾线索断了吗？"

这话将秦卫山和林念从心不在焉的状态给拉了回来，秦卫山苦着脸说道："师父，我……"

不过，秦卫山的话还没说完，王守林就直接开口打断了他："卫山，不久前有新线索了！"

秦卫山和林念二人一听，双目都发出一丝光彩，无比期待地看着王守林，静静等待下文。可王守林偏偏不按套路出牌，他笑着安排道："你们等下陪我去一趟县城第一小学，咱们去看看陈芳然那丫头，结束后再讲今早上的最新发现。"

不一会儿，三人陆续吃完饭，然后相约八点半停车场集合，赶往县一小。

"想好一会儿跟陈芳然说啥了吗？"王守林打开车窗，发动了警车，微风顿时开始吹拂。

"我会跟她说，她的父亲是一个大英雄。"林念握紧自己的双拳，低声说出了这句话来。

秦卫山刚要发言的嘴也顿时闭上，陷入了沉默，或许是他感觉自己所想跟林念不太一样。

"卫山，你打算咋说？"王守林从后视镜中看到徒弟欲言又止的模样，便顺势发问道。

"师父，我不打算实说。"秦卫山长叹一口气，表情有些不自然道，"我打算骗她一次。"

"你想骗她一次？"王守林的表情有点疑惑，边开车边问道，"你想怎么个骗法？"

秦卫山先轻咳一声，随后有些伤感地说道："她毕竟才上小学不久，我想不到怎么去面对一个小学女孩，如何告诉她那个残酷的真相，她的父亲去世了。对于一个从小跟父亲长大的小女孩，她的爸爸就是她的全世界。告诉她以后都见不到父亲了，她一定会很痛苦，内心世界会快速崩塌。"

"我退一万步说，就算她知道自己的爸爸是英雄，可在英雄和爸爸之间选择，我相信她会选择后者。她宁愿爸爸不是一个英雄，更何况陈叔的情况特殊，就算真判定了因公殉职，但后续的补偿很难到位。"秦卫山想到这里，又叹了一口气，本就是无名无利之辈，陈磊是一个不被国家承认的英雄。

"可你又能瞒多久呢？"林念认为不应该骗人，因为陈芳然迟早要面对这个残酷结果。

"小念，卫山那番话没错，小丫头还太小，如果真说实话肯定会承受不住。"王守林看准时机，适当开口进行解释，"她还是一个孩子，有时候一个善意的谎言对她来说，其实更是一种保护，让她能健康成长才是关键。"

林念仔细思考片刻，最终还是认真点点头，她自然要听从王守林这个老警提出的建议。

"等到陈芳然三观健全和成熟之后，再把这件事的真相如实告知也不晚。"王守林说着鼻头也是一酸，最终丢下一句，"如果这会儿如实相告，那很有可能会彻底毁了这个小丫头。"

"师父，我们会严格按照您的吩咐行事。"秦卫山和林念想了想，异口同声答复道。

"你们等会儿想一下措辞，千万别整露馅了。"王守林深吸一口气，一边开车一边继续感慨，"有时候一个善意的谎言，相对于残酷的现实来说，其实更加具有一种特殊的温暖意义。"

话落，王守林顺势用手机连接上车里的蓝牙设备，车内就开始自动播放好听的歌曲。

这主要为了避免没话题交流后，导致秦卫山和林念陷入尴尬，也算一种调和手段。

花了一个多小时，车子到达县城第一小学。因为时间关系，整个学校内流动的区域空无一人，孩子们都在上课。拿出警官证证明身份和表明来意，王守林将车停入县城第一小学的露天停车场。

随后，王守林带着秦卫山和林念，一路直奔校长办公室。本来王守林不想麻烦校长，可想到自己不打招呼就来了，然后又不辞而别不太好，更何况陈芳然的情况，他也不能故意隐瞒校长，因此才特意进行拜访。

一行人沿着台阶缓步而行，这所县城小学的设施比较齐全，体育馆运动场也应有尽有。

几分钟之后，一行人就来到校长室门前。王守林轻轻敲了下门，没有贸然开口。

"请进。"一道低沉的声音缓缓传出后，王守林才将房门给轻轻推开，校长室的空间很大，正中央对着一张巨大的办公桌，桌上堆积了各种资料与杂物，还有一个很普通的保温杯。

在办公桌的右侧，摆放着一张墨绿色的大沙发，一名中年男子坐在沙发上正翻看着茶几上的资料。王守林只是浅扫了一眼，那应该是一些考试题目。而正对面的墙壁上，挂着一枚又一枚奖章和奖牌，都是县城第一小学所取得的荣誉。不仅如此，校长室内还有盆栽跟绿植以及单独的卫生间和空调。

中年男子将手中的考试资料缓缓放到桌上之后，才有空打量起进入到办公室里的三人。

当中年男子看到王守林后，一直沉默不变的表情刹那间改变，脸上带着激动之色，嘴角同样挂着笑意瞬间起身，快步来到王守林的身边，异常激动地问道："王队，您今天咋有空来我这呀？"

"您好，李校长，咱们真是好久不见！"王守林客气地伸出右手，跟对方握了握后说道。

"王队，别站着了，快坐下说吧，您身后这两位是？"李校长皱眉发问道。

"这两位是秦卫山警官和林念警官，都是我的徒弟。"王守林笑着介绍了一下。

"三位快坐，我去给你们泡点茶哈！"李校长说着，也不管王守林的阻拦，拿出一大瓶矿泉水，就开始忙着泡茶。随后，他在自己办公桌下的抽屉内，拿出一个茶砖。茶砖外面还包着黄色的保存纸，一看就知道价值不菲。

王守林眉心一跳，赶紧上前阻拦，可阻拦片刻还是没争过李校长，无奈又重新坐回沙发。

茶水很快泡好，李校长一脸激动地拿出三个茶杯，缓缓将茶水倒入杯中，他极为开心地说道："王队，我总算把您给盼来了，您是不知道呀，我家孩子天天说要见您。我媳妇也时常说您是我家的大恩人，一直挺遗憾没能请您吃个饭感谢一下。"

"李校长，您说这些话太客气了，为人民服务是我的职责所在，更何况救人性命这也是我义不容辞的责任。"王守林有些不好意思，舔了舔下嘴唇道，"再说了，我还麻烦您安排了一个娃娃到一小就读。"

"王队，你是说陈芳然那小丫头吧？今天咱们既然聊到这块了，那我就更要好好感谢您了，您可是给我们一小送来了一块璞玉，一块完美又聪明的璞玉啊！"李校长望着王守林哈哈大笑道。

第十一章　伪造文件，人性光辉

　　王守林一脸不解地看向过分热情的李校长，内心充满疑惑。

　　李校长喝了一口茶，继续往下说道："王队，小丫头考了个全县第一，现在是一小重点培养对象！"

　　"今年也是特殊情况，原本都是校内举办分班考试，但今年相关单位下了通知，县城所有的小学一起参加考试。"李校长说着先尴尬一笑，望向王守林解释道，"王队您多半也知道，我们一小虽然名字带着第一，但排名很不如人意，原本已经对这次考试不抱希望了，结果陈芳然直接拿了个全县第一！"

　　"前面的马领着后面的马跑，我们一直缺一匹千里马。"李校长有些感激地望着身旁的王守林，嘴上则不断说道，"王队，您之前不仅救了我儿子，现在您又帮助了我，给我送来一名人才，我又欠了您一个大人情啊！"

　　看着如此热情和激动的李校长，王守林一时间有点不太适应。就连一旁的秦卫山和林念也将原本想说的话咽了回去，静静看着面前异常激动的李校长。不知为何，秦卫山和林念的内心产生一种荒谬之感，二人怎么都没想到校长居然能如此随和可爱。

　　李校长见三人的茶水已饮下，片刻后又主动续杯，然后问道："王队，您来找我所为何事？"

　　王守林见李校长终于将话头引到正事上，不由得松了一口气，望向面前之人说道："私事。"

李校长一听就知道不是啥小事，随后便顺势说道："王队，有啥事尽管说，别跟我客气。"

王守林先调整好呼吸节奏，然后才开口道："这事其实跟陈芳然有关，而且还很重要。"

听到事情跟陈芳然有关时，李校长的心跳都快了一拍，他催促道："王队，您说说看。"他身为一所学校的"一把手"，下达的每一个决定都影响学校的兴衰。而陈芳然的突然出现，让整个学校开始走上坡路，身为校长自然不希望她有什么变动。

"陈芳然的父亲不久前去世了，严格来说算因公殉职。"王守林一字一顿地宣布道。

"什么？"李校长听到这个消息后很是震惊，他抬眼看向王守林时充满了疑惑。

李校长意识到自己有些失态，赶紧出言找补道："王队，实在很抱歉，我的情绪有点过激，芳然这孩子现在是我们一小的希望，真没想到会发生这种事。"

随后，李校长先沉思片刻，又一脸认真之色追问道："王队，方便跟我说说到底咋回事？"

"这事跟盗猎贼有关，具体情况我不能跟你细说。"王守林叹了口气，又望着李校长继续补充道，"我希望您以后多关照下芳然。这孩子才出生就没了妈，现在刚上小学又没了爸，极度缺爱的环境下，我怕她会因此内心叛逆，这太影响孩子成长。"

李校长听着轻轻颔首，又皱眉追问道："王队，你目前打算咋跟陈芳然说这事儿？"

"先不如实相告，等她的三观都成熟了再说。"王守林颇为无奈地开口答道。

"陈芳然是个聪明的丫头，一般谎言估计骗不了她，只会让其情绪更加失控。这一点，我身为校长可领会过。"李校长苦笑着摇了摇头，讲起之前的一件事来，"当我知晓她的成绩是全县第一后，就私底下找她谈过心，希望她周末两天能抽时间留校学习，我会安排老师为她无偿补课。"

"可小丫头死活不干，她说爸爸在家里等她，她要回去陪爸爸，还威胁我说如果不让她回去看爸爸，以后只要考试全都交白卷。"李校长颇为无奈地说着，说实话他也理解，身为天才，如果没点特殊的个性，那就算不上天才了。

"我其实有办法。"王守林继续说，"我打算告诉她，陈磊被调到外地执行任务了。"

"王队，我就怕小丫头不信呀。"李校长一脸担忧道，毕竟这个说法有点太突然。

"她会信我。"王守林双目中闪过一丝伤感，缓缓从怀里拿出一份文件递给李站。

李校长打开文件浏览着上面的内容，片刻后苦笑道："王队，原来你都准备好了。"

只见文件上清晰地写着陈磊调动工作的各种事由跟情况，而且还有着一个公印。只不过这公印并非印制，而是用红笔画上去的。虽然仔细看还能瞧出诸多瑕疵，可要糊弄一个小学一年级学生绰绰有余了。当然，这个用红笔画上去的公印，很大概率是王守林自己加班赶出来的东西。

"李校长，芳然是个可怜的孩子，还要麻烦您以后多加照顾。以后关于芳然的事情，您有解决不了的情况就给我打电话，我已申请成为她的监护人。"王守林握着李校长的手郑重宣布道。

一旁的秦卫山和林念无比震惊地看向王守林，就连李校长也是心头一颤，显然都没料到。

"王队，您放心吧，芳然我肯定会多加照顾。"李校长极为严肃地许诺道。

王守林松开手，拍了拍李校长的肩膀道："既然您也许诺了，那我们就先不打扰了。"

"好，马上就下课了。陈芳然在一年级（一）班，一楼左手第一个教室。"李校长想了想还是开口说，"王队，我就不跟您一起下去了，我怕芳然那孩子看见我有抵触，别又把我当成啥坏人。"

"李校长，后边的事就麻烦您了。"王守林抬手敬了一个礼，带着两个徒弟离开了校长室。

李校长则拿起桌上的茶杯，又抿了一口茶水。此刻，李校长没能品出茶里又苦又涩的那股味道，反而尝到了一股子甜味。或许这甜根本不是来自茶水本身，而是来自王守林那份特有的人性光辉。

"有些人费尽心血去破坏秩序，而有些人则全然相反，总是那么正义跟温暖，用实际行动去维护内心所爱，用生命去守护一方百姓。"李校长低声喃喃自语道，将办公室内的资料重新收拾干净，随后又坐到办公椅上，陷入了无尽沉思。

不一会儿，王守林三人便来到一年级（一）班的教室门口，巧合的是下课铃声同步响起。这铃声与秦卫山和林念学生时期的都不一样，能听出来随着时代不断进化，学校方面也有迅速进化，连相关的配套产物都变了。一个又一个脸上挂着朝气的小学生陆陆续续从教室里走出来，三两成群朝厕所或小卖部的方向走去。王守林暗中观察着走出教室的每一名学生，只可惜没看见陈芳然。而那些小学生也带着好奇的目光，看向王守林这三个突然出现的陌生人，更有性格乐观的孩子主动跟王守林三人打招呼。

"老师好！"一个扎着马尾辫的女生恭敬地冲王守林问好道。

王守林先是为之一愣，很快就明白了过来。作为学生，自然很少接触外来者，除了老师之外便是一些负责维修的校工。在这群孩子们眼中，自己不是校工，自然容易被误认成老师。对此，王守林并没心生反感，轻轻对那个女生颔首。

随着越来越多的孩子从教室内走出，王守林还没发现陈芳然。

这时，一名中年女教师向教室外走出，当发现王守林之后，便快步走过去，然后推了一下眼镜，一脸严肃发问道："您好，我是本班的班主任刘晓芳，请问您是哪位学生的家长？"

"您好，刘老师，我是分局的一名老森警，我叫王守林，我想找一下陈芳然。"王守林很客气地回答道，随后又从怀里掏出自己的证件递给刘晓芳，此刻警官证无疑是最佳的身份证明。

刘晓芳认真地用双手接过王守林的证件，翻看确认后便还给了王守林。身为一小的资深老教师，她自然清楚王守林跟陈芳然之间的亲戚关系，也听人说过不少关于王守林的破案传奇。她马上转身回到教室，把陈芳然给叫了过来。

良久之后，一个打着哈欠，看起来有些迷糊的女孩，出现到了王守林一行人面前。她的表情还带着些许不满，仿佛对于刘晓芳将她叫起来很不解。可当看到王守林之后，她眼里的不耐烦瞬间变成无比激动。

陈芳然当然认识王守林，毕竟她出生时，陈磊人还在狱中，那段时间就是王守林经常来看望她。而前不久让自己入学也是王守林推荐的。

"王叔叔好！"陈芳然的脸上写满开心，然后笑着发问道，"您是来看我的吗？"

王守林看着陈芳然一脸开心的模样，内心仿佛被巨锤敲打，这个瞬间整个人如同苍老了十岁。他双手颤抖地抚摸着陈芳然的小脑袋，挤出一个难看的笑容说道："对，我专门来看你这个小学霸，恭喜你考了第一名啊！"

"嘻嘻，那我下次还要拿第一名！"陈芳然没从王守林难看的表情中读出来别的意味。她随后又侧头看向身后，瞧见秦卫山和林念后也主动打了个招呼，露出两颗小虎牙说道："哥哥姐姐好！"

秦卫山和林念有些难受地点了点头，然后二人齐齐别过脑袋，不敢与陈芳然对视太久。

陈芳然举目朝着秦卫山和林念的身后看去，当发现除了一群玩闹的同学外，没有别人之后，有些没精打采地低下了小脑袋。王守林瞧见她失落的模样，便轻声问道："芳然，你咋突然就不开心了呢？"

"王叔，我爸没跟你们一起来看我吗？"陈芳然抬眼直视王守林，略微伤感地发问道。

第十二章　礼物攻势，最新线索

听罢陈芳然的话，王守林等人表情复杂，颇为伤感地看向这个年纪小却很懂事的女孩。

"芳然，你爸去执行任务了，所以才拜托叔叔来看你。"王守林强忍着内心的酸楚答道。

思索片刻，王守林拍了拍小女孩的肩，看向刘晓芳发问道："我能替芳然请小半天假吗？"

刘晓芳一直站在身边打量着王守林，她也想看看这位传奇老警到底有啥超出常人的地方，可看了半天也没发现有啥不同。当王守林喊她的时候，她还没能回过神来，但马上就回复道："王队，可以的，上午最后一节课就剩下自习了，下午课是一点四十才开始上。"

王守林看了一眼手表，发现还有时间，微微一笑要求道："刘老师，那就麻烦您了。"

"没关系，这都是小事儿。"刘晓芳的态度也很客气，连连摆手说道。

王守林徐徐蹲下身子，眯着眼睛笑问道："芳然，王叔叔带你去吃火锅好不好？"

陈芳然一听能吃火锅，脸上的表情顿时变得欣喜，连自己老爸没有来看望自己的那种失落感也被暂时扔到脑后，颇为惊喜地点头道："好呀，我总听同班的同学们说火锅有多好吃，我都还没吃过火锅呢！"

望着陈芳然这般兴高采烈的样子，秦卫山和林念二人的脸上都显露出了心疼之色，而林念更容易感同身受。虽然她之前也算环境优越，不存在没吃过火锅的情况，可一想到陈芳然之后就会没有父亲陪伴，就好似看到了当年的自己。

没有继续多说什么，王守林跟刘晓芳摆摆手道别，然后牵着陈芳然向停车场的位置走去。

在去往停车场的路上，还遇见了许多跟陈芳然同年龄段的学生。当看到一个扎着马尾辫的女孩子时，陈芳然兴奋地叫住了她："小燕！"

小燕看向陈芳然跟她打了个招呼，然后很好奇地发问道："芳然，你这是要去干啥呀？"

陈芳然没有第一时间回答小燕的问题，而是伸出手指向王守林，带着炫耀和自豪的口吻说道："小燕，这位就是我的王叔叔，今天特意来学校看我。你应该听说过吧，分局森侦大队的传奇警官！"

"王队长？"小燕一脸震惊看向王守林，"我知道我家牛之前走丢了，就是王队找回来的！"

王守林见状也主动用手摸摸这个马尾辫女孩的头，露出了一脸慈爱的目光。

"不跟你多说了，王叔带我去吃火锅啦！"陈芳然拽着王守林的手，告别小燕转身离去。

秦卫山和林念则跟小燕打了个招呼，片刻后小燕仿佛想起了什么事来，她扯着嗓子大声喊道："芳然，下午你还回来上课吗？咱不是约好下午自习课下五子棋吗？你千万别把这事给搞忘了！"

"你等我回来，到时一起下五子棋！"陈芳然头也不回地说道。此刻的陈芳然有点小激动，毕竟她才来这所学校不久，因为自身的原因好朋友也不多，没有父母在身边陪伴，她会感到自卑。尤其是每次看到家长们来学校门口接自己的孩子，而她只能孤独地去往宿舍楼，她的内心就特别难受，感觉自己被抛弃了一样。但今天就不同了，被誉为传奇警官的王叔叔不仅来学校看自己，还带自己去吃火锅，这让小小的陈芳然内心顿时产生极大的自豪感。

王守林看到陈芳然一脸骄傲的样子，自然也是感慨不已。他还没忘记上次去找陈磊时，曾见到过陈芳然。当时的陈芳然性格很孤僻，除了懂事听话外根本不愿意多说话。不过，读书之后能看出来她有一个小社交圈，改变还是比之前大了很多。当然，王守林也清楚一点，那就是陈芳然一定接受不了父亲离开的事实。

秦卫山侧头看向正在开车的王守林，内心也一时间万分佩服，无论为人还是处事层面。

"师父真是一个善良之人。"秦卫山不由得暗自感慨，越接触王守林，内心的感动也越多。

三十多分钟之后，车子顺利到了魏婶开的火锅店，秦卫山对这家火锅店的印象亦极深。

魏婶看到王守林之后也眼睛一亮，瞧见陈芳然这丫头时更是一愣，但眉心顷刻间就舒展开来，缓步走到王守林的身旁，嘴角带着笑意问道："王队，你今天休班？咋还特意带着女儿来吃火锅？"

虽然王守林跟魏婶认识的时间很久，但关于陈磊的事情他未曾跟对方说过分毫，对方不清楚这个女孩的身份也情有可原。沉思片刻之后，王守林破天荒没有解释，只是点头笑着答道："嗯，麻烦您了魏婶，还是老样子。"

"好，你们几位找个位置坐下，我一会儿就上菜。"王守林痛快承认之后，魏婶那颗八卦的心一下就起来了。但她压住了立刻发问的想法，而是速度赶回后厨去，开始忙活着备菜。不一会儿，麻辣底料再次被端上饭桌，还有毛肚、鲜牛肉、鲜羊肉、蔬菜拼盘、菌类拼盘、面条等火锅涮品。

当热水沸腾以后，香味从火锅器皿内传出。闻着这麻辣鲜香的味道，陈芳然疯狂地咽口水。王守林自然观察到了小丫头的表情变化，将牛肉和羊肉全部下到火锅器皿内，等到羊肉牛肉煮熟之后，用筷子给缓缓夹出放到陈芳然面前的盘子里。

不过，秦卫山和林念只是呆坐着。面前的火锅香气如此扑鼻，可二人没有胃口，都想着一会儿该怎么安慰陈芳然。这对于二人来说也是第一次遇上这种情况，完全没有处理的经验。

等陈芳然闷头吃掉羊肉和牛肉后，抬头才发现秦卫山和林念正看着自己，而盘中一点东西都没有。她有些不好意思地低下了头，开口说道："哥哥姐姐，你们光看我吃干吗？你们也一起吃啊！"

秦卫山和林念才回过神来，立刻拿起各自面前的筷子夹菜吃，只不过吃得心不在焉。

毛肚也很快涮了下去，陈芳然因为第一次接触麻辣火锅，嘴也被辣到有些肿，她还不停嘶哈吐气。王守林见状，提醒她慢点吃。可陈芳然使劲点了点头后仍只管闷头一个劲狂吃。特别是吃毛肚时，双眸绽放出别样的光彩，明显是喜欢吃。

魏婶陆续上完菜，又回到后厨继续忙活。直到吃了半个小时后，魏婶才慢悠悠从后厨内走出来。她带着笑意将一盘炸鸡和一碗番茄酱依次放到陈芳然的桌前，开口解释道："王队，我特意炸了盘鸡，现在小娃娃都爱吃这玩意儿！"

王守林分外感激地望着魏婶，笑着感谢道："谢谢魏婶，麻烦您了，这炸鸡看着很香！"

"你跟我还瞎客气个啥劲儿？"魏婶噘着嘴回了一句，随后自顾自找了个位置，坐下之后就用眼睛暗暗打量陈芳然，看小女孩只闷头吃东西一点没有不好意思的模样，她越看越喜欢。

陈芳然吃完盘中新鲜的毛肚后，也将目光看向炸鸡。她从同班同学的嘴里听说过炸鸡，在食堂也吃到过一次。

陈芳然又咽下一口口水，明明已经吃饱了，当炸鸡的香气传入鼻中时，她还是没有忍住美食的诱惑，拿起炸鸡蘸着番茄酱就又开吃了。等陈芳然已经完全吃不下后，王守林给她倒了杯冰镇可乐，缓缓问道："好吃不？"

"超级好吃，谢谢王叔叔！"陈芳然很满意地点头道，嘴角又挂上了灿烂的笑容。

"你觉得好吃就好，以后王叔每周都带你来吃好不？"王守林立马又笑着问道。

陈芳然没明白这句话的意思，有些害羞地说道："王叔，不用啦，我今天能吃到这么多好东西已经很开心了，您平日里都要忙着查案子抓坏人，况且爸爸之前也答应我了，以后每周允许我回家一次！"

王守林望着陈芳然一脸认真和懂事的表情，内心还是有点小动摇。可事情已经发生，他又无法让陈磊重生，他只能看着陈芳然，勉强一笑解释道："芳然，你爸他外出执行任务了，未来很可能有一段时间都无法陪你了。"

　　"王叔，我爸外出，所以让您来通知我？"陈芳然一时很震惊，张着嘴一脸惊慌失措。

　　"当然，你爸特意嘱托过我了，这段时间王叔叔照顾你，你看怎么样呀？"说罢，王守林还故意挑了挑眉，意思是我很靠谱的样子。不得不说，一向以严肃和铁面为代名词的王守林如此模样还是有些小可爱。

　　"爸爸去啥地方了？他为啥不来看我？"陈芳然的眼角已经带上了一抹泪水追问道。

　　"他去了一个很远的地方……"望着陈芳然这可怜巴巴的表情，王守林原本脑海中酝酿的词汇瞬间消失。他有些窘迫地看向了秦卫山，眼神之中求助的目光不言而喻，显然他还是狠不下心来。

　　秦卫山见状，立刻接话道："芳然，陈磊叔调动工作了，要好一段时间之后才会回来。"

　　听到这个答案后，陈芳然脸上的表情更加绝望。她虽然不清楚调动工作的真正含义是什么，可她之前就记住了一件事：每一位科任老师跟他们说完调动工作后，就再也没有见到过那名科任老师了。这个调动工作是以后都见不到爸爸了吗？可爸爸走之前都没说过呢？

　　秦卫山看到陈芳然要哭的表情，顿时语塞，也不肯定是不是表达上出了问题。很快又立马想法子圆了回来："芳然，这是一件好事，陈叔走之前都没跟你细讲，具体是这么一个情况。"

　　"陈叔因为工作认真负责，已经被分局给特招了。他现在跟你王叔一样，是一位人民警察。但特招之后，因为咱们分局的工作人员饱和，所以领导将他调到了比较远的地方。陈叔走之前跟我们保证了，等工作清闲时就回来看芳然。他还说，等适应了那边的生活之后，要把你接过去，到时候带你玩摩天轮和过山车，给你买粉色玩偶！"

　　陈芳然那伤心的表情渐渐不见了，她眨巴眨巴灵动的眼睛认真反问道：

"真的吗？"

"这肯定是真的呀，哥哥是人民警察，还能骗你不成？"秦卫山一脸认真地拼命点头道。

这时，王守林也从怀中取出那份工作调动证明，为了让秦卫山的话更加具有说服力。

陈芳然接过那份工作调动证明，认真看了好几遍也没发现纰漏，最后还给了王守林。

"谢谢王叔。"陈芳然道谢时眼中已经不见伤心，虽然有点失望，因为老爸失约了。

王守林也长舒了一口气，目前也没别的办法，未来的话只能兵来将挡，水来土掩了。

陈芳然过段时间如果还问起关于陈磊的事，到时唯有见招拆招。结账后，在魏婶一脸关怀的表情下，王守林带着陈芳然去一旁的文具店买了新笔盒跟书包以及各种学习用品。至此，陈芳然也算是在各种礼物的强烈攻势下，慢慢忘记父亲调动工作的事，最后带着一张笑脸坐上了警车。

王守林将陈芳然送回学校之后，一行人便又朝着警局的方向赶去。最为值得一提的是，在车上王守林有些不好意思，特意问了一下林念，关于陈芳然这个年龄段的女孩子应该注意的事项，而林念也耐心逐一给出了答案。

不久之后，眼看车子即将抵达分局，秦卫山赶忙发问道："师父，最新线索到底是啥？"

第十三章　一无所获，孤狼出击

"我们成功锁定了野驴蔺永清母亲的居住地。"王守林低声说道，脸上挂着意味深长的笑容。

"什么？！"秦卫山听罢，双眼立马瞪得贼大，脑海里浮现出之前跟蔺永清斗智斗勇的场景，有些震撼地反问道："师父，您确定没搞错？那家伙如此鬼精，居然还能露出这种马脚？"

"徒弟，这就叫天网恢恢疏而不漏啊！"王守林一边开车一边笑着说道。

"师父，查找于宗源的母亲可有啥新进展？"秦卫山追问道，他可没忘记上次去医院跟于宗源套话，这么长时间都未能让其母子相见，多半会让于宗源的内心生疑，而怀疑情绪一旦产生，后续再想拿到线索就难了。

"卫山，这个依然处于加紧调查的阶段，暂时还没太大进展。"王守林说着又把话锋一转，"目前我已经拿到了蔺永清母亲的具体居住地址，分局安排了人全天候跟进，我们明天去也不影响，反正人跑不了。"

"要不咱们先去医院一趟，去试探一下于宗源如何？"一直沉默不语的林念突然提议道。

王守林沉思片刻，也微微点了点头。于宗源是一定要稳住的关键对象，毕竟后期也可以将其发展成污点证人，主要用于指证别的花狍盗猎队成员。

林念又想起陈芳然，忍不住开口追问道："王叔，您真要当陈芳然的监护人？"

王守林听后不由得哑然失笑，其实他早就猜到林念会如此发问。他点点头答道："小念，芳然打小就没了妈，才上小学又没了爹。陈磊生前是我的好兄弟，芳然也是我从小看到大的丫头，我自然不能让她没有家，也不能让她去吃百家饭。再者说了，没人比我更合适了，我本就没娶妻生子，芳然这小丫头的加入，或许会让我的生活更有意义。"

"师父，您是真爷们儿！"秦卫山在一旁静静听着，朝王守林比了个大拇指。像王守林这么热爱工作还善良的森林警察，他这辈子是第一次见。而林念此时内心亦特别感动，至少那个小丫头，未来不会孤苦伶仃和受尽白眼。半个小时后，警车抵达医院内……

此刻，于宗源病房前的两名警官依旧是那副无精打采的样子，看起来好像还没睡醒。

这两个家伙都是正儿八经的警校毕业生，只不过比秦卫山跟林念早一年到分局入职。

二人正式入职后才发现工作没想象中那么繁忙，可还是有着一颗想要向上爬的心。原本以为一批新警来了，就会有机会能更进一步，结果没想到被派到医院专门看守于宗源。二人觉得看犯人本身就是一个很乏味和无聊的工作，于是二人天天琢磨着怎么才能被调回去。可自从上次秦卫山来过一趟之后，他们除了每日汇报犯人情况，就没见局里有别的警官来过。

王守林看着这两位年轻小警此时的模样，身为老警的他自然能看出他们对于看犯人的这个工作已经干腻了。可考虑到种种情况，还是没有采取轮值制度，因为于宗源是个很重要的涉案人物。

这时，两位年轻小警正聊着什么，情绪也比较激动，完全没察觉王守林一行人的到来。

当然，这两位小警具体的对话内容，也传到了王守林耳朵里，可以说是听了个清清楚楚。

"虎子，我知道你立功心切，可也不能瞎整，弄巧成拙了咋办？"小海低声道。

"小海，我是真羡慕秦卫山那小子，要我说就该胆子大点，秦卫山胆子大，线索便被他给套出来了，你听我的安排准没错！"虎子又开始讲述所谓的大计，疯狂游说身旁的小海，"一会儿照常按 A 计划行事，我先去病房跟于宗源聊天，你假意进来骂我一顿，随后冷他一段时间，等下午吃完饭我又进去套话，运气好应该能挖出点小线索。"

小海一个劲儿摇头，开口劝道："你把于宗源想简单了，你以为秦卫山成功是靠运气？"

"A 计划如果不行，咱就整 B 计划呗，反正试试又不会少块肉。"虎子很不满地嘀咕道。

"这绝对不行呀，套线索要么一次性成功，如果第一次失败了，还想成功难度就变大了。你如果真想去套那家伙的话，咱俩继续想想，争取想一个靠谱的办法！"小海苦口婆心劝说道。

"小海，我看你就是没胆量，干啥都畏首畏尾！"虎子颇为气愤地抱怨，目光无意间往左面一瞟，发现有两男一女正目不转睛地看着自己。当瞧见秦卫山身旁的王守林时，立马乖乖闭嘴不言语，可一旁的警员小海仍然自顾自道："虎子，为了能抓光该死的花狍盗猎队，我认为可以放手一试！"

"你们暂时别轻举妄动，盗猎贼心思鬼，别贸然惊了猎物！"王守林突然开口提醒道。

虎子和小海听罢之后，条件反射般齐齐起身，抬手敬礼低声道："王队好！"

"辛苦你俩了，看嫌疑人是个乏味的工作。"王守林又抬眼望着两名小警调侃了一句。

两名小警被戳破内心的想法，一时间有点尴尬和窘迫，徐徐收回敬礼的手。

王守林看着面前两名小警，口头上又鼓励一番，然后简单聊了几句，才往病房里走。

此刻，病房内的于宗源正吃着新鲜水果，身上伤口处有些石膏也已被拆掉，看起来状态特别好，就是身形有些偏消瘦。准确一点来说，"胖子"这个外号现在不适合他了。

于宗源是一个唯利益至上的盗猎贼，但亲情算除利益之外，内心深处最挂念的东西。

于宗源瞧见走在最后头的秦卫山，他颤抖地发问道："秦警官，俺啥时候能见俺老娘？"

王守林用略好奇的眼神看向于宗源，他自然感受到对方语气中夹带着哀求，但目前这件事还要秦卫山独自主导。随后，只见秦卫山看着消瘦的于宗源，开口反问道："于宗源，实不相瞒，前一段时间，我们跟你的三个同伴交手了，蔺永清那家伙确实很狡猾。"

于宗源听罢之后，心跳加快数倍，他非常不解，为啥蔺永清的名字会被秦卫山知晓。

因为整个花狍盗猎队里，真实姓名算一个秘密，连出任务都不会直呼对方姓名，这一点是老大花姐定下的死规矩。对此，花姐当时特意给出解释，一旦真实姓名被警方知晓，那么距离被逮捕就不远了。

于宗源想起花姐之前的话，颤抖着肩膀追问道："秦警官，你怎知野驴的真实姓名？"

"你猜猜我咋知道了？"秦卫山目不转睛地盯着于宗源，故意把问题又给反踢回去。

于宗源调整好呼吸，试探性发问道："你把野驴抓了？他那么谨慎，咋可能被逮住？"

不过，秦卫山没直接给出答案，因为不公布答案，才有机会套于宗源的话。

"秦警官，你给俺一句准话，俺啥时候能见俺老娘？"于宗源见秦卫山没回答，于是又问了一遍之前那个问题。如今他是人在屋檐下不得不低头，根本不在乎野驴有没有被抓，只关心自家老娘的安危。

经过这一段时间的住院治疗，于宗源内心的幻想渐渐破灭，已经不认为会有人冒险来救自己了。当然，类似于宗源这种已犯下滔天罪行的盗猎贼，早就没有生路可言了。

秦卫山还是没给出答案，现在他不敢贸然答话，怕一开口就会暴露破绽。于宗源脸上的表情从充满希冀，到慢慢变得绝望，最后彻底失望，双手一摊直接躺到病床上，将吃了一半的水果随意放到床头柜上，又变成死猪不怕开水烫的鬼样子，嘴上还随之威胁道："只要没见到俺娘，就别指望俺配合你们。现在能告诉俺，你们来这想干啥了吧？"

王守林嘴角显露出一抹笑容，于宗源这家伙表面看着傻，可内心如明镜那般，很清楚他掌握的线索是眼下唯一能跟警方交易的东西。一旦失去那些线索，那他自然就彻底失去了价值。

王守林走到于宗源的病床前说道："没啥大事，就是来看看你，看你的身体状况如何。"

"俺身体现在挺好，就不劳烦狗鼻子多挂念了。"于宗源冷笑着答复道。

王守林也不生气，缓缓摇摇头道："既然如此，那我们下次见吧，你好好休养。"

"如果你们特别想破案，就带着俺娘来医院见俺。"于宗源深吸一口气，又接着补充了一句，"俺还是之前那句话，只要见到了俺娘，你们要啥消息都没问题。"

王守林朝于宗源微微点头，随后就带着秦卫山和林念走了出去。

当王守林三人走出病房之后，虎子有些激动地问道："王队，于宗源招了吗？"

"于宗源啥都没说。"王守林淡然地回答道。

"那接下来该咋办？"虎子急忙问道。

"还要麻烦你们两个继续看守于宗源，每日信息上报也不要遗漏。有啥新消息，我会第一时间通知你们。"王守林说完又特意补上一句，"如果他身体的病情有恶化迹象，你们上报之后也要单独给我打个电话。"

"明白！"虎子和小海二人齐齐抬手敬礼，而后目送王守林三人离开医院。

等到王守林重新回到警车里，三人的心情也各不相同。于宗源这条线暂时走不通了，除非找到于宗源的母亲。眼下只能去蔺永清母亲的居住地看看能不能挖出什么有用的线索。

距离医院不远处的一个小村落里，不少本地牧民忙着弄晚饭吃，这其中不乏一些年轻人。

起初年轻人也想去大城市拼一拼，可一没啥文凭，二没一技之长，到大城市除了卖苦力外根本无法生存，经过慎重考虑后他们决定留在老家，过着清闲而踏实的牧民生活。这些年轻人之中，有一位打扮颇为时尚，他下半身穿着一条牛仔裤，上半身穿着低领衬衫，这名年轻人叫方文正。他只有初中学历，他是提供蔺永清母亲地址的本地牧民，此刻他正在巡视一间房屋四周的情况。

同一时刻，正有一个男人暗中盯着方文正，他是沈溪花派出来杀蔺永清母亲的王鸿阳！

王鸿阳正悄悄观察着蔺永清家周围的情况，确定没啥异常后，他才会亲自动手清除目标。

"这个家伙是本地牧民？"王鸿阳闭上双目暗自权衡，"我要不要把他一起干掉呢？"

就在这时，方文正来到蔺母的家门口，蔺母正一脸惬意地坐在门口的小凳子上晒太阳。

蔺母那一头发丝掺杂着银与黑，脸上布满皱纹，但面色很慈祥，嘴唇微厚。

听到有脚步声传来，蔺母缓缓睁开双目。当她看到方文正后，脸上也挂上了笑意。

"小方，好久不见，你吃饭了吗？"蔺母抬眼望着不远处的方文正，语气平缓问道。

"还没吃，俺溜达溜达，咱农村这景呀比城里好看多了。"方文正则随口答道。

"是，还是咱农村好！"蔺母也咧嘴笑了笑，可片刻后又摇摇头，"可惜俺家那个浑小子，硬要跑到城里头去发展。俺都快两年没看见他了，这小王八犊子也不知道给俺写个信回来。"

蔺母自顾自念叨好一阵，不过想起每个月银行卡里都会有进账，目光又柔和了下来。虽然这证明不了蔺永清孝不孝顺，但最起码能证明这小子经济还可以。她抬头看向那个方文正，仿佛看到了自己的儿子。

方文正深吸一大口气，笑着往蔺母所处的位置走。可他一想到要去套路罪犯的母亲，小腿就忍不住直打哆嗦。也多亏他在城里见过些世面，不然还真可能会让蔺母心生疑惑。

第十四章　行为矛盾，护子心切

顷刻间，方文正走到了蔺母的身前。他打量着对方的同时，蔺母也在打量着他。方文正是认识蔺母的，否则也不会看到蔺永清的通缉令之后第一时间通知警方，只不过两家的关系不算特别好。

"大娘，俺蔺哥啥时候回来？仔细算算都好几年没见到他了，实在有点想念呀！"方文正这家伙编起瞎话来也不思考，带着无比期待的目光看向蔺母说道。

"文正啊，俺也不清楚，俺还寻思能靠你们年轻人，给俺找找那个小王八犊子呢！"

"大娘，您不知道俺哥去哪了？"方文正虽然内心有点失望，但表情看着极为震惊。

"你哥说是去城里头打工了，俺有两年没见着这个不孝子了！"蔺母很气愤地大骂道。

"蔺哥连电话都不给您打吗？或者书信都不写一封？"方文正又故作吃惊地追问道。

"文正，电话那玩意俺整不明白，你哥确实连信都没写过一封，除了每个月准时打点钱外，俺都快记不住还有这个儿子了！"蔺母在"打钱"两字上特意加强了语气，给人的感觉炫耀味十足。

方文正自然能听出蔺母语气之中的那种炫耀之意，他没把这话太当回事儿。

二人又好一顿闲聊，方文正从兴致满满到有点不耐烦，因为蔺母已将话题扯到他的一日三餐上，还偶尔吐槽别人家老太太的各种恶习。当然，还问了方文正啥地方的菜最便宜。整整聊了半个小时，方文正才起身告辞。

聊天结束之后，方文正也没过多逗留，沉思片刻就向着村落外的一处灌木丛走去。

这处灌木丛极为普通，差不多每一个村落口都会有。而灌木丛一旁不远处，有一间普通的民宅正敞着大门。此处民宅为分局警员的一个据点，很快方文正就走进去了。同一时间，王鸿阳的脑子也迅速转动。之前他就看了个清清楚楚，这个有些神秘的小子不知跟蔺母说了些啥，随后就鬼鬼祟祟朝这边走来。

不一会儿，方文正便在王鸿阳有些疑惑的目光之中，来到分局警员的屋子里，进入房屋后特意关上房门。王鸿阳顿时更加疑惑不解，大白天的干啥事非要关门不可呢？

"等一下，这小子莫非是雷子？"王鸿阳的面色阴晴不定，很快就想到了另外一个关键之处，"不对，这处房屋原本不是没人住吗？这帮人啥时候买了这屋子？咋知道蔺永清母亲的地址？"

王鸿阳脑子里闪过一连串疑惑，他很清楚自蔺永清加入花狍盗猎队之后，花姐便一直私下让他搜寻蔺永清母亲的地址。毕竟蔺永清很阴险，而且还没犯过大错误，为了团队和谐，花姐又逼问不出相关消息，多年来他硬是一点线索都没挖出来。

这个村落王鸿阳之前也来过，还跟当地牧民详细打听过，可没有什么结果。他现在很怀疑，当时那个牧民撒谎骗人了。可牧民防骗意识都如此强吗？还是说他看起来不像啥好人呢？

"这下子要咋搞，难不成我把那个人也办了？"王鸿阳的双目开始打转，脑海中思索着后续的处理办法，可怎么都没琢磨出一个可行计划。同时，他也不确定那个神秘小子到底是不是雷子。不过，实际情况已经摆到面前，总不能去赌对方不是雷子，更不能当着雷子的面强闯蔺永清家杀其母然后逃跑。

王鸿阳权衡之后开始缓缓挪动身子，同时一边紧盯着方文正进入的房屋，一边向后慢慢挪动，没过片刻彻底消失不见，好似没出现过一样。而位于分局的那个小据点里，方文正正在跟相关负责人转述与蔺母相见的事，详细汇报了未曾发现任何异常人员出没。

不过，负责人听完汇报后没有掉以轻心。身为花狍盗猎队案件的主要负责部门，自然特别清楚这帮狼子都是些杀人不眨眼、吃人不吐骨头的奸狼之辈。若不小心放松警惕，那极有可能会造成不可挽回的大祸。

负责人重新开口追问道："你确定蔺永清每个月都给他娘打钱？这可是一个关键线索！"

"警官同志，我能肯定，蔺母亲口跟我说的，这咋可能骗你呀，我可是接受过义务教育的人！"方文正严肃回答道，但双腿还有点控制不住，一直微微抖个不停，显然情绪非常激动。

负责人嘴角显露出一抹笑意，抬手轻轻拍了拍方文正的肩膀，让其继续原地待命。

随后，负责人拿出手机，找领导联系相关部门，去查蔺母银行卡的汇款记录。

负责人汇报完毕之后，他又立刻拨通另外一个号码，这次他要联系的人自然是王守林。

此时王守林正在驾车奔向之前拿到的那个地址，也就是分局的这个据点。

原本计划是审完于宗源便归队休息，明日再来蔺母家里搜寻线索，毕竟警察也是人，总还是要休息一下。可王守林见秦卫山和林念精神状态还行，思索片刻就决定快刀斩乱麻，直接前往据点查案。

此刻，正给秦卫山和林念讲述一宗离奇案件的王守林，突然接到负责人的电话。他接通电话后，那人率先开口说道："王队，又有新线索了，蔺永清每个月都会给他母亲的银行卡里转账。"

"什么？"王守林顿时喜上眉梢，他清楚银行转账意味着什么，转账记录是一个最大且致命的破绽，而身为老森警的王守林，更是明白其中所代表的深层含义。

王守林的脑子里立刻就有了后续相关行动计划，只要这一条线索确定了，蔺永清的行踪肯定能够锁定。就算用那种最笨和最传统的办法，专门去蔺永清办理银行转账的银行死守干等都能将之给逮捕。

"好，我们见面详谈，我马上就到！"王守林将激动给强行压下，低声对电话那头说道。

"明白，那待会儿咱们见面详谈。"负责人说完也立刻挂了电话。

"师父，这下逮野驴有望了！"秦卫山极为激动地吼道，林念也是一脸振奋，二人怎么都没想到蔺永清会留下这么大一个破绽。当然，蔺永清也压根没想到自己母亲的住址会被警方查到。

"徒弟，你给我记住了，这世上就没有不透风的墙。"王守林非常冷静地开口补了一句。

不过，二人之所以有这种表情，王守林也不觉得奇怪，毕竟跟花豹盗猎队交手之后，这个野驴子是公认最难搞，心眼最多的一个家伙。能够挖到这种人的破绽，自然能让警方信心大增。

不久，三人便赶到了蔺母所在的那个村落口。一下车，便看到一个穿着奇怪的年轻人，站在村口四处张望，好像在等什么人。当他看到王守林三人之后，眼神顿时为之一亮，随后大步走到王守林的面前。

"请问您是王队？俺是方文正，俺老大让俺来接你们。"方文正望着面前之人说道。

"没错，我就是王队，你带我们过去见他吧。"王守林抬眼望着面前的人，微微颔首道。

方文正得到肯定答复后也不敢耽误，直接带着王守林三人去往之前的据点。这个过程之中，方文正不停用眼神偷偷打量着王守林，因为他也算是听着王守林的传奇故事长大的孩子之一，自然对这个警界传说和超级偶像极为好奇，同时内心也暗喜不已。

"这下俺可长脸了，连传闻中的王大队长都看见喽，而且还跟这种传奇人物说过话，想想都激动！"方文正内心兴奋到了极点，顿时感觉之前付出的那些辛苦和冒险都值了。

王守林一行人顺利进入房屋后，屋子里的一众警官早已等候多时，之前那位负责人简单给王守林介绍了蔺母的情况。王守林在听的过程中不断皱眉，一直都没开口说话。

"等一下，蔺母平日里朋友不多吗？"王守林听到后头，还是没忍住插话问道。

"没错，感觉那老太太的性格非常孤僻。"负责人点头答道。

"孤僻？我怀疑她知道点东西，不然不会如此敏感。"王守林分析道。

"您认为蔺母知道蔺永清是个盗猎贼？"负责人对此很吃惊，张嘴反问王守林道。

"我先说说我个人的看法，你刚才说蔺母平日朋友不多，性格也有点孤僻，但你刚才又讲方文正跟蔺母聊天时，蔺母口若悬河的状态，而且嘴一张就停不下来，不停地将自己生活之中的琐事分享给方文正，如此一来就很古怪了。"王守林顿了顿扫视一圈道。

"性格孤僻和对方文正口若悬河，这根本就是一种矛盾状态，而这个矛盾出现到了一个人身上，那自然就表示这个人绝对有问题，应该是内心还藏着啥事儿。"王守林斩钉截铁地说道。

"师父，有没可能蔺母本身属于那种开朗乐观的人，并且清楚她儿子是一个盗猎贼，为了不给儿子惹麻烦，才选择回避所有邻居？毕竟若她不清楚儿子是盗猎贼的话，根本完全没必要刻意躲避邻居。唯有她清楚儿子搞非法买卖，才会孤僻待人，只有这样才能保住自己的儿子。如此一来，蔺母的行为模式就不矛盾了，归根到底是护子心切。"就在这时，秦卫山这番话惊呆众警。

所有警员都看向秦卫山低头沉思，这番分析确实有一定道理，但同样存在不小的瑕疵。

"那为啥蔺母会提到每个月打钱的事？"先前的负责人疑惑地追问道。

第十五章　演技超凡，危机暗藏

"那很有必要提前会一会这位蔺母了。"王守林用双目扫过负责人，良久后才开口说道。

原本王守林的计划之中没这么快跟蔺母相见，他想凭借蔺母钓出野驴。可如今蔺母的行为处处透着异常，王守林隐隐感觉已经抓到了一些线索。

"卫山和小念准备好说辞，一会儿咱去找蔺母。"思索片刻，王守林重新部署了安排。

"王队，你们吃晚饭没？"见王守林已经定好后续安排，负责人赶忙问道。

"没，我还不饿。"王守林说着又补了一句，"小念和卫山去吃吧，别饿坏了肚子。"

随后，王守林又独自一人站到院落之内，眉头紧皱着分析起那位蔺母的情况。

不一会儿，秦卫山和林念吃完饭，齐齐来到王守林身边。他看到二人精神焕发，明白他们已经准备好，三人径直去往蔺母家。此刻天色已经变暗，能听到蔺母家内传出碗筷碰撞的声音，估计她正在吃晚饭。

"我们等一会儿吧。"王守林说着从怀中取出一包香烟，还剩十根左右，他拿出一根轻轻吮吸一口，"如果我的推测没错，蔺母多半很清楚蔺永清背地里搞着啥勾当。"

王守林又徐徐吐出烟雾，毕竟蔺母这条线很关键，能否挖出幕后的人就看这次了。等到一根香烟彻底燃烧殆尽，房屋内碗筷的声音也渐渐停了下来，显然是时候要展开行动了。

"等下我来发问，你们负责打配合跟暗中观察。"王守林低声叮嘱了一句。

"明白，我们会高度配合您，争取挖出有用线索。"秦卫山和林念齐齐点头道。

蔺母应该已将碗筷收拾完，王守林才迈步走上前，用手轻敲几下大门。没过多久，一个身材有些佝偻的慈祥老太太将门缓缓打开。王守林三人静静打量着蔺母，而蔺母也同时打量王守林三人，然后问了一句："三位找谁呀？"

"您好，大娘，我们是县里的，想找您了解些情况。"王守林说道，"叫我小林就行。"

蔺母警惕地扫了一眼王守林，又将目光瞥向他的一双手，平静地说道："进屋吧。"

随后，蔺母自顾自地朝房子里走，王守林三人则紧跟蔺母身后，好似感觉到对方的脊柱瞬间又弯曲了许多，内心夹带着一种说不出来的复杂之感。

"小林，你们吃过晚饭了吗？"蔺母一边往前走，一边问道。

"已经吃过了，一会儿还要去下一户。"王守林说道。

进入房屋后，王守林静静打量着屋子里的每一样物品。可以看出，蔺母是一个爱干净的老人，每一件物品都有条不紊地摆放整齐，看不出来杂乱之意，并且物品上没沾染灰尘，环境很舒心怡人，就连玻璃也被擦得光亮如新。

王守林在这一小段路程之中，将眼口鼻运用到极致，心中也有了谱。方文正之前了解的没错，此处房屋除了她的脚印和味道以及白天刚来过的方文正之外，就完全瞧不见有第三个人的痕迹。将王守林三人引到里屋后，蔺母便取了几个小杯，随后用烧水壶为三人沏茶，仿佛早就准备好了，整个过程没有半点慌乱。

王守林见状叹了口气，舔舔嘴唇发问道："大娘，您就不好奇我来您这是为了啥吗？"

蔺母被如此一问，浑身不由得为之一颤，很快又强行恢复镇定，那布满皱纹的脸挤出一抹冷笑道："老婆子虽然年纪大了，眼睛不咋好使，可心里头还没瞎，你们是因为永清而来吧？"

不等王守林开口她又说道："唉，那小崽子好几年都不知道回家一趟，我也只当他是死外头了。"

王守林依旧保持沉默，整个房间只有烧水壶中热水被加热发出来的咕噜声。

片刻之后，蔺母开始沏茶，为王守林三人倒满茶水，就静静坐到了一旁，不愿继续说话。

"大娘，您知道他具体是干啥工作吗？"王守林喝了口茶水，重新看向蔺母发问道。

"这我不太清楚，但那小犊子一肚子坏水，反正肯定没干正经买卖。"蔺母又长叹一大口气，摇摇头继续追问道，"您给我这个老太婆也透个底，我家那小王八蛋到底出了啥事？"

"他的情况有点复杂，我怕三言两语讲不清。"王守林深吸一口气，又继续缓缓补充道，"据说蔺永清杀了许多人，多年来一直偷猎国家级保护动物，您最好能劝他主动投案自首。"

此话一出，屋内沉寂了很久，只有王守林三人的饮茶声，又过了一会儿秦卫山打破了沉默。

"大娘，您考虑清楚，这事跟您儿子的性命相关。"秦卫山顿了顿，又缓缓往下道，"虽然跟您接触的时间不长，但能感觉到您是一个开明的人。应该知道触犯国家法律的后果。"

蔺母很无奈地摇了摇头，秦卫山这番话确实不假，其实她在收到蔺永清第一次打款时，隐约就猜到儿子有可能干着不法之事，不然不可能赚那么多钱。

另外，除了当兵之外，谁能两年之内都不回家看看？谁能两年之内每一个月都不间歇打款却连一丁点消息都没有？蔺母有时都害怕蔺永清死了，当然这是在对方没给她打款的前提之下。

蔺母又开始扯蔺永清小时候发生的事，红着双眼自言自语道："俺那个孽子，从小就古灵精怪。孩他爹为了供他上学，起早贪黑地去地里头赚血汗钱，结果钱是赚到了，但孩他爹身子骨也熬坏了。从此之后，俺那孽子就有了一个坏想法，他要赚很多很多钱，要当那种大老板过有钱人的日子。"

"等他初中读完了，跟俺说要去城里头打工。俺没同意，在村里头赚点钱，稳稳当当过日子，再娶个媳妇，这日子多美呀！"蔺母的语气之中带有一丝遗憾，抬起手抹了把眼泪，"可那个小王八犊子，不知道从啥地方整来了蒙汗药，给俺做了一顿丰盛的饭菜，之后俺就晕了。等醒过来时，除了一封信啥也没有，他直接不知所终了。"

"刚开始他还能回来吃顿年夜饭，给俺讲他在城里头混得咋样。俺也不知道是从何时开始，见他的次数就从一年几次变成好几年一次，到现在两年没回来看俺了。您说他居然能给自己老娘下药！"说到这，蔺母不知为何笑了，只不过这笑意看着不太正常。

恰逢此时，一旁的林念突然感觉头脑发蒙，眼睛看东西也不太清楚。她有些不解了，愣愣看向身旁的秦卫山和王守林，但看见两人身体都没异常后，便渐渐放下心来。可随着时间一点点流淌，她脑海之中的眩晕感越来越强，看东西已经有重影，蔺母说的话也开始听不清。

秦卫山同样发现了异常，他扭头看向双目迷离的林念，随后又很诧异地看向王守林。

王守林还是一脸淡然，仿佛啥事儿都没有发生过那样，照旧静静听着蔺母喃喃自语。

"俺老太婆就这一个儿子，老蔺家唯一的独苗，既然他已坠入深渊，那俺只能帮他往前走一走喽。"蔺母说着脸上神情一变，露出阴狠和杀机，扭头望向王守林三人冷笑道，"你们三人都不是县里普通的工作人员，我猜你们是警察，你们走路的姿势太明显了，外带小林你手上还有不少老茧，这应该是常年用枪磨出来的痕迹。这次算你们倒霉，三条命换俺儿一条命也不亏！"

此话一出，王守林三人顿时大惊不已，没想到蔺母如此心思缜密，善于观察。

第十六章　利用差距，惊险擒拿

秦卫山听着蔺母那无比恶毒的话，内心开始不住颤抖了，可此刻药劲儿已经上来了，他只能强撑着身体不让自己倒下，抬眼盯着桌上的茶具，内心开始暗想道："这次行动大意了，应该早有所防备才对，这农村老妇咋可能有闲心泡茶？"

秦卫山顿时想明白了很多东西，尤其是之前还非常不解的地方，比如原本一个乐观开朗、喜欢聊天的农村老妇，一直跟邻居保持着疏远关系，但面对不太熟的方文正却相谈甚欢。这一点能推测出来，蔺母清楚蔺永清本身干着不法勾当，一直默默等待警察前来，并且还有点期待警察能到来。

可秦卫山咋都没想到，这个老妇居然胆大包天到想干掉警察，简直丧心病狂。

"你以为解决了我们，就能让你儿子安全吗？"秦卫山咬着牙盯着蔺母问道。

蔺母非常不以为意，冷声反问道："难道不是？干掉你们三个，事情不就都解决了？"

秦卫山听罢不禁苦笑连连，也就在这时，王守林轻轻将嘴里含着的茶水吐出来。蔺母顿时如临大敌般看向了他。

"大娘，您之前的演技着实不错，可茶水之中的药味，实在太重，而且估计药效过期了吧？"王守林又摇了摇头，看向秦卫山和林念二人说道，"如果我没猜错的话，是蔺永清之前用剩下的药吧？"

蔺母听着猛然起身，原本佝偻的身子也瞬间挺拔，能看出来她身体素质不错。她恶狠狠地说道："你鼻子如此灵，你是王守林吧？"

王守林有点佩服老太太的心思，淡然承认道："没错。"而后，他看向秦卫山和林念说道："放心吧，这种玩意儿不会致命，安心睡一觉就行了。"他有些失望地说道，"你们还是修行不够到位，这次就当好好给你们上一课了，千万不要小瞧任何人。"

那茶水他第一口就喝出异常来了，他没有直接点破，是担心蔺母会提高警惕。第二口他也喝了，然后发现这药有些过期，所以第三口便一直含到嘴里。他真没想到秦卫山和林念如此能喝，就算这药过期了很长时间，也架不住一个劲儿猛喝。

蔺母思索一阵子之后，她很清楚自己斗不过王守林，她坐在一边的椅子上极为温和地说道："坐吧，王警官，不愧是从警多年的资深老警，俺这个老太婆输给你了！"

王守林内心则冷笑不已，他也想看对方到底还要耍什么花招，所以他重新坐了下来。

"王警官，俺就是太护子心切了。"蔺母又继续装可怜。

王守林望着蔺母可怜巴巴的样子，心想真信你才有鬼了，敢给警察下药还有啥事不敢干？

"王警官，您想问啥就尽管问吧，俺一定如实回答所有问题，您可别欺负俺一个老太太呀。"蔺母看见王守林一脸沉默的表情顿感不妙，同时有一个新计谋慢慢诞生，也算是为自己谋个后路。

"大娘，蔺永清如今藏身何处？"王守林如此一来也不藏着掖着了，直接开门见山问道，"你每个月去什么银行取款？你儿子从啥银行给你打款？你们母子两年内真的没有书信往来？"

蔺母不断悄悄观察四周的情况，同时随口回答道："王警官，俺真不知道他在啥地方藏着，俺也不清楚他从何处转账。俺猜他说不定都跑到外省去了，不然咋可能两年都不回来看看俺？其实俺一直怀疑他跑国外去了，比如泰国之类的地方。"

王守林脸色一沉，"大娘，您不愿实话实说，那就麻烦跟我回局里一趟吧。原本您不用走这一遭，但您刚刚已经违反了相关法律，对警察下药后果很严重，请积极配合我们工作。"王守林认为只要将蔺母请回分局去，她隐瞒了啥事自然能审出来。

王守林徐徐起身从腰中取出手铐，他主要想以这种方式，给蔺母造成一种心理压力。

可蔺母并非一般的老太太，又怎会如此轻易认输。

只见蔺母迅速冲到一旁的鞋柜处，将一双皮鞋扔到地上，皮鞋底下冒出一把锋利匕首。这把匕首看着极有科技感，感觉很像一种特制的刀刃。总而言之，一个农村老妇此时手握这玩意儿，无论怎么看都很不和谐，那种奇怪的画面感很强烈。

"大娘，您不是我的对手，乖乖把武器放下吧，别多犯一条袭警罪，我也不想出手伤了您！"王守林的眉头不禁一皱，他还真没想到一个农村老太太，居然还有持刀跟警察相搏的魄力。

可明显蔺母不是那种言听计从的人，她将那把匕首缓缓举起，死死盯住王守林，一字一顿地警告道："王警官，我已经无路可走了，不成功便成仁！"

"你跟野驴子一模一样，前期主要图稳，最后就想豁出性命拼一把！"王守林看着面前疯狂的蔺母，脑海之中不由得闪过了蔺永清，极为冷静地看向对面的蔺母，明显采取了敌不动我不动的法子应对。

当然，王守林的枪也在腰间别着，可他如今只想空手夺白刃，然后将之给当场擒拿！

蔺母拿着匕首冲到王守林身前，可她年龄很老，动作还是不如年轻人敏捷。不过，王守林没有掉以轻心，很认真地向后退了一小步，成功躲开了蔺母的突刺。

蔺母眼见王守林躲开了，双眸内闪过一抹杀机，把左脚向前一迈，拿着武器继续向前刺。

王守林则瞬间向左侧腰，成功取巧躲过了。随后，王守林抓准空当闪电般出手，右手直接握住蔺母持匕首的手，一系列动作下来行云流水，明显脑海之中提前有了夺白刃的动作预判。

可蔺母疯狂用牙撕咬王守林的手掌，这个突发情况让王守林抽手向后又退了一步。刚才，王守林完全能用空出来的左手持枪瞄准蔺母，也能控制对方的肩膀让其无法动弹，但他担忧蔺母会被自己伤到，而没采取这种激烈的手段。

蔺母没有继续攻击，她反身一撤跟王守林保持了一段距离。

"王警官，俺儿子真能判个无期？"蔺母抬眼看向王守林问道。

王守林平静地说："大娘，很多时候法律讲求证据，蔺永清最终的结果会如何，我自然说了不算，要让法律去审判，因为法不容情，希望您能明白这个道理啊！"

"王守林，你还真是一个正义的警察啊，那你下地狱去吧！"蔺母皮笑肉不笑地吼道。

说罢，蔺母又往前冲，但与上一次不一样，这一次她毫无章法地胡乱挥舞。

王守林只能冲到蔺母身前，躲避她攻势的同时，突然抬腿一脚猛踢蔺母的腰间。

蔺母看到王守林出腿的瞬间，赶紧向后退一步，重新跟王守林拉开一个相对安全的距离。

王守林主动发起攻势，只见他向前猛然间冲刺，片刻就来到蔺母的身前，可笑的是蔺母依旧不断挥舞着武器。顺利来到蔺母身前之后，蔺母还没反应过来时，肩部已经被一只手给抓住。

随后，王守林又乘胜追击，成功抓住蔺母挥舞匕首的胳膊。这个动作看似简单，但实则暗藏危机。若王守林有一个步骤快或慢了，他要面对的结局就是被蔺母划伤，那局势一下子就变了。

王守林利用了自己跟对方的身高差距，本质上来说也算小赌一把，赌自己的腿够长，迈步的距离大约等于蔺母的 1.5 倍，同时也赌蔺母的反应能力不够快。结果很明显，王守林赌赢了，蔺母已被他给惊险擒拿！

第十七章　胜者为王，败者为寇

只见蔺母的双目爆发出凶光，随后猛地一扭，竟用刀刃狠狠朝王守林握紧她肩部的右手刺去，那阵势与速度在王守林看来很大概率会刺穿他的手掌。同时，也会刺穿蔺母的肩膀。王守林瞬间撒手后退，目光带着谨慎，心中也对蔺母的心狠手辣重新进行评估。

面前的这个老妇非常不简单，王守林都有点怀疑对方年轻时，或许也犯下过什么大案。

蔺母感觉到身体上的控制力度降低，随后向前一个短距离冲刺，跟王守林进行对峙。

"大娘，您还真够狠心，疯起来连自己都刺！"王守林意味深长地笑了笑讽刺道。

"只要能保住俺儿子，把俺刺成刺猬都行！"蔺母舔了舔嘴唇，极为凶狠地说道。

王守林听罢苦笑着摇头道："大娘，您可千万想好了，袭警同样也是重罪啊！"

"反正你想要俺儿子死，就要先从俺尸体上踏过去！"蔺母撕下脸上的假面具，如同地狱恶鬼般肆意狂笑，"王警官，你不好奇为啥俺要跟方文正说那么多话吗？因为俺看出来这小子肚子里憋着坏水，所以故意利用那个傻小子，引你进来好瓮中捉鳖！"

王守林听着蔺母的话，没有感到半点意外，这也是他之前猜想过的一种情况。

蔺母见王守林毫不吃惊，脑海中萌发出了一个可怕的想法，莫非对方早已看穿了自己？

蔺母的脑海中顿时灵光乍现，皱紧眉头低声发问道："王守林，你是不是会步法追踪术？"

王守林面带笑意点点头道："对，我确实会步法追踪术。"

"果然是传闻中的那位传奇森警，亏俺还以为是巧合！"蔺母面色又一变，感慨了一句，"看来俺儿子还惹了个大麻烦，如果俺将你给控制了，那个不孝子是不是就能回家看俺了呢？"

"大娘，您别逼我拔枪，我不想伤您，事情还有转机。"王守林用手拍了拍腰部的手枪。

"王守林，你拿一把破枪想吓唬谁，你要真有胆子就把俺枪杀了！"蔺母先是怪叫了一声，又朝着王守林那边狂冲而去，同时又开始毫无规则地挥舞武器，而且这一次挥动的速度还特别快。

王守林的双目闪过一丝狠意，他大胆向前踏出一步，随后距离蔺母的攻击范围越来越近了。蔺母望着王守林这大胆的表现也是为之一愣，但很快嘴角就咧了起来，开始浮现出狂喜之色。

不一会儿，王守林就进入到蔺母的攻击范围内。蔺母不断朝王守林的胸前划来划去，面露凶光，而王守林则反复灵活躲避，随后只见他双手以雷霆之势捏到一起，朝着蔺母不断疯狂挥刀的双手使劲一砸。只见那持刀右手被猛然砸中，手松开刀的同时也随之朝上空一松。

只见那把刀向着上空开始进行上抛运动，蔺母的表情先是惊愕，紧接着因为双手被撞击而感受到巨大疼痛，双眼顿时眯成一条线。可她不敢完全闭目，而是微微屈腿，想要跳起来夺空中的刀。蔺母心中所想就是跳起夺刀，然后持刀向下扎入王守林的胸膛。

不过，让蔺母更为惊异的一幕发生了，一个比她要高出一头的身影先一步跳出。蔺母一时间面露不甘，果断放弃夺刀的想法，半空之中强行改变姿势，用手狠狠抓住王守林的衣物。

王守林早就想到了这一点，右手伸出握住刀轻轻落地，微微甩动有些发麻的右胳膊，来了一个大旋转，便将蔺母紧握着衣物的手给摆脱，将那柄闪着寒芒的刀，成功架到蔺母的脖颈之上。

"大娘，实在很抱歉，这次您输了。"王守林看向面色铁青的蔺母平静地说道。

蔺母没想到刀会被这样夺走，她不知道此刻该说些什么，有道是胜者为王，败者为寇。

最后，蔺母就像失去灵魂那样，慢慢移动到一旁的椅子上坐了上去。

王守林方才的那番话没错，她确实输了个一败涂地，现在也没啥东西跟王守林斗了。

王守林将闪着寒光的匕首缓缓插入腰间，同时拿出随身携带的手铐，徐徐走到蔺母的身前。当然，这一个阶段的过程之中，他不停观察蔺母的神态，想从蔺母的面部表情之中预判出后续动作。

蔺母此时或许已经完全认输，王守林没有从她的脸上看到半点多余的动作跟神情。

可就在王守林走到蔺母身前的一瞬间，一直保持着沉默和沮丧的蔺母，整个人仿佛满血复活了一样，以迅雷不及掩耳之势朝王守林腰间手枪的位置探去。不过，一直保持警惕的王守林岂能让她如愿以偿？当对方伸手夺枪的一瞬间，他紧握着手铐的手也顺势向下一按，左手握住蔺母右手，瞬间蔺母的右手便已被打上手铐。王守林此时也没有太心急，一个右侧步拖拽着蔺母强行改变姿势。

下一秒，蔺母的双手已经完全被打上手铐，她整个人看起来特别萎靡，可目光里仿佛能喷出火来，狠狠盯着面前的王守林。如果眼神能够杀人，王守林如今可能已经死了成千上万遍。

"大娘，这次要麻烦您跟我走一趟了。"王守林拿出手机，联络分局的负责人。

不一会儿，一群身着便装的警官就出现到蔺母的房屋里，最先看到的便是有些疯癫的蔺母。随后，又看见趴在桌上昏迷不醒的秦卫山和林念，最后才将目光放到面部表情极其严肃的王守林身上。

"王队，刚才发生了啥事？"领头的警官咽下一口唾沫，连带着精神也高度紧绷。虽然看到这一幕他脑海之中已经有了大致猜测，可具体事情没从王守林口中得知，他还是不太敢肯定。

"蔺母涉嫌袭警和给警察下药，具体发生了什么，我回去跟你们细说。赶紧把卫山和小念带走！"王守林用手指了一下处于昏迷状态的秦卫山和林念，低声对领头警官说道。

那位领头警官立刻跑到秦卫山和林念身旁，右手一招，四名警官小跑过来，随后背着秦卫山和林念转身离开了。

"王队，蔺母要咋处理？"领头警官看了一眼蔺母，浑身也不由得一颤。他是真没想到这看起来平平无奇，甚至慈眉善目的农村老妇居然还有袭警的勇气，莫非她也是花狍盗猎队的成员？

"把她给我带回分局去！"王守林看了一眼果断下令，蔺母此刻的状态恐怕也是油盐不进，若继续把她留在此处，说不定还会影响警方寻找相关线索，还不如把她给带走，说不定能从她口中问出线索。

要说蔺母这么多年连蔺永清一次面都没见过，王守林自然不信，而且去城里打工的农村青年不在少数，蔺母怎就能肯定自己儿子是干违法之事呢？由此可见这对狡诈母子肯定有过联系。

领头的警员朝王守林点点头，很快又从远处召唤来一位年轻警官，示意对方押送蔺母。

那名警官走到蔺母身前，和蔼一笑道："大娘，跟我们走一趟吧，我们不会伤害你。"

此刻的蔺母原本以为只来了王守林三个警察，没想到外面还有这么多警察。蔺母的眼珠子不停转动，嘴角则不停微抽。此刻才明白，就算把王守林三人成功放倒，也绝对无法阻止警方继续追查案子。

蔺母想明白了这一点之后，才如同认命那样缓缓站起身，跟随那名警官开始向外头走去。

王守林看着蔺母转身的背影，目光一时间也很复杂，脑海中自动飘过一句"慈母多败儿"。

第十八章　相框玄机，摩斯密码

蔺母走出去几步，回过头来看了眼王守林，不再言语，跟随那名警官上了警车。

一旁，领头警官冷汗湿透衣服，他一脸关心地问道："王队，这老太太真狠，您没事吧？"

王守林从腰间摸出一把锋利的匕首，放到领头警官的手里，又特意出言嘱咐道："回去好好查查，这蔺母身上或许背着旧案，把几十年前封闭的档案也拿出来核对，保不齐会有意外发现！"

领头警官从王守林的手中接过匕首，极为严肃地点点头，开口答道："明白，一定彻查。"

随后，王守林简单观察了一下房间的格局，将所有警官全部召集过来，视线扫过面前的警员，然后才又吩咐道："一会儿按照计划散开，我去主卧，你去侧卧，你去院子，你去地窖。"

有条不紊地分配完毕之后，所有警官都点头表示明白。整个队伍瞬间分散开，朝着王守林指派的地点展开地毯式搜查。不一会儿，王守林便来到主卧。主卧的墙壁用檀木镶嵌，看着跟农村的水泥墙略有不同，凹凸不平的粗糙表面让房间充满泥土气息。

房屋吊顶采用了木板材质。位于火炕的一旁，有一张桌子和一把小凳子以及一盆生机勃勃的绿植。不过，最吸引王守林目光的还是紧贴房门的木质大衣柜。

当然，还有墙上挂着的一张年代已久的全家福照片：一个略显瘦弱留着短发，穿着传统牧民衣服的中年女子怀中抱着一个光看长相就让人感觉很调皮捣蛋的孩子。

王守林依稀能看出来，那孩子就是蔺永清小时候。不过与现在的蔺永清不太一样，孩童时期的蔺永清双眸很纯粹。他左手抓着蔺母衣服的袖口，右手则比了个剪刀手。

王守林望着这张照片，沉默片刻无奈地摇了摇头。孔子曾说世人皆善，可随着年龄增长，慢慢开始学习，也明白了事理，但犯罪的岔路永远存在。而长大后的蔺永清就走了这条万劫不复的岔路，他现在所犯下的罪行已经无法挽回。

王守林把那些碍事的椅子和盆栽，提前移动到主卧外头。王守林首先寻找的地方是大衣柜。柜内放置了很多洗干净了的床单被罩，一股极为浓烈的樟脑丸味徐徐传出，让人闻着眉头一皱。随后，王守林仔细翻了床单被罩。没有任何发现，就连一根毛发都没找到。

他又打开衣柜内的抽屉，里面存放着几个大铁盒子。这些盒子有中秋月饼礼品包装，还有一些巧克力的包装。王守林将里面的盒子全部清理出来，齐齐摆放到地上，挨个打开仔细检查。

第一个盒子里都是一些乱七八糟的文件，还有一个很老旧的户口本。第二个盒子里的东西相对特别，里边存放着蔺永清刚学字时写的流水账日记，但对王守林来说根本没有任何价值。

随着盒子被不断打开，王守林的面色越来越难看，因为没有太大收获，唯一有价值的东西，还是一个户口本和相关的银行流水记录单。可以看出来，蔺母对花销也都进行了相关标记。

"野驴没少赚啊！"王守林望着每月十五号按期打入的五万到十万不等的金额，眉头又一皱。

王守林自然很清楚这一笔笔数字的背后，就是国家保护动物的生命，难以想象花狍盗猎队到底背着国家偷猎了多少保护动物，才能让蔺永清赚到如此多黑心钱，更别提团队的首脑花姐了。

王守林把所有盒子都给打开，里面有照片和纸张，但有价值的信息不多。

王守林经过多番搜索无果，索性躺到炕上，开始换位思考。他不相信蔺母真与蔺永清一丁点联系都没有，蔺永清那家伙如此狡诈奸险，不可能不给老母亲提前留下保命底牌。

深思片刻，王守林走到主卧门前，望着那盆盆栽深吸一口气，抱着它去往院落内，将里面的土壤完全倾倒，结果还是没有发现。就在王守林想召集所有人集合分析所寻找到的零散线索时，脑海中突然想起一个东西，其实主卧还漏了一个比较重要且醒目的线索。

王守林一路小跑来到主卧，目光紧盯悬挂在墙上的照片，他将照片取下来。王守林不断抽动鼻子，目光紧盯到照片上。这一刻，他双手拿着的仿佛不是裱起来的照片，反而像组装极严谨的零件，零件上有着或深或浅的红色标记。

这些标记有的已经淡到完全看不清，有的却浓郁到好似刚刚落下。位于最中央的位置，有一个与别的红色印记完全不同的印记。这个印记跟那些圆形印记不同，是那种不规则的长方形，且淡到已经看不清。

王守林脑海里又浮现出那个长方形的红色印记，将大拇指与那红色印记重合，随后按照他拖拽的方向，开始借助摩擦力转动。果真，这张裱起来的相框有了变化，随着王守林力的方向进行滑动。没过一会儿，整个相框就自动分成两份儿，一份是紧贴着照片的上半部分，另一份为木质相框。

王守林望着相框的中央位置用刻刀刻出来的痕迹道："俺滴个娘呀，居然会是这玩意儿？"

只见位于木质相框的中央，有用刻刀刻出来的横和点，上面的东西居然是摩斯密码！

王守林的脑海中自动回忆起曾学习过的摩斯密码知识，瞬间就判断出这组密码实际上是一个地址，而剩下的摩斯密码则代表着相应的汉字，显然是带有特殊指向性的一组摩斯密码。

"难道是花狍的基地位置？"王守林一时间开始脑洞大开，他认为很有这种可能性。

这摩斯密码应该是蔺永清所留，特意记下了花狍盗猎队基地的位置。

如果王守林的猜测没出错，那很可能就是花姐的居住之地，里面应该藏着花狍盗猎队这么多年来犯下的所有罪证！

王守林又有点疑惑不解了，蔺永清那家伙身为花狍盗猎队的核心成员，为何要在自己家的全家福内留下关于花狍盗猎队基地的位置？这对他来讲没有任何好处，只不过是徒留罪证罢了。

王守林想了半天也没想清楚原因，或许只有等蔺永清落网，他才能弄明白其中的真正原因，并且蔺永清将地址藏匿得如此隐蔽，应当也不是故意留下来的假线索。不过，就算真是假线索，王守林也想碰一碰，因为留在原地傻等太浪费时间。

同时，在思考过后，王守林决定将花狍盗猎队基地位置的消息先保密，这一点与当年他和林森二人单枪匹马闯入花狍盗猎队的盗猎现场不谋而合。王守林也仔细思考了各方面的因素，一旦花狍盗猎队基地的信息曝光出去，王守林不敢保证一些立功心切的警员会选择独自出发。

但其没有跟花狍盗猎队交战的经验，一旦交火，要付出惨痛的代价。同时，王守林也怕耽误总体抓捕任务。到那时，花狍盗猎队若感觉事情有所变化直接逃之夭夭，王守林将会遗憾终生。

当然，最重要的是他不打算带秦卫山和林念一起去，这两个年轻人都是分局未来的优秀人才。秦卫山继承了自己独门的步法追踪本领，他身上也有着许多让王守林都自愧不如的优秀品质。王守林相信这个年轻小伙子未来的发展潜力绝对不会低，他要去更广阔的平台发展才行。

而林念那丫头继承了父亲林森的警号，她的品质和觉悟也很让王守林欣赏，特别是记忆力以及绘画能力，都是分局未来不可或缺的优秀人才。最为重要的是，王守林不想让这个可怜的女孩陷入风波之中。

花狍盗猎队内还有两个人没浮出水面，王守林清楚这一点，这两个人是最可怕的存在。

一个是花狍盗猎队内头目，掌控全局，思维缜密；一个是黑狼，武力超凡，擅于刺杀。

这两个人王守林最担忧，所以才决定不带秦卫山跟林念去以身犯险，搞不好会丢掉小命。

思索片刻，王守林来到房屋客厅。此刻，别的警官也完成了搜索任务，已全员集合完毕。

王守林看向在场的每一位警官，发现他们脸上的表情都有些尴尬跟失落。可想而知，在这一个阶段的搜查任务之中，多半没有任何新的发现。当然，这也不赖这些警官，蔺永清不可能将关于花狍盗猎队的许多线索，全都摆放到家中等待警方搜寻。初禹阳那个家伙倒是会有这种可能，但直到现在分局负责人都没查出初禹阳家的具体线索，连于宗源的母亲也还没完全锁定。

领头警官看向王守林，有些难堪地说："王队，目前什么发现都没有，您可有啥大发现？"

王守林无奈地摇摇头，开口解释道："我将主卧翻了个底朝天，除了户口本以及银行转账记录外，没有别的实际性线索。"说完，他又将几个本子递给领头警官，特意高声叮嘱了一句，"回去好好排查一下银行的转账线索。"

第十九章　轻敌大忌，单枪匹马

　　王守林望着众警脸上的表情，无奈一笑，出言安慰道："这世上不是所有的事都会一蹴而就，破案同样也如此。我们要保持一颗永不放弃的心，要有'不破楼兰终不还'的坚定信念，希望自然一定会有。可能现在暂时没有，不久后的将来，它也一直默默等待着我们去挖掘。"

　　王守林先顿了顿，才又望着一干警员，下达最新命令："收拾东西，我们归队！"

　　车辆在轰隆的声音中前行，几十分钟后便回到分局。王守林没有马上召开案情分析大会，因为加上蔺母的话只能让案件更复杂化，而且还会把之前的节奏打乱。

　　王守林首先去往医护室，秦卫山和林念不久前已被送往医护室，他很担心二人的状态。

　　此刻的医护室内，秦卫山和林念从昏迷状态苏醒。苏醒的一刹那，秦卫山便马上起身环视四周。可当他发现自己已经身处医护室，满脸都写着尴尬。

　　医护室内的警官不知去忙啥事了，此刻只有秦卫山和林念，这让秦卫山也不至于太尴尬。

　　秦卫山又看了眼时间，表情疑惑地问道："咋才过去三个小时？小念你啥时候醒了？"

　　"秦哥，我也没比你早多久，医生说不让咱乱动，他去取吊瓶了。"林念轻咳一声解释道，脸上同样也很尴尬，毕竟让一个老太太给下药了，实在是脸上挂不住。

"唉，还真没想到，咱们俩居然都中招了！"秦卫山又想起之前蔺母倒茶的场景，身为步法追踪传人的他，在那一刻居然没从茶水之中闻到有异味，这就是他最为失败和轻敌的地方。

秦卫山想到此事之后，又很无奈地摇了摇头。恰恰也就在这时，一位医生推开门走了进来，他的手中拿着两个五百毫升的大吊瓶。秦卫山也不知道那是什么东西，但对方一定不会害自己和林念。经过简单的沟通交流，医生将吊瓶为秦卫山和林念挂上。

"今晚早点休息，明天应该就能恢复了。你俩实在是太拼命了，刚入职不要太疯狂，不然等你们像王队那个年纪时，可就要落一身病了。凡事要量力而行，知道不？"穿着白大褂的医生苦口婆心地叮嘱道："你们要多学点经验，再去展开实战，否则迟早要吃大亏！"

林念听着轻轻"嗯"了一声，她自然能听出来医生的关怀，而不是那种冰冷的刻板说教。

"不过，话又说回来了，王队也是够拼命。要我说，他这个年龄就该学学李政委，天天跟个年轻人一样跑来跑去，这谁能吃得消呢？"医生仿佛打开了话匣子，不吐不快那般继续絮叨，"王队也确实很命硬，但命硬不代表命长。他每一次饮食不规律，作息不规律都是在透支生命。你们俩有时间可真要劝一劝王队，保重身体要紧啊！"

这一次，林念和秦卫山没有接医生的话茬，二人只是呆呆地看着门口那道徐徐走来的身影。

王守林嘴角带着笑容，拍了拍医生的肩膀，感慨地说道："云南，你念叨的那些话我都听到了，我会保护好自己的身体，但前提是要将花狍盗猎队给全部拿下，不然我就算是死都无法瞑目啊！"

云南浑身一颤，瞥向王守林低声说道："王队，您这咋还跟几年前一样来去如风，突然出现吓我一跳，你不知道人吓人会吓死人吗？"

"哈哈哈，不好意思，这是我自己的一点小习惯。"王守林又上手拍了拍云南的肩膀道。

云南看向秦卫山和林念，又看了看王守林，最后往门外走去："你们聊，我去趟厕所。"

王守林非常感激地看向了云南，他算是这么多年来，唯一一个跟自己说过注意身体的人。当然，或许别的警官也有担忧过，但碍于王守林本身的威严，没有警官敢当他的面强调这事儿。

王守林又重新转回头去，一脸严肃地看向秦卫山和林念。此刻的秦卫山和林念就仿佛做了错事的孩子，缓缓低下了头，二人都默默等待着王守林的训话。二人这愧疚的表情倒是让王守林一下子心软了，他很快又重新组织好语言。

"卫山，小念，你们一直以来的表现都很不错，但为啥这次会失误？"王守林说完特意看向秦卫山，然后有点气愤地说道，"卫山，特别是你，你是我最看重的传人，但你却丝毫没有发现异常，你当时是心里有事吗？还是你没把盗猎贼家属当回事？或者觉得对方是一个农村老太太，根本就没危险性和攻击性？"

秦卫山根本就不敢回答，而是将头埋得更深了，显然他也觉得王守林没骂错，他的确犯了轻敌大忌。

"小念，还有你，自打进到蔺永清家中就仿佛神游天外，一口接着一口地狂喝茶水。你是老林的孩子，你有着超越咱们分局所有警员的知识水平，可你为何会犯这种低级错误？你当时到底在想啥？"王守林一时间很恨铁不成钢，怒气冲冲地吼道，"你们到底知不知道，咱们出任务就是刀尖上舔血、刀尖上舞蹈，一有失误面对的就是死亡，一旦失误就会彻底从这个世界上消失！

"我已经失去太多太多的家人了，我不想再失去你们。小念要是没了，我死后有何面目去见你爹？"王守林说着又叹了一口气，语气随之缓解道，"你们要学习的东西还很多，但千万不能有任何懈怠，不要因为一时立功就居功自傲，也不要有看轻敌人的想法。蔺母能够培养出蔺永清这样的盗猎贼，她本身难道会很简单？老话常说光脚的不怕穿鞋的，这个道理你们都清楚，可知识要运用到实际情况上，任何一种情况我们都要多去分析和思考。"

"卫山，你曾经提出筛选医学人才的想法就是抽丝剥茧，这一点很值得夸奖。那为什么面对蔺母时，你下意识将她当作了没有危险的人呢？失败本身不可怕，只要有学习和改进的机会，那么失败甚至等同于成功。但倘若失败代表着消亡，那么我们自然输不起，因为代价太大！"王守林斩钉截铁地说道。

"当然，我身为你们的责任教官，你们今天犯下的错误我也有责任，我会进行自我检讨。可我希望你们能够脚踏实地，认真学习和反思，查案很多时候都是细节来决定成败。"王守林讲完之后，又吐了一口气感慨道，"毕竟留给我们的时间不多了。"

随后，三人一时间陷入沉默。秦卫山也很快把握住机会开始检讨自己身上的问题："师父，我认识到自己的错误了，这一次是我轻敌了。我一定好好长记性，下次不会犯。"

"王叔，我错了，下次绝不会犯同样的错误。"林念同样可怜巴巴地附和了一句。

"知道错误，清楚如何悔改就是最大的进步。多余的我也不说了，你们好好养着吧。我给你们放个短假，先休息一下缓缓。"王守林丢下了放假命令后，独自一人转身离开医护室。

秦卫山和林念二人目光复杂地看向王守林，脸上的表情特别羞愧。虽然已经做好了面对被批评的准备，但当看到王守林那一脸失望的表情，内心还是苦涩不已。秦卫山长叹一大口气，看向了林念那边，林念也是一脸自责地望向他，两人此刻亦相顾无言。

王守林很快回到自己的办公室，他走到办公桌前，拿出一张纸，随后用圆珠笔在上面记录了刻在脑海中的摩斯密码，以及用摩斯密码翻译出来的地址信息。无论如何，王守林都要单枪匹马去闯一闯这虎狼之穴！他也特别清楚，这将是解开自己心结的唯一之法，也是这五年内真相距离他最近的一次。

此刻，在一处木质房屋内，沈溪花正悠闲地煮着咖啡。在她煮泡咖啡的位置摆放了很多精致的器皿。无论是咖啡研磨机，还是煮咖啡的器皿，就算不识货的外行人也能看出来专业性。

而咖啡豆的种类更是数不胜数，一个个装着咖啡豆的透明玻璃罐整齐地摆在桌子上。将咖啡煮完后，她面带轻松，将咖啡慢慢倒进咖啡杯中，随后举起轻轻一闻。浓郁的咖啡香味顺着鼻腔直达大脑，沈溪花颇为满意地点了点头。但她没有急着饮用，而是将咖啡杯放到一旁，紧接着又倒了另外一杯，仿佛在等什么人。

果真，没过几分钟，一个身体裹在黑衣中的男子急匆匆出现，他将遮掩面部的斗篷微微掀开，露出来一张表情有些严肃的阴狠面容，正是未能如期完成沈溪花布置暗杀任务的王鸿阳。

王鸿阳慢慢地走到沈溪花的面前，沈溪花笑着伸出手道："坐吧，试试姐给你煮的咖啡。"

王鸿阳赶紧坐下，而沈溪花也将咖啡推到王鸿阳的面前。她缓缓开口说道："这是最新从海外进口的猫屎咖啡，赶快来尝尝味道如何。这玩意可不便宜，正宗的特别难弄到。"王鸿阳接过猫屎咖啡后，浓郁的咖啡香气扑鼻而来，但因太热，他轻轻抿了一口便放下。

沈溪花望着王鸿阳，面色也阴沉下来。她注视着他，一字一顿地问道："成了？"

"大姐，出了点小意外。"王鸿阳咽下一口口水，嘴里回荡咖啡的味道，紧张地等着花姐的惩罚。

话落，沈溪花连扇王鸿阳两个耳光，大吼道："你居然连一个老太太都搞不定？"

王鸿阳硬着头皮承受了沈溪花的怒火，完全都不敢回话，也不敢闪躲。

沈溪花神情冷漠到极点，压低声音质问道："跟我说说吧，你为啥失败了？"

"大姐，真不赖俺，当时有雷子，有雷子啊！"王鸿阳为自己辩解道，然后又望着沈溪花继续说，"大姐，俺总不能单枪匹马去把蔺母杀了再回来吧？雷子不当场把我打成窟窿才怪，而且我也怕雷子顺藤摸瓜追过来，那到时咱们就都完蛋了！"

此刻沈溪花的面色一会儿青，一会儿红，实在没有料到光处理一个蔺母还能引出雷子。

"黑狼，莫非你漏了啥线索？"沈溪花的目光透出杀机，盯着王鸿阳厉声质问道。

"大姐，我啥性格你清楚，赶到那个地方，就已经有雷子了！"王鸿阳赶忙开口解释道。

"啥叫我清楚你性格？每一个人犯错都这么跟我说！"沈溪花怒吼，将目光投向桌上的咖啡杯，也不管咖啡温度有多高，直接拿起狠狠向着王鸿阳的头上砸去！

杯子砸到王鸿阳的脑门上瞬间炸裂，玻璃碎片割伤王鸿阳的皮肤，那滚烫的咖啡也渗进伤口里，让王鸿阳疼痛难忍，表情看着特别狰狞，这咖啡还在空中卷起了不少热气。

第二十章　辨别忠奸，散伙分钱

虽然如此，王鸿阳却只能咬紧嘴唇，默默忍耐高温对皮肤的侵蚀，大量鲜血从脸庞流下。

大概过了十秒，沈溪花又倒了杯咖啡，轻轻吹着咖啡道："给我讲讲当时的情况。"

"大姐，俺到达村落时，先观察附近是否有奇怪的人。这次还真发现了一个行踪诡异之人，应该是雷子安排的人，他跟蔺母短暂交谈过后，进到了一个没有住户的房屋内锁紧房门，俺认为那个房子就是雷子聚集地。俺当时很怕暴露，所以就先撤回来了。"王鸿阳不敢有所隐瞒，当即全盘如实相告。

沈溪花先是饮下一口咖啡，不动声色地"嗯"了一声，随后开始思考该如何解决。

当然，这一系列的事情让她再次开始怀疑，蔺永清那家伙是不是雷子安插的内线。上一次的事情发生后，虽然她没对蔺永清表示怀疑，可怀疑的种子种在了心里。现在，蔺永清刚说了他母亲的住址，王鸿阳就发现有类似雷子的人跟蔺母交谈。除了蔺永清跟警方有合作之外，沈溪花想不到别的层面了，而沈溪花对解决这种问题，一直以来也有她专门的方法。那就是宁可杀错，绝不放过。不管蔺永清是否真投靠了警方，警方许给了他多大的好处，现在沈溪花都不在意了，因为她要拿蔺永清的狗命！

这样才能平息沈溪花心里的怒火，也能把危险系数降低。

"大姐，要杀了野驴吗？"王鸿阳舔了舔下嘴唇，察言观色之后，才试探问道。

"你来吧，尽量处理干净。"沈溪花一脸平淡道，"最近不太平，警方也越咬越紧。"

"黑狼，你去通知大家晚上开会。"沈溪花的目光写满复杂，她安排道。

王鸿阳立刻深领其意，极为恭敬地说道："大姐，俺去处理一下伤口，然后就去通知！"

沈溪花没有回答王鸿阳，只是点了点头，随后继续喝着咖啡，双目不自觉地看向远方。

夜晚很快降临，沈溪花正在厨房之内忙着炒菜，她的目光很平静，头发也全部扎到了一起，整个人看上去还有一些慈祥。菜品的香气慢慢溢出，沈溪花有条不紊地将菜品摆成盘，招呼了王鸿阳一声，二人将热气腾腾的菜全部端上餐桌。

菜品上桌后，沈溪花又为众人盛了米饭，整个木屋之内，好似亲人团聚，看着热闹非凡。

当然，这热闹非凡特指餐桌上五颜六色的美味佳肴，除了初禹阳外，每一个人的脸上都挂满了寒霜，内心除畏惧外，还藏着深深的疑惑。王鸿阳自然第一时间将开会的消息传达了下去，可另外几人完全不清楚为何开会。反正只记得上一次聚众开会，还是二哥金炫辰死的时候，那次会议确定了王星蕊沟通外界，由她进行皮毛交易。沈溪花也给几人明确分了工，这才能让暴露风险大大降低，盗猎多年一直没被警方发现。

"莫非花姐想让俺们暂时隐退江湖，等警方不继续追捕才出山？"蔺永清暗想，他自然没料到会议就是为他而开。若他清楚这一点，肯定不会来参会而是逃之夭夭。毕竟，他也明白跟沈溪花根本就没道理可讲，对方只会相信眼前所看到的东西跟情报，信奉宁杀错不放过。

王星蕊的内心也复杂不已，其中很大的程度来源于其丈夫金炫辰，因为她不清楚沈溪花到底充当了一个啥角色。至于初禹阳，还是那没心没肺的模样，心事重重本就不是他的代名词。他就是那种混吃等死的盗猎老贼，老大让他干啥就干啥。如果威胁到生命安全，就立刻起身跑路。

沈溪花和王鸿阳渐渐坐下，沈溪花坐在主位上，先扫视了所有成员一眼，在观察到所有人严肃认真的表情后，她先是温柔地笑了笑。这笑意让在场之人都有点毛骨悚然，因为不是啥好信号。

"你们都在想啥呢？"沈溪花说这话时脸上带着笑意，可这话里话外充满了强烈的杀机。

众人立刻冷汗直流，一个个都只敢盯着面前的饭碗，根本不敢随便去看沈溪花的脸。

"哦？"沈溪花略感兴趣地自言自语道，"怎么没人回答我的问题？你们是不好意思了吗？"她抬了抬下巴，望向眼巴巴看着食物但碍于众人都没动筷，也有些不好意思的初禹阳问道："舌头，你刚琢磨啥事儿？"

初禹阳一本正经地胡说八道："大姐，俺刚在思考狗鼻子这段时间咬这么紧，咱该怎么应对才比较合适。在思考这个问题时，我又想到了咱们团队的领袖，您为了俺们团队的发展付出了自己的心血，无声承受着压力，实在是太让俺佩服了。您又不辞辛苦做一顿好菜，俺真是愧疚万分！"

沈溪花颇为不悦，冷声质问道："舌头，赶紧告诉我实话，你刚才到底想啥？"

初禹阳浑身一抖道："大姐，俺刚在想啥时候能动筷开吃！"

随后，沈溪花又看向蔺永清，重复着之前的话："你刚才想什么？"

"大姐，我想要如何拿下狗鼻子。"蔺永清开口答道。

沈溪花右手轻轻一招。坐在一旁的王鸿阳心领神会，立刻从桌下拿出一把猎枪，把枪口直接瞄准蔺永清。蔺永清浑身一颤，目瞪口呆地看向沈溪花，实在没料到对方突然来这么一出。

"我最后问一遍！"沈溪花平淡的声音缓缓传出，"你刚刚到底想啥？"

蔺永清深吸一口气，看向沈溪花真挚地说道："大姐，我刚在想我母亲的事。"

"你母亲的什么事？"沈溪花冷声追问。

"俺怕她有危险。"蔺永清解释道，"也挺长时间没见了，确实很想念她。"

"哦，既然这样，那我给你放个假，送你去跟她团聚？"沈溪花皮笑肉不笑道。

"大姐，不用了，咱团队内还有事要办，不用急。"蔺永清赶忙答道。

沈溪花面带深意地看了蔺永清一眼，将目光投向王星蕊："你刚刚在想什么事？"

"我在想关于狗鼻子的事。"王星蕊连眼睛都不眨一下，谎话直接脱口而出。

沈溪花这次没继续逼问，而是下令道："开饭吧，按照惯例，我讲解每一道菜的寓意。"

"这第一道菜，是年糕，寓意步步高升。"

"这第二道菜，剁椒鱼头，寓意鸿运当头。"

"这第三道菜，红烧鱼，年年有余。"

"这第四道菜，红枣莲子汤，祝各位早生贵子。"

沈溪花嘴角挂着不可言喻的笑容，冷冷看向众人，右手轻轻一招："黑狼，上酒吧！"

王鸿阳将持着的猎枪放到桌面之下，随后不知从啥地方又摸出一瓶老酒，走到众人面前，一一倒酒。这诡异的一幕顿时让蔺永清等人更加疑惑，不知道沈溪花到底想搞什么把戏。

沈溪花夹了第一道菜开始慢慢咀嚼，另外几人也依次开始动筷。

十分钟后，四道菜被吃了个干净。或许是每一个人的心中都压着事，因此连菜都没品尝出多少味道。酒足饭饱后，众人看向沈溪花，静静等待着后续。沈溪花轻笑着招呼王鸿阳继续为众人倒酒，等到王鸿阳落座后，她才慢慢开口问道："兄弟们，我们认识多久了？"

"大姐，俺们跟您认识十多年嘞！"初禹阳率先回答，用尊敬和崇拜的语气说道。

沈溪花满意地点了点头，期待着蔺永清和王星蕊的回答。

"大姐，俺跟您也快十年了。"蔺永清想了想说道。

"花妈，是您从小把我养大，多少年我记不清了。"王星蕊略带感激地说道。

"明人不说暗话，我打算解散花狍盗猎队。"沈溪花看着众人大声宣布道。

王鸿阳看着沈溪花的表情，心领神会地从怀中取出香烟，随后为沈溪花点燃，而后他将香烟放到桌上，谁想抽自己拿。蔺永清三人的表情都极为震惊，齐齐看向沈溪花。为何突然解散花狍盗猎队？到底发生了啥事？

沈溪花悄悄观察着众人震惊的表情，很满意地点了点头，随后才又解释道："咱花狍盗猎队这么多年偷鸡摸狗，违法的事没少干，当然咱都是不信鬼怪神灵报复的人，我解散花狍盗猎队的原因就是雷子！"

"大姐，那咱就干死那些雷子！花狍盗猎队是您的心血，是我们的家，这绝对不能轻易解散！"初禹阳激动提议道，内心不住打颤。说实话，他早就想花狍盗猎队解散，到时拿着这么多年攒下来的钱去旅游，想去啥地方就去啥地方。蔺永清双眸一凝，没有说话，静静地等待下文。

"唉，咱们盗猎队内部有雷子的线人。"沈溪花宣布了这一重磅消息。

这话仿佛天雷，顿时将沈溪花外的人吓坏了，纷纷看向身边的人，目光闪烁不定。

"好了，我也不确定，不过咱们先别内讧，解散花狍盗猎队是我深思熟虑后的结果。这么多年咱也捞了不少钱，啥事都要见好就收，别最后血本无归。"沈溪花摆了摆手说道，"我会为团队布置最后一个任务，任务结束后就分钱散伙。"

"花妈，我舍不得您。"王星蕊的眸内已经有了泪水，这么多年的养育之恩她铭记在心。

沈溪花看到王星蕊的可怜模样，内心也有了涟漪，很坚定地摇了摇头，开口劝说道："花蕊，你也一把年纪了，盗猎贼不能干一辈子，等散伙之后，拿着钱去城里买个房子，找个工作，最好能嫁个如意郎君。"

第二十一章　交替刺杀，除根斩草

“好了，废话暂且不多说，我来布置最后一个任务。”沈溪花徐徐转头，看向了自己的义女安排道，“花蕊，上一次交易完成之后，钱你不是放在塔赫尔了吗？你把地址给舌头和野驴，这一次的任务由黑狼主导，他们主要负责去取钱，我额外给你布置新任务。”

“明白。”王星蕊连连点头应下，虽然不清楚为什么把她一直以来的工作交给了野驴跟舌头，但想必背后自然另有用意，可现在还不是撕破脸皮的时候，因此王星蕊脸上的表情看上去格外尊重。

当然，还有另外一方面的原因，她现在手中的证据和线索不足。王星蕊心里一直有一种预感，或许等到下一次聚会，也就是散伙饭的时候，她就有机会搞清自己丈夫真正的死因了。

而初禹阳跟蔺永清同样满口应下，他俩现在内心都很激动。其实很久以前，二人就有离开花狍盗猎队的想法，但迫于沈溪花的威压，都只能按部就班一步一步来。此刻幻想多年的梦想突然实现，一时间还有种梦幻之感。

“大姐，我和舌头一定圆满完成这次任务！”野驴起身许诺，舌头见状也同样承诺。

舌头掩饰情绪的本事比野驴差远了，情绪激动的状态下，身体还发生了明显的颤抖。

没有人清楚，加入花狍盗猎队之后，初禹阳自认为受了大委屈，身体还有多处枪伤。他现在真怕多出几次任务这条小命就没了，这段时间的生活太危险。

"好，那就交给你们了，这是我们团队最后一次任务，希望各位尽全力做好。"沈溪花的双眸内闪过一缕细不可察的杀机，缓缓补充道，"好了，你们都去休息吧，花蕊跟黑狼留下。"

初禹阳和蔺永清立刻起身回屋，二人完全没因沈溪花留下花蕊跟黑狼而产生任何负面情绪。毕竟，花狍盗猎队马上就要解散了，这个因利益而纠合到一起的队伍，自然也不会因分赃而出大问题，这一点算是对沈溪花最后的信任。

等初禹阳和蔺永清关闭房门后，沈溪花才又看向王星蕊。

沈溪花随手拿起桌上的一包香烟，缓缓抽出一根点燃，一边吐着烟雾，一边看着年龄已经不小的花蕊，犹豫片刻还是开口说道："花蕊，这一次我给你安排的任务，可能会让你心生反感。"

"花妈，我啥都能办！"王星蕊这话不假，她不认为自己会有人不敢杀，有猎物不敢抓！

"既然如此，我也就不卖关子了。"沈溪花吸一大口烟，又压低声音往下安排，"去地下一楼我的办公桌抽屉里，那里头放着一张纸条，上面是你的任务。看完任务后将纸条燃烧，做事要认真别留下尾巴，等完全事成之后，我会多给你一些补偿。"

王星蕊听着身体一颤，神情复杂地看向沈溪花，最后点点头，起身去往地下的处刑室。

王鸿阳站在沈溪花和王星蕊的身旁静静听着，最后目光微凝，看向王星蕊离去的那个方向。等王星蕊彻底进入地下室后，他才压低声音问沈溪花道："大姐，您咋就突然想要解散团队了？"

关于解散花狍盗猎队之事，王鸿阳本身也云里雾里，被沈溪花用咖啡杯处罚过之后，他处理完伤口就将消息传达了下去，因此还真不知道沈溪花开会的内容竟然是要将花狍盗猎队解散。当然，他压根不信沈溪花真有魄力解散花狍盗猎队。身为沈溪花的杀手锏及无形利刃，他深知对方那种唯利至上的本性，一个能给她源源不断带来财富的花狍盗猎队，根本就找不出解散的理由。但他也揣摩不到沈溪花到底是何用意，这个在他眼中心思深沉如海的女人，到底又暗中布置了什么新计谋，可能除沈溪花之外，没人知道真正用意。

"关于这一点，你不需要知道。我给你安排的任务难度大，但你要用心做。"沈溪花又抽了口烟，继续低声往下说道，"花蕊给你地址之后，你带着舌头和野驴前去。我要你在路途中把野驴杀掉，等到任务完成后，再把舌头给杀掉，你能完成吗？"

沈溪花这番话一出口，让王鸿阳身体开始不住地颤抖，这样安排到底是几个意思？

不管怎么样，初禹阳和蔺永清这么多年来为盗猎队出生入死，没有功劳也有苦劳，比沈溪花一直在大本营内坐镇取得的功绩都更为突出，如今居然说杀就杀了？当真是视人命如草芥！

王鸿阳越想越后背发凉，整个人如坠冰窟，他脑海中出现了一个极其可怕的想法，莫非沈溪花想将团队内所有人都除掉？一个人吞下多年盗猎所有的钱？

"我知道你不理解，我可以给你解释。"沈溪花扫了一眼面前之人，这反而让王鸿阳更加害怕。他这么多年的保命守则就是别人不知道的我就不知道，只默默干活不乱问，这是保命的不二法则。毕竟，很多时候知道东西越多，自然越快去见阎王，这个道理他非常清楚。

不可一世的沈溪花为啥突然主动给解释，王鸿阳自然没敢问。于是，沈溪花自顾自地往下说道："初禹阳才是雷子的卧底，他刚入团队三个月后我就知道了，愚蠢的外表是伪装，他内心特别精明，这是我除掉他的原因。至于野驴子，我现在也没办法排除他是否跟雷子有合作，但干咱们这一行，一贯信奉宁杀错不放过，你明白我的意思了吗？"

"大姐，我明白了！"王鸿阳表面恭敬，内心早已骂开，你说谁是卧底我都信，但初禹阳那个蠢货绝不可能！就他那个猪脑子还能当卧底？雷子怕瞎了眼才会派他，再说了，若他真是卧底，估计我们早就被一锅端了，还能这么多年没被发现？

"好，你去忙吧，一定要处理干净，不要被花蕊发现端倪。任务的执行过程中，你也要编造好舌头跟野驴被逮捕或死亡的真实证据，具体你应该知道怎么办吧？"沈溪花徐徐吐出几个烟圈，轻声反问了一句。

"您放心，绝不留下任何尾巴，我会提前准备好。"王鸿阳使劲儿点头答道。

"事成之后，我会放了你母亲，给你属于你的那笔钱。"沈溪花郑重许诺道。

"好，谢谢大姐。"王鸿阳听后非常激动，他很豪爽地拱手，转身快步离去。

"别客气，姐弟一场。"沈溪花目送王鸿阳去往二楼，双眸内闪过一丝阴冷。

"呵呵，跟我斗你还嫩了点，别以为你那点小心思我不清楚。"沈溪花暗道。

而王鸿阳走到二楼后，回身看了一眼沈溪花。他的嘴角带着冷笑，然后匆匆离去。

另外一边，王星蕊已经来到指定地点。当她打开抽屉拿出那张纸条，整个人跟被雷霆击中了一样，一动不动地站着不知所措。她原以为无论啥任务她都能胜任，可看到这张纸条时，她有些茫然和害怕。

只见纸条上有着几行清秀的字，上面写着王星蕊本次的任务目标。

第一行写了一个地址，地址后是一个人名，那是王鸿阳母亲的名字！

而第二行同样一个地址，地址后仍有一个人名，这是初禹阳的母亲！

自然，第三行也有蔺永清的母亲，沈溪花还给了提醒，蔺母杀不掉可以撤退。

王星蕊望着纸条上的三个名字，整个人顿时惊住，不相信会是这种任务。

沈溪花竟想让她杀掉队友的母亲，这究竟是为什么？她是想独吞所有钱？

那初禹阳和蔺永清呢？难道沈溪花也给王鸿阳指派了任务，让他去杀掉初禹阳和蔺永清？沈溪花为何要这么做？兄弟感情在利益面前一点价值都没有吗？王星蕊反复深吸好几口气，从自己的怀中摸出一包香烟，拿出一根点燃后，借着有些昏暗的灯光，默默看着眼前的纸条不断吸着烟。

不一会儿，烟雾渐渐弥漫整个房间，犹如她此时的内心既迷茫又缥缈无形。

跟初禹阳、蔺永清、王鸿阳三人在一起相处的场景闪入她的脑海，虽然这其中不乏一些尴尬和各种明争暗斗的经历，但让她去杀掉这三个人的母亲，她还是很难以接受。

王星蕊虽然不太清楚家人的真正定义，因为她不曾拥有过这些东西。可当遇见金炫辰之后，金炫辰给了她最大的帮助，也让她相信爱和学会爱，更明白了家人有多重要。

别看她平日里对团队内的人很刻薄，可某种程度上也算一种保护。她每一次扇初禹阳的嘴巴也心疼，她是真心希望他能改一改不动脑子的臭毛病，尽量多读点书。也别看她总骂蔺永清啥也不是，可蔺永清团队智囊的称号是她率先提出。

虽然这个团队因利益而走到一起，可没有爱没有家人的王星蕊，早把团队当成了内心深处的秘密花园。虽说几人总是会尔虞我诈，勾心斗角，但王星蕊也很享受这种状态。沉思片刻后，她下定决心要暗自保护这三人的亲属，就算自己因此跌入万丈深渊，也绝不后悔。

王星蕊知道自己加入花狍盗猎队便等于坠入深渊，但她不希望将那些无辜者卷进来，这或许也是王星蕊内心深藏的最后一份善良。最重要的是，她想起了已死去的金炫辰，或许金炫辰在，也会同意自己的决定。

王星蕊将已经抽尽的香烟，使劲儿按到布满杀机的字条上。燃烧纸张产生的烟雾与尼古丁相融，整个房间充满了烟雾。突然房门被人推开，随后，沈溪花带着笑意走进来，她脸上的神情让人无法看透。

王星蕊扭头看向沈溪花，恭敬地鞠躬道："花妈。"

"花蕊，任务你都看完了？"沈溪花轻笑着问道。

"我一定会圆满完成任务。"王星蕊的眼珠一转答道。

"你难道就不打算问我理由，你真能如此狠心吗？"沈溪花皮笑肉不笑地追问道。

"我只想严格去执行这个命令，内心没有任何疑问。"王星蕊言简意赅地说道。

"这不是你的性格，不过你有几句话倒是很对，每一个人我都有要杀的理由，初禹阳是雷子卧底，蔺永清那家伙也是，你应该还不知道这些真相吧？"沈溪花神色淡然宣布道。

王星蕊的瞳孔猛然一缩，但很快就恢复正常，她对花姐这套说辞根本就不相信。

"至于王鸿阳同样不能留，他知道咱们娘儿俩太多秘密了，这个世上只有死人才能永远保守秘密。"沈溪花这话说得特别有深意，她缓步走到王星蕊面前，搂住她的双肩，看着王星蕊那略显苍白的脸，她咧嘴一笑夸赞了一句，"花蕊，你真是女大十八变，你不要让我失望呀。"

"花妈，您放心，我一定会圆满完成任务！"王星蕊再次开口承诺，当然她的心里另有打算。

第二十二章　师命难违，警力支援

王星蕊没有耽误时间，表达完执行任务的决心后，就独自一人快步离开了。

沈溪花望着她离开的背影，嘴角露出意味深长的笑容，笑中夹带杀戮跟复杂之意。

沈溪花开始闭目复盘计划，那个计划之中，花狍盗猎队除她之外，不会留下活口。

这不仅为了解散团队后能让她安全过完下半辈子，也是为了能独吞这么多年攒下的钱。沈溪花根本就不用去清算这些年赚了多少钱，她只知道自己就算天天买奢侈品，也够她花一辈子的。如果能拿出时间去理财，那可能还会留下一笔巨款。

当沈溪花作出散伙这个决定后，内心也并非毫无波澜，野驴、黑狼和舌头她毫不在乎他们的生死。但王星蕊不一样，王星蕊是她从小培养到大的接班人，一时间她也有点于心不忍，好歹对方也叫了她这么多年"花妈"。

可没过片刻，沈溪花便决定要除掉义女，她吃不准王星蕊如今对她的真正态度。

如果有一天知道金炫辰的死是自己一手策划，那王星蕊又该如何对付自己呢？

"宁教我负天下人，莫教天下人负我啊！"沈溪花握紧拳头，然后又瘫坐到办公室内的那张椅子上，整个人犹如古代时期的女皇帝，脸上挂着轻松与睥睨，静静扫视着属于自己的一切，随后她略有感叹道："狗鼻子，这次就暂时饶你一条狗命。下辈子如果能遇上你，一定让你惨死！"

没过片刻，就有两辆皮卡从木屋院子向外疾驰而去，只不过这两辆车前往的方向完全不同，其中一辆车的驾驶员是王鸿阳，后排则坐着初禹阳和蔺永清，而另外一辆车上则只有王星蕊一人。

王星蕊倒还好，想清楚之后，她心中的压力已经锐减，决定遵从本心行事。而另一辆车上的情况则完全不同，除了一副没心没肺模样的初禹阳之外，王鸿阳和蔺永清二人都心思复杂且各怀鬼胎。

与此同时，位于分局内的森侦大队大队长办公室，王守林已经换上了一身干练的便装。

经过一晚上仔细思考后，王守林脑海中构思了许多可以直面花狍盗猎队的法子，但最后他还是决定单枪匹马去会会花姐，这是他的心结。当然，王守林绝不是脑子发热想去送死，他还连夜报备了许多装备，这其中有三枚手榴弹跟两枚催泪弹，这将是最终的杀手锏。

王守林很有信心面对花狍盗猎队那些杂牌军，自己可以凭借着装备优势占据上风。当然，现在他也没有完全确定花狍盗猎队基地的真正位置，毕竟那个摩斯密码王守林也没敢完全相信。此次前去他是想探探路子，验证一下蔺永清留下的摩斯密码是否可信，然后根据现场情况伺机而动。

王守林又从怀中拿出那包林森给他留下的香烟，取出一根点燃，抽了一口感受着尼古丁的刺激，转头望着窗外的美丽风景，一时间他陷入了失神状态。特别是篮球场上几个身着体能短衫的年轻警官，更让他有一种物是人非之感。许多年前，他和林森也曾在这个篮球场上挥洒汗水，肆意打球狂笑。当年一起打球的人已逝去，如今只剩下他孤单一人。

王守林将抽了大半的香烟掐断，缓缓开口道："老林，让所有的仇怨，都在我这结束吧。"

随后，王守林转身打开办公室的大门，朝着马场快步走去。

虽然车的速度要比马快很多，可车发动机的声音太大，他并不想被花狍盗猎队有所察觉。

因此，马匹是用于追击目标、查探范围最好的选择。可等王守林到马场后，他反而看见了两道非常熟悉却最不愿看到的身影。只见秦卫山和林念正在马厩内喂着青龙和白龙，二人的表情带着些许疲惫和茫然，王守林当即判断二人昨晚肯定没睡好。秦卫山和林念也看到了王守林，二人一愣，有些不知所措。

自从加入分局之后，秦卫山和林念一直跟在王守林的身边执行任务。可无论是昨晚还是今早，二人都没看到那熟悉的身影，他们都很失落。同样也有些不好意思去大队长办公室找王守林，二人相约到马厩喂喂马。可万万没想到，王守林竟然也来到马厩，而他现身的用意不言而喻，他要单枪匹马出任务，既然决定出任务，也一定掌握了秦卫山和林念不清楚的线索。

秦卫山咽下一口口水，抬手敬了一个礼，开口发问道："师父，您咋突然来马厩了？"

"我出去办点事儿。"王守林则带着笑反问了一句，"你们俩昨天没休息好吗？"

"王叔，我们休息好了。"林念叹了口气说着，一旁秦卫山的表情也很尴尬。

昨天，二人其实都不约而同地失眠了。林念原以为还会进入到那个梦境，可这一次却并没有发生。同时，秦卫山也没有做噩梦，只是昏昏沉沉一直处于似睡非睡的状态。

"破案是个磨时间和心血的事，自然不能操之过急，身体健康第一。"王守林开口说道。

"师父，没事儿，我身体状态挺好。"秦卫山挺胸接过话茬，显然把破案摆在了第一步。

林念也是充满希望地看向王守林，结果王守林摇头开口说道："花狍盗猎队目前没有多余线索，现在只能看蔺母那里会不会有关键线索，还有于宗源母亲的消息。"

"分局已经开始着手调查医学毕业生到本市却未从事医学工作的人，想必不久后也会有新线索。现在，你们先好好休息调整好状态，等新线索出现再说。"王守林平静地下令，随后独自一人径直走向自己那匹马。

"师父，我能跟您一起去吗？"秦卫山有些不甘心道。林念虽然没说话，但亦是如此神情。

王守林还没等二人说完，斩钉截铁地盯着秦卫山道："这是命令，你们赶紧回去休息。"

话落，王守林忍住没有去看秦卫山和林念的表情，双腿猛然夹住马腹，身下的赤龙发出一声长啸，立刻开始朝他脑海之中的方向奔去。当然，同一时间，王守林即将经过的位置有一个地名叫塔赫尔，正是王鸿阳要取钱的地方。

秦卫山和林念则呆呆地看着王守林离去的方向，内心满是担忧和无奈，王守林的态度如此强硬，二人除了服从之外，没有其他办法。而王守林在骑马驰骋后，心无旁骛，直奔他推断出的地点。

没过片刻，秦卫山和林念就各自回到所在的寝室里，两人此时的情绪都非常失落。

二人将便装换为常服，快速去往办公室。

秦卫山翻开办公桌上的其中的一份文件，内容是讲述关于警队反诈的一些信息，这些工作需要警员们下到地方进行宣传。可想而知，若秦卫山没跟着王守林，这警队反诈的信息便是他的分内之事。林念桌上的文件与秦卫山桌上的也大同小异，难度并不大。

可二人现在对这些工作一点都提不起兴趣，满脑子都是花狍盗猎队以及离开的王守林。

很快到了中午，秦卫山约上林念，两人结伴前往食堂。在去往食堂的路上，同期的警员都惊讶地与他们打招呼，同时都很羡慕二人入警后能师从大队长王守林。

秦卫山和林念不清楚别人的想法，二人脸上挂着疲劳与茫然，来到食堂内开始打饭。

今天分局的伙食还不错，有猪肉炖白菜、排骨炖豆角、黄瓜丝凉菜、拔丝地瓜、柠檬水。迅速打好饭菜后，二人来到往常跟王守林吃饭的那张餐桌，没过片刻便吃完了。

吃完饭后，秦卫山和林念二人都没有离开餐桌，就那样愣坐在位置上，彼此看着对方。

片刻之后，林念率先打破了这份尴尬："秦哥，我们接下来该咋办？"

"我个人感觉师父有最新线索没有跟咱们说，他是铁了心要当独行侠。可这样做非常危险，他一个人单枪匹马去太冒险了！"秦卫山说着又叹了一口气，然后感慨道，"说实话我也不知道该咋办。貌似现在对于咱们来说，静静等待就是唯一选择。师父毕竟下了死命令，咱们去未必能帮上忙。"

林念见秦卫山听天由命的姿态，先是稍微一愣，片刻后道："秦哥，这不是你的性格呀！"

秦卫山也没有回答，只是无奈地摇头，他看着有些颓废，内心同样也很迷茫。

"秦哥，要不咱俩悄悄追上去，你反正也会步法追踪啊！"林念大着胆子开口提议道。

这个提议瞬间便被秦卫山否决，皆因他之前有过军旅生活，在两年的军旅生涯之中学到的最重要的东西便是服从命令。而几乎每一个军人都会养成一种意识，服从命令就是天职。更何况退伍之后他又继续在警队工作，想让秦卫山违背上级发布的铁令，这是一件不可能的事。

林念起身看向秦卫山，继续追问道："秦哥，你心里头到底怎么想，能跟我说说吗？"

"你问我怎么想？我当然想陪着师父一起去破案，去把那些花狍盗猎队成员全部缉拿，这就是我内心最真实的想法！"秦卫山说完又把话锋一转，然后继续补充了一句，"但现实很残酷，我不会轻易违背师父下达的命令，这涉及到了我的原则问题。"

林念仿佛被浇了一盆凉水，定眼静静看着对面的秦卫山，而后又坐回到自己的位置上。

二人又重回到之前的那种状态，一方面是师命难违，另一方面又想跟上去当警力支援。

第二十三章　永不言悔，正邪相争

林念望着有些颓废的秦卫山，她还有很多话想说，但说出来意义和效果也不大。

在林念眼中，秦卫山是那种看似活泼开朗、大大咧咧的男孩，可内心住着一个矛盾灵魂。

突然之间，林念看向秦卫山道："秦哥，我父亲曾跟我说过一句话，如果连被别人否定的勇气都没有，又如何能成为自己的英雄？"

"我知道你的内心其实还是想要跟随王叔一起破案，只是因为他没下达命令，才不敢去执行。"林念又拿自己为例子，轻声补充了一句，"可上次去找陈磊叔，王叔也只带了你一个人，而将我给留到了分局。"

"可我当时做了什么呢？我也跟你一样有过怀疑和迟疑，但最后我还是选择追上去，因为我们是并肩作战的战友。"林念顿了顿，又继而往下说道，"就算王叔真要处罚我，我也甘愿受罚，因为我不想后悔。"

"即使你否定我，全世界都否定我，可我相信自己，我做出这样的决定不会后悔，而且是永不言悔。"林念目不转睛地看向秦卫山，一字一顿道，"因为我当时做出了正确的选择，自然也就等于无愧于心。"

话语落下，秦卫山愣住了，内心一时间也陷入极大的反复权衡状态。

秦卫山脑子里不断回响着林念方才那段话，今天若做了错误决定，未来真会后悔吗？

秦卫山随即起身端上餐盘，看向林念丢下一句："回寝换便装，报备完后去马场等我！"

林念嘴角露出笑意，她就知道秦卫山一定不会让自己失望，然后答道："行，我等你。"

二人分开后，各自前去更换便装以及报备行程。几分钟之后，秦卫山和林念就重新来到马场。只见秦卫山穿着牛仔外套跟牛仔裤，牛仔外套里套着一件黑色 T 恤，看上去倍有精神，也异常帅气。而林念也是如此装束。

"小念，你稍微等我一会儿。"秦卫山拉了一下牛仔外套，轻声开口说道。

"秦哥，你要去干什么呀？"林念有些面带疑惑，看着身侧之人问道。

"我去跟青龙说点话。"秦卫山轻咳了一声，脸上的神情有点尴尬。

"好吧。"林念听罢答案很迷惑，为啥要跟青龙说话，青龙还能听懂人话？

秦卫山慢慢走到青龙的面前，他带着一脸的笑意，仿佛看见了老朋友一样。

可青龙却吐着鼻息，昂着头颅，完全没把来者当回事，就跟视而不见那样。

"青龙大哥，你看我给你带啥好东西了？"秦卫山从怀里取出一颗苹果道。

"一会儿大哥您千万要慢点儿，别给俺摔下马去呀！"秦卫山开口央求道。

秦卫山把苹果递到青龙嘴边，很快苹果就被青龙吃进嘴里，随后开始咀嚼起来。

等苹果吃完，青龙显露出满足，哼了两声。秦卫山知道，这是答应的信号。

林念站在一旁目瞪口呆，这一次秦卫山没避讳她，一人一马之间的对话她听了个清清楚楚。

原来秦哥跟青龙的相处这么卑微吗？又想起了温顺的白龙，林念的心中不由得一阵温暖。

不一会儿，全部都准备充分之后，二人就各自骑上马，开始朝王守林

121

离开的方向追去。

一路上，秦卫山边看着路面中近乎消失的马蹄印，一边改变方向追去。这一次，青龙或许也明白秦卫山有正事要办，竟出乎意料地格外听话，这也使秦卫山步法追踪越来越准。

同一时刻，王守林已经骑着马来到名为塔尔赫的地区附近，他就像个孤独的骑士那般。

塔尔赫曾经是一个村落，因为位置偏僻，环境恶劣，现在所有的居民已经搬离了，所以此地被当地人称为无人区。一口气赶到塔尔赫后，王守林选择先休息一阵儿，再继续赶路。渐渐天色开始变暗，远处的烈阳闪烁出炽热的火焰，仿佛要在陨落之前，疯狂燃烧一下天穹。

"时间真快呀！"王守林自言自语道。这一刻，他虽然孤军奋战，可毫无寂寞之感。

因为王守林非常清楚一点，这一次他只能赢不能输，也是唯一一次复仇的机会。

休息片刻后，就在王守林起身准备离开之时，突然间远处传来阵阵马蹄声。

王守林眉头一皱，回头看向马蹄声音传来的方向，瞧见了两道熟悉的身影。

王守林一时间嘴角抽了抽，颇为吃惊地站在原地，怎么都没料到他们会追来。

秦卫山和林念也看到了王守林，二人脸上带着喜悦之情，双目中闪着光，在到达王守林附近后，翻身下马，一边牵着马一边向王守林的位置赶了过去，显然这次秦卫山追踪成功了。

"王叔，总算追上你了！"林念笑着喊了一句。秦卫山没敢说话，他怕挨师父训。

"你们咋跟来了？"王守林将笑意收敛，摆出怒气冲冲的姿态，盯着二人冷声质问道。

"师父，我们担心你一个人会出意外。"秦卫山抬手摸了摸后脑勺，有些不好意思地找补了起来，"花狗盗猎队案一直是咱们一起负责，您突然独自行动，我跟小念很担心。"

"你瞧出来我不是去办私事？"王守林又追问道，"你俩又是怎么发现我的踪迹？"

"师父，您平常都没社交，还能去办啥私事，而且咋可能骑马去办私事？"秦卫山咧嘴嘿嘿一笑道，"师父，我好歹也学了步法追踪！"

王守林严肃的表情下藏着一抹欣慰，他真没想到秦卫山的步法追踪能力提升得这么快。这跟年轻时的他相比强太多了，这同样就意味着秦卫山未来在步法追踪领域，所取得的成就一定不会弱于自己。

可王守林内心有别的想法，并且已打定主意，自然不会让秦卫山和林念陷入危险境地。

"你们怎么来就怎么回去吧，此事不需要你俩参与！"王守林佯装生气，开口下令道。

"王叔，您不能抛弃我和秦哥啊！"就在这时，林念挺胸而出，一脸认真道，"花狍盗猎队案是咱们共同负责，身为人民警官，又怎能知难而退？就算明知前面是万丈深渊，我们也应该无惧一闯！

"王叔，我知道您担忧我和秦哥的安危，可我们也是警察，自然不应该老处于温室之中在您的庇护下成长才对。我和秦哥也不想当那样的警察，那根本就不是一名合格的人民警察！"林念斩钉截铁道。

"我和秦哥需要您给一个机会。"林念又重新抬起脑袋，认真而又无畏地看向王守林。

王守林听着这些话，当场愣住，他没想到一向不喜说话的林念，此时竟然能够一口气说这么多话，而且每一句话都很在点子上，让他根本就找不到合适的理由去进行反驳。

"嗯，我想想吧，给我点时间。"王守林说着也陷入沉思，似乎想法已经被改变。

而林念和秦卫山看到王守林陷入沉思，心中涌现出喜悦，王守林没立刻回绝便是有机会。

"师父，您还记得收我为徒时，我跟您说过，我为什么要当森林警察！"秦卫山紧随林念话语之后补充道，"人不应该躲藏在温室中，这是我个人的选择，请您同意我与您并肩作战！"

王守林长叹一大口气，看来面前的二人是赶不走了，林念的倔脾气还真跟林森特别像。

可王守林本身是一个确定主意就不会轻易改变的人，暗自权衡完后，他决定采取缓兵之计。

总而言之，王守林打定主意最后去花狍盗猎队基地之时，绝不能让秦卫山和林念犯险。

那些所谓的危险，让王守林一个人承担了就好，他愿意用生命去守卫这片美丽的园林。

"你们休息一会儿，然后跟我出发！"王守林做好了安排，实则还是很迫于无奈。

"是！"秦卫山和林念二人嘴角带笑，齐齐抬手敬了一个礼。

王守林先独自走到一边，静静等待秦卫山和林念吃完压缩饼干后，带着二人直接向脑海中花狍盗猎队基地的位置赶去。同时，他也不断暗自琢磨，到底该怎么应付这两个难缠的年轻小警。当王守林三人离开后不久，一辆皮卡也缓缓驶入塔尔赫。负责开皮卡的司机是蔺永清，此刻他嘴里正叼着一根烟，看上去百无聊赖。副驾驶坐的是王鸿阳，他正在沉思，不知琢磨着啥事儿。至于初禹阳那家伙，则是懒散地躺在后排，嘴里同样叼着一根烟。

等车子停入塔赫尔后，王鸿阳带着蔺永清下车，二人立刻去往王星蕊放钱的位置。

没过片刻，二人就拎着四个皮箱子，出现到初禹阳的目光之中，而且脸上满是笑意。

初禹阳看着四个皮箱子，疯狂咽口水，将香烟掐断后摩擦双手，满脸都写着期待。

不过，王鸿阳压根就没有给对方展示皮箱内现金的意思，直接打开后备箱，跟蔺永清将这四箱现金，全部放到后备箱中。随后众人重新上车，开始朝着基地那边疾驰而去。

王鸿阳的表情略显不安，眼神很复杂。刚刚竟然连暗杀的机会都没有，原因是王星蕊藏钱的位置空间很大，蔺永清一直跟他保持着距离，其次便是藏钱位置距离车辆停的位置太近。若他没能一下暗杀成功，初禹阳听到声音绝对会迅速冲出，那时他一对二胜算太小，更何况初禹阳绝对会带枪。

　　这瞬间打乱了王鸿阳原本的暗杀计划，可任务是沈溪花所派，而他的母亲又是人质被沈溪花所掌控。无奈之下，王鸿阳只能继续暗中思索，看能不能采用更加稳妥的暗杀手段。没过多久，皮卡行驶到一处荒林之外。可蔺永清的开车速度猛然减缓，他目光带着不解，扫视四周，突然皱眉发问道："你们听没听到啥怪声音？"

　　王鸿阳和初禹阳同样很疑惑，齐声开口问道："野驴，你听到了啥怪声？"

　　"我好像听到了马蹄声。"蔺永清的耳朵微微动了动，有些不太肯定地回答道。

　　"怎么可能，这鸟不拉屎的地方会有人来放牧打猎，野驴子你喝多了吧？"初禹阳反驳蔺永清道。显然，他跟对方天生就不咋对路，属于喜欢硬抬杠的那种相处模式。

第二十四章　鹬蚌相争，渔翁得利

"不对，是真有马蹄声，我刚才确实听到了！"蔺永清瞪着初禹阳反驳道。

初禹阳如同看傻子般看向蔺永清，一脸不屑，明显不相信对方的判断。

王鸿阳的双眸内却出现一抹狡黠，一个歹毒计谋在他脑海之中逐渐生成了。

"舌头，我刚才也隐约听到有马蹄声。"王鸿阳为了能实行计谋补充道。

若一个人听到还可能是幻听，可已经有两个人听到，那这事就有了说服力。

"那你俩认为是咋回事呢？难不成雷子杀过来了？"初禹阳说完了之后，又很快进行自我否定，"可塔尔赫这地啥也没有，树林子里同样啥玩意都没见着，这帮雷子杀过来干什么呢？"

"会不会是咱们基地的位置暴露了？"王鸿阳眉头紧皱，又试探性地问道。

蔺永清没立刻回答王鸿阳，而是陷入沉思，这可能性不大，但并不代表完全不可能。

初禹阳惊呆了，吃惊地看向蔺永清和王鸿阳，咽下一口口水，自以为聪明地开口说道："要不还是算了吧，咱别去自找麻烦，干脆直接回基地，惹不起咱躲得起，反正马上就要分钱散伙了！"

蔺永清回头看向初禹阳，轻轻点头继续道："舌头，你肚子里还有啥话，一次性说完吧。”

“主要是咱后备箱里这么多钱，要真被雷子给逮了，到时可就全白瞎了。反正到头来都要解散，咱直接带着钱回基地分钱走人。到时就算真有雷子追过去，注定也只能扑个空瞎忙一场。”初禹阳嘴角带笑解释道。

王鸿阳内心不禁冷笑不已，他怎么可能让初禹阳和蔺永清就这样拿钱离开。若是真放跑了这两个家伙，沈溪花一定会怒气冲天，到时他母亲也会有生命危险，可能连自己都活不成了。

“舌头，万一按照你这意思办，咱们分钱时出现意外咋办？到时根本不用等雷子出手，大姐都能把咱仨给弄死！”王鸿阳又装作好人，开口提议道，“咱们还是下去探查吧，拿好武器。”

蔺永清一脸疑惑，现在还没完全确定是否为雷子，可初禹阳和王鸿阳的分析却句句不离雷子，这让他一个头三个大。是他最先听到马蹄声，可他完全没有停车探查的意思，这个风险实在太大，毕竟不怕一万就怕万一。

可王鸿阳先入为主，几乎句句攻心，而初禹阳的头脑不太灵活，很快就被带偏了。

“好吧，那就按照你们的意思办，咱们去查看一下情况。”蔺永清无奈地耸耸肩道。

“就咱俩去吧，让舌头留在车上看钱，不然真出啥意外，咱们仨必死无疑！”王鸿阳情理兼备地说道。这又让蔺永清当场无言以对了，实在不知道对方的内心到底是个啥想法。

“还是一起去吧，三个人火力也够，单独行动危险！”蔺永清琢磨着提议道。

“按照我说的来！”王鸿阳眼看对方要破坏自己的计划，立刻变脸强硬要求。

蔺永清见状也没有别的办法，只好无奈地叹一口气，动手打开车门。

初禹阳也迅速从后座给二人拿上猎枪，随后为蔺永清和王鸿阳一人点燃一根烟。

“两位早去早回，如果没风险就抓紧回来，别让大姐等急了！”初禹阳提醒道。

"知道了。"蔺永清吸了一大口烟，随口回答道。

而在初禹阳三人不远处，王守林等人已经将马匹固定到了比较隐蔽的位置，同时采取低姿匍匐，静静观察着远处的三人。

"师父，这啥情况？"秦卫山不解地低声发问，刚刚他们骑马疾驰，身后突然传来车辆发动机的嗡鸣声。王守林听到之后，立刻下令勒马隐藏。巧合的是，王守林带着秦卫山跟林念刚刚钻进树林中隐藏好，对方的车辆就出现在了不远处。

只不过，对方似乎察觉到了王守林三个人的存在，也同样开始下车进行探察。而刚刚王守林其实没考虑到车上的人是花狍盗猎队成员，此刻确定驾车的是野驴和一个完全陌生的男子后，其双目瞬间绽放出光芒。

秦卫山看到野驴之后很激动，于他而言野驴永远都是一个不确定因素。秦卫山内心深处还想为水井内的那具女尸报仇，这是他当时面对天地立下的铮铮誓言。

"先不要太过声张，对方应该发现咱们了，但目前还没确定具体位置。如今的形势是敌人在明处，咱们身处暗处。等他们过来后，咱们立马包抄！"王守林看见秦卫山一脸激动之色，特意轻声提醒了一下。

秦卫山使劲儿点点头，表示听明白了，然后三人进行简短战术交流，又迅速隐藏好自己。

而王鸿阳跟蔺永清也正朝着山丛之内展开探索，其实王鸿阳压根就没听到马蹄声，也对于有外人清楚基地的信息极为不屑。因此，在他的刻意带领下，他和蔺永清压根就没朝王守林藏身的位置走去，反而选了完全相反的方向。

"师父，这又是啥情况，咱们该咋办？"秦卫山眉头轻轻一皱，低声发问道。

"别慌，他们一定会回来，耐心等吧！"王守林冷静分析道。

"他俩或许是上厕所去了吧。"林念则小声嘀咕了一句，实在找不出更合理的原因了。

而王鸿阳和蔺永清的位置，二人正一边探索泥土上是否有人的脚印，一边观察四周。

王鸿阳暗中看向距离自己不过短短数米的蔺永清，右手的那把猎枪提起来又放下去，他还是没有把握能一枪将其毙命，而如今的情况则是如果不能一枪毙命，则代表他的暗杀计划会以失败收场。

虽然蔺永清平日里还是有点畏惧王鸿阳这个头号刽子手，但若让他陷入那种生死危机之中，王鸿阳非常肯定蔺永清绝对会拼了命奋起反击，这无疑大大增加了本次暗杀任务的难度。

"野驴子，你去那边看看，那里好像有东西！"王鸿阳抬手指着不远处，对蔺永清说道。

"好。"此刻的蔺永清仿佛完全没意识到危险逼近，朝着王鸿阳手所指的方向走过去。

二人之间的距离越来越大，而王鸿阳慢慢举起手中的猎枪，手指放到了扳机的位置上。

"这里没有任何发现！"就在王鸿阳即将射击时，蔺永清偏偏回过头来看向身后之人说道。

当蔺永清看到王鸿阳那如黑洞的枪口也是为之一愣，可很快脸上的表情就又恢复如初。

"兄弟，枪火无情，你不用这么紧张，说不定马蹄声是听错了呢？"蔺永清淡淡地说道。

"是，你这话很有道理。"王鸿阳嘴角扯起一抹微笑，轻轻点了点头，不动声色地附和道。

可下一刻，让蔺永清始料未及的事发生了，只见王鸿阳直接扣动扳机进行射击。不过，这一枪没有准确射中蔺永清，因为蔺永清发现对方举枪瞄准自己时，自然留了后手。当对方即将扣动扳机时，蔺永清很果断地侧身一跳，迅速躲过了致命的一枪。

一个大胆的想法出现到蔺永清的脑海中，或许是沈溪花想干掉自己。

蔺永清心中自然很不甘，迅速小跑到大树身后，开枪反击骂道："你要干啥？"

"该死，没一枪杀死你！"王鸿阳十分遗憾地说道，"你要是有胆，就出来跟俺对射！"

"你个疯子，到底想干啥？"蔺永清依旧怒吼骂着，他不清楚到底是不是沈溪花授意。

"我要干什么，当然是杀你！"王鸿阳如今无比恼火，整个计划都因蔺永清躲过那致命一枪之后泡汤了。现在他只有一个想法，那便是赶在初禹阳来救援之前，将对方迅速杀掉。

"你若求财我给你便是，你没有必要跟我刀刃相向，我们好歹出生入死这么多年，难道连一点钱都不值吗？"蔺永清暗自咽下几口口水，迅速开出一个诱人的条件，也是想花钱保命。

"老子不在乎你那点臭钱，俺只想保护俺娘。你今天如果不死，俺娘就要死了！"王鸿阳嘴上如此说着，状态已经有些疯魔。他猛然间朝着树后射出一枪又一枪，铁了心要干掉蔺永清。

蔺永清也彻底弄明白了原因，虽然他知道沈溪花收集花狍盗猎队成员所有的亲属信息就是当成一种威胁筹码，可蔺永清一直以为这种威胁是放在暗地里，也就是在众人的心中植入畏惧，怎么都没想到王鸿阳的母亲居然被沈溪花放到了明面上威胁。

"你杀了我又有啥用呢？"蔺永清迅速想出一个对策，顺势打起苦情牌，"俺娘也被大姐给绑了，要不咱俩合作把大姐干了，所有的钱咱俩平分，到时接老娘到城里头娶媳妇过好日子！"

"老子不相信你，你没有我了解沈溪花，你根本不知道她为了达到目的会采取什么恐怖手段！"王鸿阳怒目圆睁，霰弹枪的子弹迅速射完，他也快速移动到掩体身后开始更换子弹，嘴上还不忘继续游说，"野驴，当我求你了。"

"求我死吗？"蔺永清也很愤怒，直接破口骂道，"那我也求求你，求你快点去死吧！"

随后，蔺永清将身体微微侧移，将手里的枪口探出，朝着王鸿阳的方向迅速开枪射击。

但二人彼此都有掩体，目前能造成的伤害也不是很大，短时间内无法造成特大致命伤。

而在此刻，初禹阳也听到枪声和野驴、黑狼二人的怒吼，他以为是真遇到雷子，展开了激战。

如今，摆在初禹阳面前有两个选项。一个就是开车直接回基地去，到时候跟花姐说初禹阳和王鸿阳二人遭遇雷子埋伏，而自己为了护送卖皮草的钱回归，花姐应该不会把他给怎么样。

当然，第二个选择则是拿起猎枪，冲到战场之中，配合王鸿阳和蔺永清将雷子给杀掉。

几乎没有任何犹豫，初禹阳迅速采取行动。他下车将手中的烟头掐灭，随后坐到主驾驶上，迅速发动车子，车子就如离弦之箭那样飞驰而去。王鸿阳和蔺永清都吃惊地看着那疾驰而去的车子，二人的双目之中都写满匪夷所思之色。

"舌头，你个笨蛋！"王鸿阳破口大骂，双目血红显然被气坏了，他这下更难了。

沈溪花布置的任务是将蔺永清和初禹阳杀掉，可现在一个没能杀死，还放跑了初禹阳。

王鸿阳似乎已经能提前预测到自己的命运了，这次任务如果失败的话，后果非常严重。

初禹阳那家伙绝对会说自己和野驴死到了雷子手里，而他是唯一的幸存者，带着钱回去当英雄跟沈溪花邀功，估计大姐一高兴还能多分很多钱给他，可谓是一件名利双收的好事。

第二十五章　扰乱心智，内讧互咬

初禹阳早就铁了心要独自跑回去邀功，不远处的车子眼看着就要消失无踪了。

王鸿阳持枪扭头怒吼道："野驴，不能让舌头卷钱跑了，那些钱还都在车上啊！"

此刻蔺永清也心领神会，虽然王鸿阳想要他的命，但他也不愿让舌头卷款跑路。

当王鸿阳瞄准车辆射击之时，他也移动枪口射击。当然，他也观察了是否能趁这个机会直接干掉王鸿阳，可权衡后还是选择了放弃，因为王鸿阳还是保持着随时能躲避的姿态，可见对方训练有素。

只听接连两声枪响爆发而出，远处的车竟然应声缓慢停止，蔺永清和王鸿阳也露出了笑脸。他们所使用的武器是霰弹枪，远距离战斗完全凭运气，现在也不知道是说王鸿阳和蔺永清的运气好，还是说初禹阳的运气太差。总而言之，初禹阳被二人联手截停了。

车里头的初禹阳面色极其阴沉，他默默为自己点燃一根香烟，没有立马下车。

依照初禹阳的认知，王鸿阳和蔺永清绝对遇见了雷子，而车也被雷子给强行截停了。

现在没有别的办法了，初禹阳只能扛枪上去跟蔺永清和王鸿阳一起解决雷子，否则这后备箱的四大皮箱子钱，他一个人根本带不走。初禹阳猛一砸方向盘，打开车门，从后备箱取出猎枪，朝着王鸿阳和蔺永清的方向跑。

而蔺永清和王鸿阳在看到初禹阳被截停后，脸上都涌现出了喜悦的笑容。他们一人想要借助初禹阳的力量去平衡另一个人，而另一人则希望能杀掉对方。

"你内心到底打着啥算盘，大姐真绑了你妈？"蔺永清咽了口口水，想拖延一下时间。

可回答他的答案，只是一声干脆利落的枪响。王鸿阳舔了舔嘴唇，一脸嗜血之意。初禹阳已经被截停，现在要用最短时间将蔺永清击杀，不然初禹阳和蔺永清联手，他也只能暂避锋芒。

"对，你也是将死之人。"王鸿阳狞笑着说道，"你既然知道了真相，那就快点去死吧！"

"什么真相？我怎么听不太明白？"蔺永清的内心中霎时间涌现出一种不祥之感。

"你知道沈溪花为什么让花狍盗猎队的所有成员全都死心塌地跟着她吗？我现在可以告诉你，那是因为咱们最重要的把柄都在她手里！"王鸿阳又继续低喝道，"你妈，他妈，我妈，都在她手里当人质肉票！"

"我知道，这些我其实都知道啊！"蔺永清同样怒吼着回复道，"但沈溪花不是要解散花狍盗猎队了吗？你还这么死心塌地为她做事？她还能真杀了你娘不成吗？你到底有没有脑子？"

"我告诉你，她就是个魔鬼，她一定能杀了俺娘！"王鸿阳用一种近乎病态的苦笑回复道，"你真以为沈溪花要了你们亲人的地址，纯粹是为了监管吗？那我告诉你，这是大错特错。你不知道这一切是因为你进入花狍盗猎队后一直没犯错，沈溪花她找不到机会从你口中获取到你亲人的地址！"

"目前就只剩下舌头他妈跟你妈没事，别的家属多半早被她给弄死了！"王鸿阳破口怒骂道。

蔺永清不由得一阵失神，满脸写着惊恐之意。虽然他是一个冷血残忍的人，同时认为沈溪花很高深莫测也丧心病狂，但他万万想不到沈溪花连队友的亲人都不放过，可这么做有什么意义？

思考清楚后，蔺永清大声反驳道："沈溪花这么搞有啥意义？只会加速团队崩溃和消亡！"

"意义？我告诉你有啥意义，意义就是你们在休假的时候发现亲人已不在家，回去问已经被沈溪花特殊照顾在了一处位置！"王鸿阳继续破口骂道，"这本质上就是一个超级无底洞，为了家人的安危，你能更加死心塌地为她卖命，殊不知你在乎的亲人早就死了！"

蔺永清仿佛觉得有几道天雷轰下，他吐出一大口气，浑身冰冷不敢相信这个真相，想起自己前段时间跟母亲见过面，他的内心中闪过一丝希望："你少在这胡扯瞎说，你怎会知道这么多？"

"因为那些人全被我亲自杀掉了！"王鸿阳说着，迅速从他所躲避的巨树后窜出，朝蔺永清的位置展开射击。这一轮子弹射光之后，他又转换阵地，来到另外一棵巨树身后进行躲避。

"我娘你把她怎么样了？王鸿阳你就是个冷血的畜生！"蔺永清此刻早已怒火冲天。

"自然是杀了呗，我还能怎么办？我娘在沈溪花手里头，我不能让我娘受苦！"王鸿阳冷声宣布，其实这纯粹是胡说八道，因为他根本就没机会杀蔺母，蔺母如今已经落到了警方手里。

"王鸿阳，你个猪狗不如的畜生，你娘是个人，我娘就不是人了？"蔺永清很气愤。

场景顿时很是压抑，蔺永清整个人仿若失神，眉心也随之紧皱，泪水在眼眶中打转。

王鸿阳又继续扰乱蔺永清的内心，他冷笑着说道："野驴，你娘还真是一个好老太太。"

"我去你家时跟她说，我是蔺永清的好朋友，你娘特意杀了只鸡来招待我，那鸡肉是真香，鸡汤特别鲜美。"王鸿阳又呵呵一笑，接着往下继续说道，"她老人家在我吃完饭之后，还给我塞了一个大红包，说是她省吃俭用节省下来的钱，你每个月给她打的钱，她也一直没花过，说是要给你攒娶媳妇钱。"王鸿阳冷笑道："你娘她是个好人，可惜她儿子不是个东西，我接过钱就把她杀掉了。"

而一旁的蔺永清眼泪再也控制不住，双目之中血丝越来越多，这是陷入极度愤怒的征兆。

"你娘不知道我为啥要这么做，我说是你儿让我来杀你，哈哈哈哈！"王鸿阳狂笑道。

"真是可悲，你娘问你为啥要这么做，我说你儿子嫌你是一个负担，最近做买卖赔了钱，把你杀了好把钱给拿回去。"王鸿阳一边说一边填充弹药，双目之中的杀戮之意也更加重了不少，"你娘听说了之后，没说你不孝顺，也没说你不是人，只是死不瞑目，这是我最轻松的一次任务。跟你说句心里话吧，我也有点伤心，但没办法，这是花姐给我的任务。真相你也知道了，人死不能复生，节哀顺变吧！"

蔺永清抹掉泪水侧身，直接朝王鸿阳躲避的巨树开始射击，一边射击一边向巨树走去。

王鸿阳嘴角带着微笑，因为眼下的情况很明显，以蔺母之死扰乱野驴子的计谋成功了。

"野驴，俺娘还在家里头等我呢，你就成全俺吧！"王鸿阳静静等待对方的子弹射光。

不一会儿，便没有了子弹射击的声音。王鸿阳轻轻一探头，就要抬枪瞄准射击，可让他意外的是，面前根本没有蔺永清的身影。

"不好！"王鸿阳心里一声怒骂，猛然回头发现身后不远处的蔺永清，已经扣动了扳机。

王鸿阳迅速向左侧移动，勉强躲过蔺永清的这致命一枪，但打落在树上的零落碎片还是刮伤了他的皮肤。王鸿阳没有太过恋战，也没跟对方进行殊死一搏，而是瞬间朝着远处飞快跑去，很快便又找到了一处巨树来当掩体。而身后的蔺永清果断乘胜追击，不断开枪射击，一颗又一颗子弹从他的枪械内不断爆发而出，前方的王鸿阳则很滑稽跟被动地进行着狼狈躲避。

"王鸿阳，俺要杀了你为俺娘报仇！"蔺永清此刻疯狂怒吼跟开枪，但发现枪里已经没有子弹了。他不由得咬咬牙，也找寻了一棵最近的巨树躲藏。这一路或许是因为愤怒的情绪影响，蔺永清没有击中王鸿阳，甚至没给对方造成一点伤害。

"野驴，你娘反正也没了，倒不如成全兄弟我吧！"王鸿阳自然也清楚是来自其愤怒情绪的引导，此时又特意火上浇油，希望能够再次影响蔺永清的心智，让暗杀任务更容易完成。蔺永清是团队内公认的小智囊，王鸿阳没办法智取。但二人当下的攻击手段太单一，只有一把猎枪，因此谁心态最稳，谁获胜的概率自然更大。

"野驴，黑狼，俺来了，你们在啥地方？"初禹阳气喘吁吁地跑到此处，快速发问道。

"舌头，野驴叛变了，他跟雷子合作了！"还没等蔺永清开口，王鸿阳就先大声吼道。

而后，仿佛是为了证明自己所言不假，还朝蔺永清的方向开枪，显然是故意打给舌头看。

"啥玩意儿？野驴子真叛变了？"初禹阳一脸不可置信，明显还没弄明白到底咋回事。

"你应该没忘记野驴说听到了马蹄声吧？那都是他忽悠咱们出去，他早就跟雷子说好了，他要趁这个机会把咱俩给分散开杀掉，这样才能立大功啊！"王鸿阳有板有眼地说道。

初禹阳还是一脸迷茫状态，而蔺永清也没有解释。结果下一秒，初禹阳猛然举起猎枪，随后扣动扳机。子弹打在巨树之上，无数的树皮纷飞。王鸿阳被波及了，抬手捂住自己的眼皮。刚刚初禹阳听完他的话之后，竟然没有选择攻击蔺永清，而是直接向自己开枪。虽然子弹没射中他的身体，可纷飞的碎渣树皮还是割伤了眼皮。鲜血从眼皮缓缓流出，浸染了他的眼珠。这一刻，王鸿阳如同地狱恶魔，嗜血且杀戮。

"黑狼，我虽然很笨，可也不是傻子。野驴之前跟雷子夺枪，那么好的机会他不要，放这里来杀你吗？你把我当什么了？"初禹阳说着，还从怀里摸出一根香烟，慢悠悠走到一棵树后点燃，脸上满是潇洒。

"野驴，你救过我一条命，现在还清了！"初禹阳大声说道，"这黑狼到底什么情况？"

"舌头，是他跟雷子合作了，还倒打一耙诬陷我！"蔺永清斩钉截铁地宣布道，他自然不会说出沈溪花要杀他和初禹阳的事，否则一定会影响初禹阳的情绪，情绪在战场上是能改变结局的关键因素。

"啥，那家伙跟雷子合作了？那咱俩把他宰了不是大功一件？"初禹阳伸出舌头舔了舔嘴唇，其实就算蔺永清背叛了团队加入雷子，在刚刚的局面里，他也一定会毫不犹豫地开枪干掉王鸿阳。

原因很简单，毕竟初禹阳右手的那根手指，就是被王鸿阳毫不讲情面强行砍掉的。他在心中一直憋着对王鸿阳的那股子怒火，此刻既然拥有了发泄怒火的机会，自然不会就此轻易放弃。

俗话说，抓到尾巴砍掉脑袋。初禹阳此刻也暗下决心，这次绝对不能让王鸿阳活命。

王鸿阳自然怒气冲天，恨到咬牙切齿，他万万没有想到初禹阳会如此行事。早知如此，当时就算担着被沈溪花惩罚的风险，他也不能让对方回归。而且他打算利用初禹阳来对付蔺永清，这下反而全都彻底乱套。

此刻的王鸿阳瞬间处于极大的劣势之中，左想右想也没想到除反击之外的好办法。

而在三人不远处，王守林一行人正一脸吃惊地默默听着这边传出的各种状况。

秦卫山咽下一口口水，很不解地发问道："师父，那家伙真是咱们安排出去的卧底？"

王守林果断摇了摇头，然后开口解惑道："不是，他不是卧底，他们内讧胡说八道。"

第二十六章　反杀良机，丛林暗战

"单看眼前这情况，莫不是因为分赃产生分歧，因此才内讧？"林念小声发问道。

"不太可能因分赃反目，花狍盗猎队内有花姐把控全局，只要花姐还没退位，自然不会因为分赃不均而内斗。"王守林迅速分析了一下，又继续补充道，"若内部这么轻易就产生争斗，那花狍盗猎队早就跟那些普通的盗猎团队一样分崩离析了，也不可能像毒瘤那样存活多年。"

"师父，有没可能是花姐故意让这些人内斗，实为驭人之术？"秦卫山反问道。

王守林听完自己徒弟的提问后，表情逐渐变严肃许多，眉头也随之紧皱成一团。

虽然王守林不太想承认，可眼下如果真如秦卫山所言，背后其实都跟花姐有关？

如果那三人是因为花姐的指示而产生内讧，这事背后一定有着不可告人的秘密。

王守林换位思考了一下，他不禁有点怀疑，那位花姐是想金盆洗手退出江湖吗？

可那个小小的金盆，真能洗掉花姐多年犯下的杀戮与血腥？这个答案很明显，而王守林也决不会允许这等杀人狂魔逍遥法外，不管是为了老战友林森，还是为了那么多无辜牺牲的生命，王守林都打算最后拼一把，用自己的命去拼一把。

王守林缓缓转头，看着认真的秦卫山和林念，观察着远方战局，内心也做了决定。

无论如何，一会儿一定要找一个机会或借口把这两个家伙忽悠走，否则他会担心。

"师父，咱们啥时候出击？我看现在就是最好时机，正所谓趁他病要他命，一下子把那帮人全部拿下！"秦卫山鼓起勇气大胆提议，他要亲手把蔺永清给逮了，内心深处的梦魇才能结束。

"卫山，你别太着急，鹬蚌相争，渔翁得利，慢慢等对方两败俱伤，我们要把负面影响控制到最小，正面收获控制到最大。"王守林没有出言批评徒弟心急冒进，因为他知道秦卫山一直有心结。

秦卫山听罢也不继续多言，只默默藏匿到原地，开始进行短暂的休息和养神。

至于另外一方那三个盗猎贼的内讧战场，此刻已经进入到真正的白热化阶段。

三人都没将充足的弹药从车上取下，此刻不停射击，早就消耗过半子弹。

而最初发生争斗的蔺永清和王鸿阳，身上也已经多出许多个大小不一的伤口。虽然这些伤口目前不致命，但从另一个方面而言，也会不断消耗二人的体力跟耐力，时间一长估计还会有生命危险。

"舌头，你要相信俺，俺一直是花姐信任的心腹，俺咋可能会背叛呢？"此刻，躲藏在树后的王鸿阳一边喘着粗气，一边开口辩解道。时至如今，他还是没有放弃忽悠初禹阳的想法。

但此刻初禹阳也学聪明了，绝对不会跟王鸿阳成为一路人，因为他心中很怨恨王鸿阳。

"俺现在可没心思管你背没背叛，你之前砍俺一根手指头，这事儿俺跟你没完！"初禹阳恶狠狠地叫嚣，伸出舌头舔了舔嘴唇道，"俺都想好回去跟大姐咋说了，就说你被雷子给杀死了，反正都要解散团队了，大姐也不能说啥。"

"舌头，你难道也要跟着一起背叛团队吗？"王鸿阳气到脸色发紫，咬牙破口大骂道。

"你说俺背叛了团队？这个团队都快要解散了，俺算背叛个啥子呢？"初禹阳皮笑肉不笑，又继续调侃道，"而且团队少你一个人，俺也能多分不少钱呀，野驴你说俺这话对不对呢？"

"舌头哥，你真是聪明绝顶！"蔺永清喘着粗气伸出一个大拇指，他内心觉得非常庆幸。

至于初禹阳为何要跟王鸿阳开战，眼下已经不重要了。他们本身的感情就是个空壳，一点实际价值都没有，但凡面对利益纠葛，就会瞬间爆发，然后内讧。这个时代就连从小一起长大的兄弟，因为合伙做生意最后都会反目，更何况像这种本身就是刀口舔血，为钱而战的盗猎贼？

"混蛋玩意儿，我要弄死你们俩！"王鸿阳何时受过这等委屈。在花狍盗猎队之中，他一直都充当着裁决者，如今竟然从猎人变为猎物，这让他一时无法接受。只见王鸿阳的枪械已经上膛结束，他一个侧步直接迈出，随后举枪就朝蔺永清和初禹阳的方向狂射。

不过，射击结果很遗憾，没有击中初禹阳和蔺永清，而是打到了蔺永清躲藏的树上。这巨树的树皮已经完全脱落，上面只留下了黑色的洞孔。当这次的射击结束后，王鸿阳迅速撤回到自己躲藏的那棵树后。也就在这一刻，初禹阳和蔺永清齐齐探头射击。

如今的战局情况对王鸿阳而言很不利，而且王鸿阳背靠的这一棵巨树也开始产生了明显晃动跟颤抖。王鸿阳内心一点都不怀疑，若情况继续僵持下去，用来藏身的巨树迟早都会被子弹给射穿。而当这棵巨树被射穿，他一定会被打成筛子。

一念及此，王鸿阳的内心又产生无尽的怒火。他双目血红近乎喷火，感受着摩擦牙齿的声音，脑海中不断思索破局之法，一直被动挨打总归不是长久之计。可他的对手是花狍盗猎队内号称团队智囊的蔺永清，他一人又怎能轻易敌过？

"两个狗家伙！"王鸿阳怒吼一声，下一刻猛然冲出所躲藏的巨树，朝着森林深处冲去。

此时此刻的王鸿阳已经没法子了，继续耗下去先死之人绝对是他。因此，王鸿阳只能将希望寄托于丛林内复杂的地形，再将二人分散开后进行逐一暗杀。蔺永清和初禹阳听到急速冲刺的声音后先一愣，也分别从树后冲出，朝着王鸿阳的方向追去。

二人也是真没有想到王鸿阳竟敢进行如此危险的突破，可这对于蔺永清和初禹阳来说也算一个绝佳的反杀良机。现在背对着他们疯狂奔跑的王鸿阳，无疑就是一个活靶子。蔺永清果断举起猎枪开始射击，而初禹阳同样也是如此。

王鸿阳不断奔跑过程之中咬紧了牙关，在随风冲刺的过程中，他能够清晰感觉到无数子弹从身边火速擦过。置身于枪林弹雨的环境之中，让他也下意识加快了逃命的速度。如果不小心中弹负伤，那结局就是必死。

不过，也有可能是王鸿阳这死里求生的念头得到了老天爷的眷顾，竟然没有一颗子弹命中他，他奔跑的速度又随之加快许多。趁着初禹阳跟蔺永清填装子弹，他也很快就消失在了二人的视线范围之内。

"野驴，你怎搞的？居然连一个活靶子都打不中？白瞎了那么多子弹！"初禹阳看见这么多发子弹居然没一枪打中目标，内心特别气不过，当即开口大骂蔺永清。

"舌头，你别光只会说我，你不也没打中吗？"蔺永清翻了个白眼，对方的运气倒还真出乎了他的预料。每一次他感觉要击中的时候，最终都没有如愿成功击中，只能说运气还真是不好。

"行，既然他已经跑了，那咱俩就赶紧先撤吧，回去把皮子钱交了，吃完散伙饭就等着回家了。"初禹阳此刻也已经没有了追击的意思，此处没有车辆，回到基地最起码要徒步走上半天，而半天时间足够分完钱散伙。

"车呢？"蔺永清不悦问道，这让初禹阳的表情立刻变化，因为车居然不见了。

这不赖初禹阳的记性差，实在是因为胜利的氛围下，他下意识把之前的局面给忘了。

"杀人就要斩草除根，别留下任何隐患，跟我进去吧。"蔺永清随后举着猎枪，朝王鸿阳离开的方向追去。其实刚刚他的内心也产生了一点动摇，毕竟从之前王鸿阳的话语中，他已经透过一些信息猜到了花姐要杀自己。既然花姐铁了心要杀自己，这散伙饭其实就是断头饭。

这对蔺永清来说只不过是一场必死的鸿门宴，钱一毛都分不到，反而命还要搭进去，倒不如直接卷着那些皮子钱离开，虽然数量肯定跟自己这么多年奋斗的结果无法相比，可毕竟也是最稳妥的选择，因为钱到手了，也要有命花才行。

可之前王鸿阳说的杀掉自己母亲的话语言之确凿，这一点蔺永清绝对无法轻易原谅，更何况就算他昧良心放掉了王鸿阳，花姐也绝对不会放过他，往后的生活中会面对数之不尽的各种刺杀。如此一来，倒不如这次干脆点，直接把黑狼给杀了，也算是为母报仇。

初禹阳看着蔺永清离去的身影，没有办法也只能硬着头皮跟着对方紧追而去。他的脑袋除了钱和自己的生命安全之外，几乎不会用来思考任何别的事。因此，他没有过多纠结，只想要结束这一切，拿着钱顺利回老家，娶个媳妇过点好日子。

王守林、秦卫山和林念看着王鸿阳三人往丛林内狂奔而去，眉毛不禁一皱，开始思考原因。

"师父，咱还等啥呢？赶紧追上去啊！"秦卫山很急躁，可也不敢太放肆。

"这会不会是野驴早就发现了咱们，故意演一场戏，就想骗咱们过去？"王守林反问道。

如此一问，就连秦卫山也陷入了沉默，毕竟一向对外杀伐果断的花狍盗猎队竟然此刻反戈，这本就充满了不合理性。而且，最为关键和重要的一点，是之前对方绝对听到了马蹄声。

"王叔，我觉得应该不是演戏，更何况如果是演戏的话，那三个人没必要真开枪。"林念说着又补充了一句，想以此说服王守林，"而且三人身上确实都有负伤，就表示真起内讧了。"

这一番话也让王守林陷入沉思，最后还是决定不破不立，正所谓生死有命，富贵在天！

"行，那咱们追过去，看看他们葫芦里到底卖啥药！"王守林最终还是

142

决定主动追过去。

　　秦卫山和林念眸中闪过一丝喜悦，立刻跟随王守林开始以低姿匍匐的速度朝蔺永清三人离开的方向爬去。这事还真不赖王守林多思考，毕竟他跟花狍盗猎队明里暗里斗了这么多年，王守林已经下意识给花狍盗猎队打上了"无恶不作""心思缜密""跟警队玩藏猫猫"的标签，对方瞬间内讧之时，王守林第一时间也没感到惊喜，反而感到不切实际。

　　此刻，如果沈溪花在此处，一定会为自以为天衣无缝的计划感觉羞愧无比。她就算千算万算，也没算到基地位置已经暴露，也没有算到王鸿阳在暗杀蔺永清和初禹阳时，竟然让王守林给撞见了。这个结果与沈溪花亲手将这三人间接送到警局自首没太大差别。

第二十七章　螳螂捕蝉，黄雀在后

不一会儿，王守林就带着秦卫山和林念，去往王鸿阳一行三人消失的方向，只不过因为三人都是以低姿匍匐的速度行进，因此他们没第一时间跟上三人。片刻后，王守林打出战术手语，又开始加速前进。

而远处，花狍盗猎队三人又展开激烈的枪战，只不过这次王鸿阳隐隐占据优势，因为蔺永清和初禹阳追击时已经耗尽枪管中的弹药。王鸿阳没有过多迟疑，立马选择反击，唯有如此才能拖延时间。

"黑狼，你别瞎挣扎了，你绝对打不过我跟舌头，乖乖出来投降吧！"蔺永清叫嚣道。

"黑狼，等俺把你干趴下了，要亲自把你十根手指头都砍下来！"初禹阳同样放着狠话。

想到如今自己跟王鸿阳的身份已经调转，他心中也徐徐升起一股无法言说的爽感。

"你俩今天就算活着走出去，也绝对活不到分钱散伙的那一天！"王鸿阳把一枪管的子弹射完之后，也迅速躲到树后，继续质问道，"你们用点脑子仔细想想，我是听谁之令行事？"

"大姐杀我们干啥？黑狼你别在这挑拨离间！"初禹阳不肯相信，果断破口怒骂。

"就是大姐沈溪花让我杀了你俩！"王鸿阳也被彻底惹毛，现在他只想发泄，至于处境已经不重要了。

如今的局面要么是自己死，要么是另外两个人死，说不说出来其实意义已经不大。

如果自己不幸被蔺永清和初禹阳联手杀掉，说出花姐要对付他们这件事，某种程度也算是给自己积德。毕竟他死后，这两人说不定还能想着自己透露消息的恩情，帮忙照顾一下老娘。当然，也可能这两人压根就不念恩情，可与死掉的他也无关了。

还没等王鸿阳接着补充话语，蔺永清已经从树后探头向他躲藏的巨树射击。这样虽然效果很小，甚至没有任何用途，可对王鸿阳的感官和精神造成了巨大影响。蔺永清其实很清楚内情，花姐是真要杀了自己跟舌头，虽然不清楚是不是想独吞所有钱，可这与只想活命的蔺永清无关了。

现在，绝不能让初禹阳被王鸿阳蛊惑。倘若初禹阳也想明白了，要么直接掉头逃命，要么心态当场崩溃。果然不出蔺永清所料，最糟糕的情况发生了，只见初禹阳没跟随蔺永清一同出来射击王鸿阳，而是在树后拿出一根烟点燃默默猛吸。

"该死的舌头！"蔺永清内心怒骂，可现在已经没有办法，很快他又重新缩回巨树后。

不过，王鸿阳也没有第一时间探头射击，不然以他和蔺永清之间的距离，以及他的枪法水平，很大概率能准确射中对方。但王鸿阳子弹也不多了，他想要利用间歇时间朝丛林深处跑，他还是想凭借复杂的地形来进行反击。若能够在丛林之内寻觅到捕杀猎物的东西，那对他的帮助无疑更大了。蔺永清躲在树后一直屏息等待王鸿阳的射击，可良久都没枪声传出，反而传出了脚步踩在土壤上的声音。

蔺永清立刻意识到他竟然没选择反击，而是往丛林深处跑去。他看了一眼初禹阳，这一看他突然面露喜色，因为对方脸上没有太多失望的表情，看来这个家伙多半已经有了决断。

"舌头？"蔺永清试着开口喊了一句。如果对方没有给出啥回应，他将二话不说地朝着丛林那边去追击王鸿阳。虽然少了一个战斗力，可王鸿阳那个家伙无论如何今天都必须死在此地。

"野驴，你说沈溪花是不是太冷血了？咱为她在外面打生打死，结果她竟然想杀死咱俩！"初禹阳歪着大脑袋，一边骂一边往一侧移动，"娘们终究是个娘们，始终没有远见和大格局。"

"是，不过眼下当务之急要把黑狼杀掉，杀掉他后咱俩卷钱跑路！"蔺永清又提议道。

"唉，这就太便宜沈溪花那个臭娘们了，野驴你敢不敢赌一把？"初禹阳又琢磨了一下，才又开口继续往下说，"咱们把黑狼弄死之后，就直接杀回大本营，把那老娘们也给杀了，钱咱们跟花蕊平分！"

蔺永清出乎意料地看向初禹阳，片刻之后点了点头。也许在初禹阳的内心之中，谁对他好，谁对他不好，他心中还是相当清楚。蔺永清想起自己曾经要杀了他，还有一些感慨。

"走吧。"蔺永清果断下令，快速朝王鸿阳逃窜的方向一路追踪，初禹阳也紧随其后。

不过二人没发现身后，还有三人一直跟随，用"螳螂捕蝉，黄雀在后"来形容最合适。

十分钟过去，蔺永清和初禹阳已经来到一处空旷之地。可让二人有些震惊跟意外的是，并没有发现王鸿阳的身影。王鸿阳就好似幽灵那般凭空消失，他们还特意探查了大树枝干树梢，可同样没发现对方的踪迹，就连脚印都平白无故消失了。

"野驴，这下该咋办，黑狼突然就没了，难不成让野兽给吃了？"初禹阳皱眉发问道。

"这种情况不太可能，那家伙应该是躲起来了。"蔺永清看了一下四周的情况，再次开口感慨，"如果咱俩是狗鼻子就好了，若能学会那神鬼莫测的追踪手段，王鸿阳此时必定已经暴露行踪。"

在远处的王守林不禁打了个小跟跄，这种本事如果让盗猎贼学会了，后果他实在不敢想。

当蔺永清和初禹阳朝着远处追踪后，王守林三人同样也没耽误，急速跟随着二人而去。

王守林先仔细观察了一下周围，第一时间便成功判断出王鸿阳选定的逃窜方向。

又过了十分钟，蔺永清和初禹阳还是没搜寻到王鸿阳的踪影，二人暂时就站在了原地。

而初禹阳也在此刻提出了一个最新建议，这个建议与他之前在车上的想法不谋而合。

"野驴子，要我说，咱俩干脆直接原路返回，这些时间足够杀掉沈溪花分钱撤离了。黑狼那小子估计也不会认为咱俩已经撤退，多半还要继续逃命。"初禹阳认真展开分析道。

若放在二十分钟前，蔺永清一定会否决，因为王鸿阳不死，他以后连睡觉都会不踏实。

可仔细思索之后，认为这样漫无目标瞎找，只会徒增各种变数，蔺永清唯有点头答应。

王守林三人就静静匍匐在远处，看着已经决定离开的蔺永清和初禹阳，心中只能干着急。

片刻之后，王守林心中下了一个难度比较大的决定，他要侧面稍微给他俩一些小提示。

"卫山，你拿石头，往那边扔，一定要准和稳！"王守林抬手指向蔺永清站立的左前方。

秦卫山从地上特意找了一块体积比较大的石头，直接奋力朝王守林指定的那个位置扔出。原本无比平静的丛林之内，突然传出石头落地的声音。更加巧合的是，这块石头正好准确落到另一块石头上，让蔺永清和初禹阳瞬间举枪，齐齐朝石头落地的方向开枪，认为那边有人经过。

"走，王鸿阳多半在那边！"蔺永清果断下令，随后就朝开枪的方向快步追去。

而初禹阳也没废话，在他心中无论如何，王鸿阳都要死，皆是为了报断指之仇。

王守林看向秦卫山，悄悄比了个大拇指，开口赞扬道："徒弟，你的准头不错！"

秦卫山咧嘴一笑也不知咋答，因为这次超常发挥纯属凑巧，根本与他没啥关系。

"王叔，咱刚算帮了花狍盗猎队？"林念的神情有点复杂，犹豫许久才发问道。

"算，只要最后能除恶，过程咋样都行！"王守林轻声道，对眼下局面很满意。

秦卫山和林念同时也面露微笑，二人移动的速度变快了，不想错过一出大好戏。

而在远处，王鸿阳正疯狂奔逃，突然听到枪响，对他来说太过突然。毕竟，王鸿阳距离枪声的位置很远，王鸿阳又想起奔逃之时，初禹阳犹如失魂般躲在巨树之后，他的嘴角又出现一抹狞笑。

"如果野驴和舌头干起来了，我就能成为最后的大赢家！"王鸿阳又用舌头舔了舔嘴角处，微笑着自言自语道，"倘若真是如此，我就等于躺赢，希望那两个家伙能真干起来。"

王鸿阳笑着观察了一下周围的环境，此刻森林内极为安静，感觉不会有野兽出没。

"若他俩真朝我这边追来，我要准备点惊喜礼物啊！"王鸿阳眯着眼自言自语道。

第二十八章　夺命陷阱，仇人再见

话毕，王鸿阳灵机一动，走到一边的树旁，用双手折下一些树枝，随后拿出一把锋利的小刀，将这些树枝一端全部削尖。然后又看了看四周，他微微沉思片刻，拿出那把小刀开始挖土，一个小土坑很快成型，将那些削成尖刺的木棍插到里面。

随后，王鸿阳专门又抖落了树上的叶子，将叶子掩盖到精心的陷阱上，算是加一层伪装。

"你俩别怪我心狠手辣！"王鸿阳阴森一笑道，又扭头看向枪声传来之处，此刻已经有穿越丛林的声音传出。可他丝毫不慌，拿出背上的那把猎枪，朝着天空猛然开出一枪。只听"砰"一声枪响之后，瞬间为蔺永清和初禹阳指引了新方向，二人冲向枪声来源处。

初禹阳拔腿一路狂跑，可他身后的蔺永清却陷入沉思。毕竟，王鸿阳完全没有理由开枪为二人指引方向，除非王鸿阳已经提前布下了机关陷阱，而且还是特别有针对性的夺命陷阱。

"舌头，你慢点跑，当心前边有诈啊！"蔺永清的心眼比较多，小声提醒着初禹阳。

可初禹阳自大狂妄到了极点，他就好似没有听到提醒那样，不断加速向前方狂冲而去。

初禹阳如今已经被仇恨遮蔽双眼，因为王鸿阳砍了他的手指，这仇如果不报，心结实在难解。蔺永清见初禹阳不听劝也就放弃了，对方想作死他也没有办法，更何况他也希望让炮灰先去探路。

没过多久，二人就抵达了王鸿阳布置陷阱的位置。初禹阳完全没有注意到四周散落的树叶，径直地往前冲，好似已经感受到王鸿阳的气味。可下一秒后，一声惊天惨叫顿时传遍了丛林。

"啊啊啊！"初禹阳仰头大叫，因为其双脚完全陷入由数根被削尖的木棍所组成的陷阱里，让其身体不由自主地向前栽倒，而鲜血也从受伤的脚部跟腿部疯狂涌出。虽然跌倒之时，这些树杈没刺穿脚掌，可从另一个角度去观察，一个又一个血洞已经出现。

"黑狼，你个阴险小人，有胆出来跟你爷爷对枪！"初禹阳嘶吼叫嚣，内心极度不甘。

"砰！"在一棵巨树之后，王鸿阳持枪猛然钻出来，瞄准初禹阳的方向果断开枪射击。

王鸿阳这一枪打中初禹阳的肩膀，他笑着嘲讽道："挨枪子滋味如何？"

"黑狼，老子一定要弄死你！"初禹阳忍着剧痛果断抄起背上的那把猎枪，没有任何犹豫，猛然间扣动扳机朝王鸿阳狂射，而蔺永清见状也紧随其后。在巨大的火力冲击下，王鸿阳没有选择硬扛，稍微僵持片刻，便重新朝丛林深处冲刺。

同样不远处，王守林三人正在加快速度移动，自然也听到了那一声高过一声的惨叫。毋庸置疑，战局又发生了变化。如果说王守林没推算错误，花狍盗猎队中有一人应该已经中枪了。

"快，加快速度，但不要碰到树木跟石子！"王守林兴奋地下达命令，这就是最佳时机。

秦卫山跟林念的喉咙也有些变干燥了，二人的兴奋和激动，一丁点都不比王守林少。

此刻，夕阳西下，天色近晚，凉风微拂着三人的脸庞。这一刻，三人脸上的坚毅被光照耀，汗水反射出了五颜六色的斑斓，步履在泥土之上刻画痕迹，热血在丛林之内被见证。

"一会儿到地方，你们躲在我身后！"王守林轻声嘱咐，"一切以保障性命安全为首！"

"明白！"秦卫山和林念齐齐看向王守林，异口同声低声答复，二人都很听王守林的话。

而在蔺永清和初禹阳所处的位置，蔺永清已将初禹阳从陷阱里拔出。可由于不少尖刺已经刺入对方的身体里，初禹阳如今算彻底失去了继续战斗的能力。

不过，蔺永清没有就此放弃。无论如何，初禹阳都是一个合格的工具人。他认真地盯着初禹阳脚掌上的尖刺，正在考虑要不要拔下那些带血的尖刺。初禹阳被盯到内心发毛，失血已经让他脸色发白，冷汗则狂飙个不停。

"居然被暗算了，黑狼真阴险！"初禹阳喘着粗气说道，"野驴，我感觉我要死了。"

"有点棘手。"蔺永清无奈地摇头道，如果将脚掌上的树杈拔下，初禹阳可能会疼晕过去。

"野驴，虽然俺跟你不对付，但俺知道你是个仗义爷们。"初禹阳抬头望向蔺永清，大口大口喘着气，"野驴，你这会儿不用管我了，赶紧杀过去把黑狼弄死，他不死我死不瞑目！"

"舌头，我之前就提醒过你了，你偏偏不听，这下长记性了吧！"蔺永清看着有些可怜的初禹阳怒骂道。其实，蔺永清也想过要拿出猎枪直接将初禹阳解决，但又想起不久前他要跟自己和花蕊平分钱财，这顿时触动了他那还仅剩无几的良心，让他一时间有些难以痛下死手。

蔺永清咽了口唾沫，很快便开口道："舌头，你给老子好好待着，千万别死。我去把黑狼杀掉就回来接你，咱俩去弄死沈溪花那个老娘们，然后留点钱给花蕊，一起去享荣华富贵。你娘还在你家等你，要为她而坚持下去。"

蔺永清又将腰中一把手枪掏出，扔给受伤的初禹阳道："舌头，不能死知道吗？"

随后，蔺永清就拔腿向前跑去，嘴里也不知嘟囔着啥。

初禹阳望着蔺永清远去的背影，内心同样颇为吃惊。他握紧手中的手枪，苦笑着摇了摇头，从怀中取出一根皱巴巴的香烟，哆嗦着慢慢点燃，把烟叼到嘴里，颇为享受地靠到树前。

"野驴难不成转性了？"初禹阳猛吸了一口烟，唯有尼古丁能暂时缓解身体上的痛楚。

话音刚落，只见有三道熟悉的身影缓缓出现，为首的王守林举着手枪，身后跟着秦卫山和林念二人，全都保持紧绷神态，慢慢朝着他的位置靠近。若初禹阳有开枪意图，王守林自然也不会手软。

"舌头，放下枪，你身负重伤，不救治的话必死无疑！"王守林严肃而又认真地提醒道。

看到王守林三人后，初禹阳内心很震惊，心如死灰那般盯着三人，手中的枪更不敢放下。

至于秦卫山和林念二人，刚刚也被王守林特意叮嘱过了，尽量想办法生擒初禹阳。

"真够倒霉，原来野驴真听见马蹄声了，你们骑马而来？"初禹阳舔了舔嘴唇发问道。

王守林则轻轻点头，初禹阳紧接着继续感慨道："野驴耳朵真灵，我这下算是彻底完蛋喽，栽到了雷子的手里头。本来野驴要是成功把黑狼弄死，我保不齐还能有一线生机，如今看来是完全没戏了。"

王守林一行人听着眉心为之一皱，目光都开始变犀利不少。按道理来说，一般人讲出这样的话足以见其明事理，可初禹阳绝不是一般人，因为花狍盗猎队内的每一个成员都不是一般人。老话常说狗急了还要跳墙，更何况初禹阳这种人。他若决定临死反扑，抑或搞鱼死网破那套，王守林三人很可能还会受伤。

王守林又轻轻打了一个战术手语，随后就立刻朝着来时的方向缓缓退去。可初禹阳却没有任何变化，片刻之后，他还是没忍住冷笑几声，开口发问道："狗鼻子，你也知道怕了？怕我临死反扑？"

王守林没有说话，只是狠狠盯着他，随后保持在了一个相对安全的位置，静静等待后续。

"等他彻底晕了之后，立刻上手将其铐走。"王守林此时给出了最为稳妥跟安全的办法。

初禹阳看着与自己保持安全距离的王守林三人，嘴角不断抽抽，自然发现了对方的用意。

"狗鼻子，你不想抓我吗？我已经身负重伤了，你快过来啊！"初禹阳如疯子般怒吼道。

第二十九章　舌头落网，黑狼负伤

"狗鼻子，你不是想要我命吗？过来取啊！"初禹阳狞笑着举起枪，向王守林一行人瞄准。

"赶紧分散，这家伙就是个疯子！"王守林见状一声怒吼，向后退去的同时猛然卧倒。

而秦卫山和林念听令后，二人同时朝着一左一右猛然跑去，自然也不忘齐齐向下卧倒。

结果，一颗子弹射击无果。初禹阳的内心极为恼怒，他撑着身体慢慢站立，随后瞄着王守林三人大概方向猛然射出，嘴上跟个疯子那样叫嚣道："狗鼻子，你们咋不开枪杀我，难不成还妄想把我活捉吗？"

四发子弹全部射出，但每一颗子弹都被躲掉了，而初禹阳的体力以及精神也不停被消耗。

终于，初禹阳的体力撑不住保持直立状态，整个人顺着巨树猛然间向下一滑。只见初禹阳身体颤抖，吐出一大口血水，双目之中的仇恨没减少分毫。初禹阳依然强撑不昏厥，从身体侧旁又拿起那把猎枪。他清楚王守林是想活捉自己，而这也是他最后破釜沉舟的一个好机会。

若最终确定事不可为，初禹阳会用猎枪里的最后一颗子弹，果断击穿自己的头颅，他不想落到王守林等人手里。因为他清楚自己所犯下的罪行，死亡是必然结果，说难听点枪毙十次都够了。

王守林自然不会让他如愿，当对方手枪子弹射完时，王守林便起身举枪瞄准对方刚要架起的猎枪。"砰"一声枪响之后，一颗子弹精准击中坚硬的猎枪，顿时将猎枪击碎，不少碎片还射进初禹阳的皮肤。可初禹阳与之前的表现和状态却不同，他没有吼叫，也没痛苦嘶吼，如同认命了那样。

"真是连老天爷都不帮俺啊！"初禹阳苦笑地看着手中已断成两截的猎枪，刚刚决定的求死之心也有点崩塌。王守林成功将初禹阳手中的猎枪击碎后，又认真观察了一下对方四周的情况，发现已经没大危险后，便谨慎小心地朝初禹阳的位置走去。而初禹阳双目无神地望着向自己走来的三人，可当看到林念的位置时，眼睛不禁为之一亮。

因为林念要走的方向，正是初禹阳曾经踩过的那个陷阱。虽然里面的木棍此刻大部分已经插到了他的脚里，可陷阱内还有残余。况且林念正目不转睛地盯着自己，很有可能会落入陷阱。初禹阳的心中升起一股喜悦之情，因为他认为这也算是某种临死反扑，能看到死对头受伤，本就是他最喜欢的事。

不过，往往事与愿违，只见林念身旁的秦卫山突然伸出右手，抢先拦到了林念的身前。

林念很疑惑，但当她看向前方的地面，瞳孔猛然收缩，只见不远处的前方，竟然有一个土坑，里面还插着不少带尖刺的木棍。林念如今都不敢细想，若刚刚大大咧咧踩进去，右脚可能就废了。

林念一脸感激地看向秦卫山，轻轻点了点头感谢道："谢谢秦哥。"

"客气啥，你下次要多注意点，无论是天上还是地下。"秦卫山认真叮嘱了一句。

林念使劲儿点头，她知道秦卫山是关心自己，以后行动前要好好观察周围的环境。王守林看着配合默契度越来越高的两个徒弟，内心自然欣慰不已。没过片刻，三人便来到初禹阳身前。

此时的初禹阳整个人看起来特别萎靡颓废。"眼看盗猎队即将解散，俺快能分钱过好日子了，明明都要金盆洗手了，居然还整这么一出。"初禹阳低声自言自语，口气懊悔不已，"本以为能把黑狼杀了，现在混成这鬼样子，又被狗鼻子给逮了。"

话毕，初禹阳突然放肆狂笑，看上去特别疯癫，王守林等人就这样静静地看着初禹阳，可脸上的表情非常震惊，因为臭名昭著的花狍盗猎队竟然要解散了！

王守林一听花狍盗猎队要解散，首先第一反应便是不可能。沈溪花是一个唯利益至上的人，当没有达成一定目标时，绝不会放弃盗猎这个来钱快的活计。良久之后，王守林也随之理解了。因为警方目前抓盗猎队很紧，她也确实没有坚持下去的意义，否则就会竹篮打水一场空。

"舌头，花姐挺有魄力，但想金盆洗手容易吗？你们犯下的种种恶行能洗干净？"王守林徐徐蹲到初禹阳的面前，神情严肃地问道。

"呵，狗鼻子，花姐不是你能抗衡的，赶紧逃命去吧，别跟林森一样，最后把命搭里头喽。"一向心狠的初禹阳居然开始劝王守林，或许在他看来，自己快要死了，正所谓人之将死，其言也善。

"这事儿就不劳你多担心了，如果你想为自己赎罪的话，就多主动提供些线索，不然死后下地狱可不咋好受。"王守林嘴上如此说着，却用右手轻轻压下想要拿出手铐铐住初禹阳的秦卫山。

秦卫山暂时停止了动作，他不想重蹈之前的覆辙，所以眼下冷静思考很关键。

"想套话？行，我告诉你们，我们的大本营位置在……"初禹阳故意卖了个小关子。

王守林听罢内心极为平静，因为位置跟蔺永清所留那个一样，这更加确定蔺永清留下的摩斯密码破解的地址是对的。

不同于王守林的淡定，秦卫山和林念可谓万分激动，这个花狍盗猎队大本营地址的信息可相当于一个一等功，这足以让大多数警官为之失态。可秦卫山和林念二人心中所想并非如此，而是终于有机会能将花狍盗猎队一网打尽了。

"呵，你俩好像很激动？"初禹阳看着秦卫山和林念，内心一阵冷笑后反问道，"你们知道花姐手里头有多少条人命吗？说她是杀人女魔头都不为过，说出数字来俺都怕吓到你们！"

"俺告诉你们，最少都不止十条，她疯起来连自己人都杀，你们咋可能斗过她？"初禹阳望着自己的手，凄然一笑补充道，"俺这手指就是她让人砍的，你能斗过这种疯子？你们斗不过就是去送死。"

"谢谢你的提醒。"王守林面无表情地插话，就算沈溪花是地狱里爬出来的恶魔，他也要将对方送回地狱。这不单单是他个人的使命，也是已经牺牲的林森的使命。花狍盗猎队一日不除，王守林便一日难以心安。

"你们为啥会内斗？"王守林紧接着又问出一个关键问题，也是内心最大的疑惑。

"内斗？"初禹阳不由得哑然一笑道，"不知道，黑狼要杀野驴和我，我俩就反杀他！"

"黑狼是谁？"王守林目光为之一凝，隐约感觉抓到了某个重点，因为这是个新外号。

"他是花姐的小跟班，花姐让他干啥，他就会去干啥。"初禹阳冷笑着回答道。

王守林不动声色地点点头，然后用眼神悄悄示意秦卫山，用手铐将初禹阳给铐住。

秦卫山迅速来到初禹阳的面前，将他双手铐住。秦卫山此刻很激动，梦里已幻想过多次今天的画面，如今终于梦想成真。

随后，秦卫山立刻压下自己的情绪，如今当务之急是去追击王鸿阳和蔺永清，他们二人争斗肯定会有一人受伤，到时就能顺理成章逮捕归案了。

"小念，你带上嫌疑人，找个有信号的地方叫支援。"王守林低声安排后续任务。

"好，我明白了，保证完成任务。"林念使劲儿点了点头，冲身旁的王守林承诺道。

经过刚刚初禹阳透露的信息，王守林已经大概想到一些情况和原因，很可能沈溪花在面对警方多次的围追堵截，最后决定解散花狍盗猎队。并且花狍盗猎队所有不义之财都在她手里，杀掉花狍盗猎队其他成员，她就可以独吞财产。解散后，她想重新做人，就不能让人知道她的过往，花狍盗猎队其他成员都是不定时炸弹，最好的办法就是杀人灭口。由此可以看出来，沈溪花的心有多狠，手段有多阴险。

"真是一个长着人脸的女恶魔啊！"王守林内心暗暗低语，这是对沈溪花最精准的评价。

林念虽然点头答应了，其实还是有点不甘心，虽然她清楚初禹阳受伤必须要有人带他离开，而自己无疑是最佳人选，但她不愿就此离去。毕竟，杀父之仇将报，她希望自己能在场，最好能亲手逮捕杀父仇人。

虽然初禹阳也是她的杀父仇人之一，但对比起沈溪花来，二者的意义完全不同。

王守林自然也察觉了林念的不甘心，可他没有说啥安慰的话，这是她必须要接受的事。

至于秦卫山，等到蔺永清和王鸿阳争斗出现败者，王守林也会让秦卫山看守那个失败之人，这是对秦卫山和林念的绝对保护。上一代的仇怨应当让王守林来化解，不该让两个年轻人卷入其中。

"小念，去吧，放心，秦哥会给你报仇！"秦卫山微微一笑说道，"小念，请相信我。"

林念这才无奈低下头，慢慢蹲在初禹阳的面前，虽然还是很不甘心，可她眼下别无选择。

王守林看着对方这副模样，内心若是说不心疼不可能。但很快他便狠下心来，随后朝着远处王鸿阳和蔺永清的方向一路追踪而去，秦卫山立刻紧随其后。林念望着消失在自己目光之中的王守林和秦卫山，强行将心中颓势一扫而散，又看向了眼前虚弱得近乎昏迷的初禹阳，用力将他往前挪，朝着来时的方向走去。

林念要在有限的时间内，迅速找到一个有信号的地方向分局求助，等到分局派人前来交接初禹阳，她会返回丛林去寻找秦卫山和王守林。这次任务事关花狍盗猎队，她自然不想就此缺席！

林念那单薄的身子骨，搬运一个大男人，鲜血从男人的伤口处缓缓流到林念的衣服上，初禹阳身上散发着刺鼻的体臭跟烟草味儿，还有血腥味，但完全没让一向爱干净的林念有半分退缩。明明男人要比林念本身重，可这一刻爆发执念的林念，就那么一步又一步，将初禹阳挪向前方。

同一时间，秦卫山和王守林已经来到一处空旷之地，看周围的痕迹明显有人在此处战斗过。王守林迅速确定好底踪，立马开始展开侦查，片刻后就发现了点点血迹，以及一个比较匆忙的脚印。

"卫山，走这边！"王守林轻声低喝，朝前方冲刺而去，而秦卫山同样拔腿狂冲。

没过片刻，师徒二人来到了一棵巨树的后头，而巨树前是两个正在互相对峙的人。

"黑狼，你有本事跟我对枪，老跑算啥爷们儿？"蔺永清正辱骂王鸿阳。

而王鸿阳的气息有点不太稳，后脚跟有明显的血迹，因为他之前不小心中枪了。

"野驴，你娘死时老惨了，我都不忍心告诉你具体细节！"王鸿阳阴冷笑着反击。

第三十章　出其不意，攻其不备

王鸿阳一边嘲笑，一边倒吸凉气。虽然他中枪的部位不是很影响战斗力，可受伤的位置极大限度地影响了行动能力，并且随着时间的不断推移，体力会消耗更多，鲜血也会大量流失。

"黑狼，你除了讲这些还会说啥？"蔺永清此刻格外冷静，他知道王鸿阳还是想激怒他。

"野驴，除了这些话，我还会说啥？我还会说你给老子去死吧！"王鸿阳用舌头舔着下嘴唇，内心暗自掐算时间，三秒钟过后，他猛然间探出头去，朝蔺永清所在的树木猛射。然后一连打出三发子弹，让原本缓缓直起身子的蔺永清轰然坐下，蔺永清的面色很难看，自己行动的规律被对方摸透，也让他对王鸿阳的危险程度判定又加了一个等级。顿时之间，二人重新陷入僵持状态，都默契保持着敌不动我不动的姿态。

大概过去了五分钟，王守林开始皱起眉头，因为他也有点吃不准对方的真实用意。

"师父，咱现在动手不？那个黑狼看起来受伤了，野驴体力也被消耗了不少，现在出手胜算很大，保不齐还能把这俩都给当场活捉。"秦卫山瞧见王守林皱起的眉头，鼓起勇气提议道。

王守林没有给出下一步行动指示，只是悄悄认真观察起战局，眼里写满无尽的担忧。

毕竟，从之前初禹阳的话语之中不难分析出，沈溪花想解散花狍盗猎队，王守林有点担心沈溪花会快刀斩乱麻，发现初禹阳、蔺永清与王鸿阳三人没归队，猜测有意外情况发生，然后直接选择逃跑。最关键的是警方手里现在还没有沈溪花的画像，对方又有很多鬼蜮伎俩，说不定真会让她跑了。

经过仔细思索后，王守林还是摇了摇头，此时花狍盗猎队两大骨干内斗的机会，可谓是可遇不可求。虽然王守林和秦卫山加入战局很可能以碾压姿态结束战斗，但也不能排除这对师徒加入战局后，王鸿阳和蔺永清会突然联手抗警。因为对于花狍盗猎队来说，真正的敌人是警察。

"卫山，耐心等一等，战局应该很快就会发生变化。蔺永清心中一直都记着初禹阳身负重伤，他耽误不了太多时间，否则初禹阳就会有生命危险。"王守林低声分析了一下，还是不赞同贸然出击。

"师父，我明白了，那咱继续等等吧。"秦卫山认真点了点头道。

果真，蔺永清已经忍不住了，在枪里的子弹全部上膛后，他果断从树后冲出，朝王鸿阳的方向一路开枪移动射击。虽然三发子弹全部无果，但他距离王鸿阳的位置又近一步，还迅速躲到一棵新巨树之后。这也使王鸿阳回头射击时，根本就没找到目标。

"野驴，你死了不行吗？"王鸿阳怒火中烧，此刻已经失去理智了，"你娘既然已经死了，可我娘还活在人间呀，你就不能为了俺牺牲一下你自己吗？早点下去陪你娘岂不是挺好，还能在地府好好尽孝！"

如此变态且自私的话从王鸿阳口中说出，可他根本不觉得这话有不妥之处，掏枪射击之时，根本就没有发现蔺永清已经躲到了一处新的位置，因此开枪只不过是为了进行简单威慑。

王鸿阳打完了子弹，如同野兽般发出低吼。但他没有更好的办法了，只能默默又缩回原处。如今，受伤的他也失去了撤离之法，只能在原地跟蔺永清拼个你死我活，或者继续打消耗战，看谁先把对方的子弹给消耗光。

"黑狼，其实我有一件事儿，一直不忍心跟你说。但我看你已经油尽灯灭，我索性发个慈悲，告诉你一个真相吧。"蔺永清也开始玩心理战，然后又故作神秘地问道，"你想知道吗？"

"老子一点都不想知道！"王鸿阳深知从对方嘴里自然说不出什么好话。

蔺永清一个侧身打出一发子弹，无果之后开始胡编乱造道："弃儿哈村你知道不？"

"不知道，你快给老子闭嘴吧！"王鸿阳一声怒吼，眼睛不断打量着该从何处撤退。

"黑狼，你少骗人了，你娘住在里头，你会不知道才怪！"蔺永清冷笑着道出真相。

当然，这个地名儿纯粹就是瞎编，他也不认为王鸿阳能将所有村落的名字全部记下。

果真，王鸿阳陷入了沉默，可内心里满是疑惑，因为在花姐的任务安排之下，他这么多年将这片区域的村落都搜了个遍，名字也全部逐一记下，可弃儿哈村的记忆根本没有。不过，自然也无法排除弃儿哈村真的存在，或许是他没有探测到这个村子。

"那天，花姐让俺陪她办件事，就是杀了一个老太婆，那老太婆死前还不断嘟囔着想儿子，你娘死时可真是太惨了啊！"蔺永清言简意赅地说道，所描述的事情跟王鸿阳描述杀他母亲时一模一样。

不过，这也是蔺永清的攻心计谋，主要为扰乱王鸿阳的内心，然后将之给杀掉。

王鸿阳的呼吸瞬间开始变乱，他跟疯狗那样怒吼道："不可能，沈溪花不会杀我妈！"

"呵呵，沈溪花能安排你去杀别人的母亲，难道就不能让我去把你妈杀了？你自己仔细想想吧，你有多长时间没看见你妈了呢？"蔺永清早就想好了应对之词，又立刻出言进行反驳道。

王鸿阳顿时无言以对，他开始有点怀疑沈溪花了，因为那个女魔头不能用常理揣摩。

蔺永清静静等待了三秒钟，发现王鸿阳那边还没声音传出。他迅速从所躲藏的巨树后冲出，朝着王鸿阳的方向一路小跑。在这个过程之中，他一直架枪瞄准王鸿阳藏身的位置，但没有像往常一样直接射击，现在他要换新策略——出其不意，攻其不备。

蔺永清要在王鸿阳探头的瞬间，将对方给直接击毙，而后领着初禹阳把沈溪花干掉，拿走钱后分道扬镳，从此逍遥天下。没过片刻，蔺永清就来到王鸿阳躲藏的树前，猛然起跳瞬间便跨越巨树，成功出现到树后，他那一直紧绷的手指也即将扣下扳机。

随后，让蔺永清最为吃惊的一个场景出现了，只见树后根本就没有王鸿阳。

蔺永清面对如此突变，让他的内心有种高开低走，即将飞升却突然坠落的失落感。

"怎么可能？"蔺永清顿时大惊，他猛然举枪回头一探，可同样还是不见王鸿阳。

"难不成人跑了？"蔺永清面露疑惑，惊乱不已之时，身后突然传出了一声枪响。

蔺永清感觉自己的耳膜好似受到撞击，这颗子弹没击中他的身体，巧妙擦着他的耳边飞过，子弹造成的巨大嗡鸣声使他瞬间失神。在强大的求生欲驱使下，蔺永清还是迅速调整状态，下意识向右侧一躲。

"该死！"蔺永清一声怒骂，抬手摸向自己的右耳，果然已经有血流出，这一枪对于他的听觉造成极大的伤害。因此，蔺永清瞬间明悟，王鸿阳压根就没离开，而是以一种躲猫猫的方式，营造出那种突然离开的假象。这也就是蔺永清进入到他躲藏树木后的一瞬间，对方也悄悄挪动到了树木另一旁。

这也难怪蔺永清压根就没听到王鸿阳离开的声音。树旁的王鸿阳此刻内心同样狂骂不止，他原本以为占尽天时地利，无论如何都能反败为胜，没想到关键时刻还是卡壳了，居然没能一枪击毙野驴。

当然，王鸿阳不可能因蔺永清听力受损放过他。经过短暂的踌躇，他靠着树慢慢起身，随后绕着树进行射击。不过，蔺永清也不可能当枪靶子让对方打，二人都滑稽地开始围绕树木追逐射击。

可这种追逐根本持续不了太长时间，等双方的子弹全部射光后，蔺永清果断决定先行后撤，没过片刻就又撤回到一棵巨树后开始填装子弹。而王鸿阳同样也开始填装子弹，仿佛都在比谁能够先装完子弹。

与此同时，蔺永清先从树后猛然探头，就在他架枪想要射击之时，右臂的衣襟竟然被树木给挂住了，惯性之下他的右手发力，竟然不由自主向远处射出一颗子弹。这颗子弹从枪膛内被激射出，狠狠向着王守林和秦卫山所躲藏的位置飞去，就好似长了眼睛那样，猛然间射中秦卫山前方的巨石。这巨石碎成无数裂块之后，数块小碎石砸中秦卫山的右肩。

秦卫山右肩开始流出点点鲜血，疼痛让他不自主地发出一声闷哼，显然都没料到这种情况。

若放在往常的枪战中，这一声闷哼自然不会被发现。毕竟，王守林跟秦卫山藏匿的位置相较于蔺永清和初禹阳很远，外加上还有枪声的轰鸣，这一声闷哼会石沉大海，绝不会被听到。

可诡异的事发生了，当蔺永清射击无果后，就持续保持瞄准姿态，而王鸿阳也没有探头反击，显然也听到了先前那一声突兀的闷哼。初禹阳和蔺永清二人表情瞬间大变，第一时间就联想到了还有第三者在场。

"谁？"王鸿阳和蔺永清这一刻非常的心有灵犀，二人齐声问道。

王守林和秦卫山没说话，二人静静趴在原地，控制着呼吸声不那么粗重。

"狗鼻子，我看见你了，滚出来！"王鸿阳咬牙低吼，"别跟个胆小鬼一样就会躲！"

"狗鼻子，你是想要当渔翁吗？"蔺永清吼完，又瞄准刚刚巨石碎落的方向开出两枪。

王鸿阳见蔺永清开枪并且如此没有防备，下意识就要调转枪头将对方击毙，可最后还是压住了杀意。毕竟，跟蔺永清斗，他还有一丝生机可言。但若跟雷子斗，最后肯定是他输。蔺永清自然也第一时间想明白了这个原因，二人默契对视一眼，王鸿阳也朝着那个位置射击。

王守林感受着无数的木屑和石块向自己身体前半部位冲击而来，看着身旁已经鲜血流淌不止的秦卫山，他猛一咬牙狠狠起身，拿起手枪快速扣动扳机。当子弹射光之后，王守林也不看战局结果，拉着秦卫山朝后方猛跑。

"果然是狗鼻子那家伙！"王鸿阳见状很惊喜，在刚刚对方起身开枪后，他与蔺永清就迅速躲到了巨树之后，但这并不意味对方起身还没有开枪时，他没有成功看清对方到底长啥样子。

此时，蔺永清的内心也有点吃惊，看来他之前听到的马蹄声并不假。

蔺永清抬眼望向王鸿阳，沉吟片刻后提议道："黑狼，咱们暂且合作联手抗雷？"

王鸿阳认真点头答复道："雷子是你我共同的敌人，联手干掉雷子，我们再分高下！"

蔺永清笑了，笑得很阴险。他没有多说话，而是拿着猎枪，转身朝王守林那边追去。

王鸿阳望着蔺永清的背影也笑了，两人各怀鬼胎，心中想着什么，只有自己最清楚。

王鸿阳则暗自低语道："老子就借狗鼻子的手，把你这头野驴给除掉！"

蔺永清则没有多说什么，只是默默加快速度，并且握紧了手中的猎枪，这是他的保命符。

第三十一章　联手抗警，低级激将

王守林和秦卫山朝远处一路奔逃，与秦卫山此时的严肃神情不同，王守林的脸上则满是运筹帷幄跟淡定。皆因在观察蔺永清和王鸿阳的枪战过程中，王守林心里早就有着如果不幸被误伤能及时撤退的念头。

当然，王守林没有跟蔺永清和王鸿阳二人搞鱼死网破那套也有原因，蔺永清和王鸿阳目前暂时联手抗警了，但合作的稳定性非常差，很有可能还没等王守林回防进攻，他们就再度心生缝隙开战。

因此，现在王守林选择不硬碰硬亦很合情合理。他内心坚信以蔺永清那种睚眦必报且心思狡诈的性格，不可能完全将自己的背后放心交给王鸿阳。如果他真那么干了，自然也就离死不远了。

不一会儿，王守林和秦卫山便来到一处空旷之地，思索片刻之后，二人继续向前奔逃。

"卫山，你要坚持住，对方的体力比不上咱们，所以就算光耗体力，最后的胜利者也会是咱们。"王守林一边喘着气，一边继续分析道，"如果能以非硝烟的形式解决掉这场战斗，自然是最好的一种结果。"

"现在对方落下的距离比较远，要不咱们也布置一个陷阱如何？"秦卫山试探性地提议道。

王守林一边奔跑一边思考，片刻后摇头否决道："这就有些画蛇添足，那个黑狼和蔺永清都是盗猎老手，极大可能会提前发现陷阱，到时我们除了多耽误时间跟消耗体力外起不到任何用处。"

"好吧，那咱就不弄陷阱。"秦卫山使劲儿点了点头，随后开始跟随王守林越跑越远。

而蔺永清和王鸿阳同样一路紧追不舍，可二人追击的速度完全比不上王守林和秦卫山奔逃的速度，这使追击和被追击者的距离没有缩减反而还不断增大。这里面有一部分原因来自于蔺永清和王鸿阳彼此都暗中提防，而另一个原因也确实是体力太差了。

毕竟枪战最消耗体力，为了活命，二人可谓精神紧绷到最高点，同时还浪费了不少子弹。

此刻即将入夜，中午他们为了赶紧取钱也只寥寥吃了几口饭，现在体力所剩无几倒也很正常。

终于，王鸿阳的体力到了极限，他双手撑着腿骨，大口大口喘着粗气，低头看向自己脚趾处受伤的位置，抬手擦了擦汗水，嘴上极为气愤地骂道："太离谱了，真是坑死个人啊！"

王鸿阳看向前方还没停步的蔺永清，心中突然涌现出极大的波动，特想马上开枪打死对方。

不一会儿，王鸿阳就将这份杀机压回内心深处，因为他想起今日的命中率太低，若是这一枪没能成功将对方击杀，惹怒了蔺永清那家伙，自己必败无疑。现在唯有等对方放松警惕，静候时机到来，再雷霆出手，一击毙命。

蔺永清又很快跑出了十多米，发现身后没有脚步声传来，慢慢停步回头看向有些虚弱的王鸿阳，他眉毛不由得一皱，试探着发问道："黑狼，你没体力了吗？咋速度变慢了这么多呢？"

"野驴，我就是有点累，想抽根烟提提神。"王鸿阳故作镇定强行解释了一句，将猎枪的枪口冲着地面缓缓放下，随后从怀中摸出香烟盒，从里头拿出一根烟叼在嘴里，又用火机点燃，缓缓吸了起来。

一股眩晕直冲王鸿阳的脑海，脸上的表情逐渐变惬意，仿佛全然忘却了如今身处的环境。

蔺永清没有乘机进攻对方，也没表现出敌意，也从怀中摸出一根烟，点燃静静吸了起来。

二人如今都很默契没有提之前互相搏杀的事儿，但彼此内心都很清楚，彼此都不可能轻易罢手。首先，蔺永清与王鸿阳有杀母大仇，虽然还不确定王鸿阳说的真假，但不杀死他，蔺永清知道自己也活不了。

至于蔺永清，王鸿阳要杀他的理由不言而喻了，为了完成花姐的任务，保住自己的老娘。

休息片刻，蔺永清才慢慢朝着王鸿阳的位置走去，边走边问道："你休息好了吗？"

王鸿阳没说话，将刚刚又续上的烟掐断，慢慢举起猎枪，点了点头道："差不多了。"

"好，那就出发吧。"蔺永清露出别样的微笑道。王鸿阳默默点点头。

蔺永清率先朝王守林和秦卫山的方向跑去，一切仿佛都没有发生过那样。唯有蔺永清自己最清楚，刚刚绝对是一场特别压抑的心理战。因为蔺永清之前有预判过结果，他朝王鸿阳那边走去时，对方绝对会忍不住杀意而选择先动手，他心中早就谋划好了，如果对方先动手，那他就侧滚翻躲避，然后反手开枪击杀王鸿阳，而后带着初禹阳离开。这一切已经在他的脑子里提前演练了数十次，可没想到最终黑狼居然没开枪。同样，王鸿阳也是如此打算，而他没有开枪自然是为求稳妥，他怕对方能躲开那一枪。

当然，他不知道的是，正因这一份谨慎他才保住了小命。在奔跑的过程之中，王鸿阳疼得咬紧了牙关，内心无比恼怒，万万没想到会如此狼狈，他的脚中了枪疼痛难忍。王鸿阳和蔺永清追了十来分钟，来到一块空旷之地。二人打算继续追踪时，"砰"一声枪响毫无征兆地传入二人的耳朵里。

只见距离二人三十米之外，王守林和秦卫山早已等候多时，而刚刚那一枪也是王守林瞄准后打出，子弹迅速打到王鸿阳的脚踝处，卷着无数鲜血和皮肉组织飞出，这一枪极为神准。

王鸿阳先是发出一声痛苦号叫，身体还保持着前冲的姿态，但因为右脚已经无法持续发力，而狠狠向前栽倒到地上。只听"扑通"一声响，他整个身体重重砸在地上，卷起无数泥土的同时还伴随着巨大痛楚的叫声。

经过片刻的缓解，王鸿阳强撑着身体向前爬去，但王守林这时见状又重新开枪。

这一次老天爷又没庇佑王鸿阳，一颗子弹迅速穿透其左脚踝，极大的痛楚让王鸿阳险些当场昏死过去。但他硬咬着牙向前爬，同时双手不停在胸前扒拉，无数泥土不断飞扬而起，暂时遮挡了王守林的射击视线。

王鸿阳咬着牙关没过片刻就爬到一棵大树后，他撑着身体缓缓将后背靠到树上，脸上汗流不止。

王鸿阳有些恼怒跟懊悔，这也算是他与王守林的第二次交锋。他接触王守林的机会比较少，他一直都是当沈溪花手里的刀，很少外出盗猎跟王守林打交道。五年前，林森之死是他与王守林第一次打交道，因此对于王守林不是很了解。可他也时常从花狍盗猎队成员口中听闻王守林的传说，从没想到对方枪法竟然如此精准。他自然也清楚王守林为何非要击伤他的脚踝，那便是只伤不杀，最后可以活捉归案。

一向无比自负的王鸿阳此刻竟然产生了一丝遗憾，遗憾对方刚刚为什么没击杀了自己。

"狗鼻子，你出手可真够狠啊！"王鸿阳低呼了一声，迅速开始检查起猎枪的弹药情况。

而蔺永清则迅速跟王守林对枪，几乎是王守林架枪瞄准王鸿阳的同时，他便迅速掏枪射击。

可由于王守林和秦卫山对此早就有预料，因此师徒俩都没受伤，连子弹所击中的碎屑都没能给他们造成伤害。望着二人全身而退躲于掩体之后，蔺永清的眼睛都要喷火了。他万万没想到王守林给他搞了一出守株待兔，而且选择的掩护场地也极好，完全找不出能射击的角度！

"狗鼻子，你有胆子就出来跟俺打！"蔺永清愤怒大吼，他射击无果只好躲在树木之后。

蔺永清望向王鸿阳的方向瞳孔也自动微缩，王鸿阳双脚流出大量鲜血，这也说明了对方此刻受伤，攻击力虽然有所保留，但行动力已经大不如前。于是打游击战的想法从蔺永清的脑海中划掉，既然王鸿阳的行动力已经缺失，那自然也要改变对敌之法。

"黑狼，你感觉咋样了？"蔺永清大声发问，虽然刚刚他也产生了直接将王鸿阳击毙的想法，但现在留着对方更为有用这个道理他还是很清楚，毕竟关键时刻也可以把对方给推出去挡枪。

"野驴，我感觉还能干狗鼻子！"王鸿阳开口低呼了一声，假模假样立起了自己的猎枪。

"行，那咱就开干吧！"蔺永清得到答复后没有过多废话，迅速开始向猎枪内填装子弹。

经过刚才的简短枪战，四人都锁定了彼此的位置，此刻还缺少一个重要契机，一个对方露头而自己先瞄准射击的契机。因此，在场的四人都很默契地保持了沉默，竟然没有一个人选择贸然探头先行射击。

终于，王鸿阳率先打破了这份默契。在疼痛的撕扯下，他难以控制地嘶吼起来，最后还破口大骂起来："狗鼻子，你个卑鄙小人，你扪心自问配穿警服吗？你不出来跟我正面对抗，竟然暗中搞偷袭！"

秦卫山听罢险些当场笑出声来，这激将法加道德绑架实在太幼稚，简直是幼儿园水平。

"狗鼻子，我真没想到你如此无耻，敢不敢出来跟我对枪？"王鸿阳继续愤怒质问道。

蔺永清望着对方这种姿态，无奈摇了摇头。王鸿阳平日里看起来不可一世，身为沈溪花的刀让人心生畏惧，但此刻看来智商很不在线，他的脑子看着也不太好使，如此低级的激将法可谓让人笑话。

"黑狼，你这个只会窝里横的无脑大老粗！"蔺永清冷笑点评了一句，但内心猛然一跳。

因为蔺永清把全部注意力都放在了当前的战局之下，而不小心忽略了之前负伤的初禹阳。

"狗鼻子，你把舌头给咋了？"一念及此，蔺永清大声质问了一句，心里有不好的预感。

"我把他咋了？这跟你有啥关系吗？"王守林微微一笑，所说之话充满了挑衅之意。

"狗鼻子，我现在就要弄死你！"听到了王守林的回答，蔺永清转头立刻愤怒开枪射击。

连续两发子弹从蔺永清的枪膛中爆炸而出，王守林和秦卫山迅速压低身子，没被这子弹给命中。等射击声音消失后，王守林立马就比了个战术手语，他和秦卫山也探头去反击。

而这时，蔺永清居然没有选择躲避，依旧保持射击姿态。只见王守林和秦卫山探头的一瞬间，他手中猎枪里的子弹猛然爆发而出，狠狠射向王守林和秦卫山的位置。这颗子弹在距离王守林和秦卫山头部十米左右处，成功击中一块巨石，石头飞出无数碎屑，砸向秦卫山和王守林。

而王守林和秦卫山也在此刻选择反击，但刚刚蔺永清的异常举动，让他俩耽误了一点点时间，这也使二人才刚刚打出子弹，蔺永清便迅速躲回树后去。不过，秦卫山却展现出了无比惊人的胆气，他竟然从低姿匍匐的状态瞬间改成中姿匍匐，枪械作用力完美承载到了他的上半身部位。秦卫山乘机果断扣动扳机开枪，一颗子弹带着火花飞出，瞬间锁定蔺永清即将躲回树木后的头部。最终子弹击中蔺永清的耳朵。

第三十二章 弹药紧缺，欺骗老人

蔺永清发出撕心裂肺般的嘶吼，猛然缩回树后，抬手捂着血流不止的耳朵，脑子里不停嗡嗡作响。

经过极为短暂的痛苦过后，蔺永清心中燃起无尽的愤怒，同时也有种无法言说的无力感。

蔺永清迅速填装着子弹，王鸿阳见状也从树后将头探出，开始朝王守林跟秦卫山的位置瞄准开枪。但这对师徒在击中蔺永清后迅速卧倒，加上王鸿阳因为受伤速度慢了少许，等他探头开枪之时，王守林和秦卫山已从射击范围内消失无踪。

"老子慢了半拍！"王鸿阳躲回树后，狠狠用猎枪的枪托往树干一砸，内心则恼怒不已。

不过，蔺永清此时已装好新子弹，决定继续开枪攻击。他探头的瞬间直接向王守林躲藏的位置射击，最终用意不是为了重伤对方，而是想利用击碎的碎屑造成二次叠加伤害。

王守林正要主动出击，可秦卫山犹如未卜先知，迅速将他给拉了回来，这才逃过一劫。

王守林看向身旁的秦卫山，神情极为严峻，然后低声发问道："卫山，你还剩多少子弹？"

"师父，我还剩一个弹夹。"秦卫山同样用极低的声音答道，显然子弹要不够用了。

王守林的神情为之一变，他的大部分弹夹都在马包里，如今身上只有三个弹夹。

"卫山，等咱们用完子弹，不管结果如何都要迅速撤退。"王守林对秦卫山下令道。

"师父，对方状态都不佳，我觉得咱们可以拼一把啊！"秦卫山内心执着地提议道。

此时的秦卫山打心眼里认为蔺永清和王鸿阳今天肯定没有逃离的机会，毕竟之前用于逃生的车辆已被毁，加之初禹阳亦落网归案，而黑狼双脚有枪伤，蔺永清的耳部也被子弹击中，取得最终胜利不过是时间问题，所以秦卫山此刻只想乘胜追击。

王守林苦口婆心地劝说道，"正所谓三十六计，走为上计。这蔺永清跟黑狼本就不合，你我撤退之后，蔺永清那家伙绝不会追击，到那时让二人独处，他们必定会互相残杀，我们可以坐收渔翁之利。"

"师父，您一说我就懂了，确实这个法子风险最小。"秦卫山很认可地点了点头附和道。

其实，连王守林自己都没把握能否成功留下蔺永清和黑狼，可这世上大多事情注定不会遂人意。

就在距离此处不远的一个小村落之内，一名身着黑色紧身衣的女子正从一间房屋内走出。房屋内还有一个长相慈祥，面容有些苍老的老婆婆，这老婆婆看向女子的目光无比慈爱。

"小蕊，你以后有时间的话，多来看看俺这个老太婆，也别忘了跟俺家那个不孝子说一声，多回来看看俺。虽然他不咋听话，但好歹是俺儿子！"老婆婆红着双眼说出这番话，语气之中充满哀求。

"阿姨，您放心，我回去肯定跟王鸿阳说。"王星蕊的目光有些闪躲，十分心虚地说道。

"阿姨，时候不早了，您回去忙吧，我就先走了。"王星蕊说着，冲面前的老婆婆挥挥手。

老婆婆又慢慢走到王星蕊的面前，抬起头认真发问道："小蕊，俺家小阳子真没出事儿？"

"阿姨，您要相信我，王鸿阳他真去出差了，我下次一定带他回来见您。我听说他在外地还处了个对象，两人感情还很好。"王星蕊为了能让对方相信，又特意扯了个谎欺骗老婆婆。

"小蕊，你没骗我？小阳子真找对象了？"老婆婆突然就激动了，她最关心的正是此事。

"当然，我可不敢拿这事儿蒙您，绝对是真事儿！"王星蕊无比真诚地看向对方说道。

"好，我相信你！"老婆婆用手搂了一下王星蕊，"小蕊，这段时间麻烦你操心了！"

"别客气，记住我跟您讲过的注意事项，这段时间您尽量不要外出。"王星蕊再次叮嘱道。

老婆婆点了点头说道："放心吧，小蕊，我哪也不去。"

"阿姨，那我就先走了，有时间再来看您。"王星蕊丢下这句话，就直接转身离去。

随后，王星蕊回到自己的越野车里，整个人瘫到驾驶位中，满脸疲惫长叹了一口气。

王星蕊抬手擦了擦有些疲倦的眼睛，又从怀中取出一根香烟，然后摸出裤袋里的打火机点燃，扭头看着窗外特有的景色，猛吸一大口香烟，缓缓吐出几个烟圈，烟雾顿时弥漫到整个驾驶室。

王星蕊就这样享受着香烟带来的那种短暂的麻痹，并静静思考着后续的应对之策。

王星蕊接到沈溪花的任务之后，第一个去往初禹阳家。初母是王星蕊认为最好糊弄的老人，不管王星蕊跟她说什么，对方都会无条件地相信，并且没有半点迟疑，这一点倒跟初禹阳那个家伙很像。

随后，王星蕊就去了蔺母的所在地。但由于沈溪花给了她建议，王星蕊深思片刻还是没有敲响蔺家的大门。也是因为这份谨慎救了她一命，因为当时蔺母的家中虽然有人居住，但早就已经不是蔺母了，而是三名警官负责长期驻守在屋里守株待兔。

最后，王星蕊才来到王鸿阳的家中，交谈过程中也获取了一个重要信息，那便是王母原本不住这个庭院，数年前她被一名中年女子接走了，并且近几年每隔一段时间就会换一个新位置。当然，那名中年女子给王母的理由也让她拒绝不了，沈溪花竟然骗王母说他儿子当了缉毒警，如今在贩毒团伙内当卧底。

"沈溪花，你这人可真狠，你想杀掉团队内所有人的家人到底是为啥？"王星蕊又深吸一口烟心想。本来她看事情还比较通透，但经过这两天的事之后，她猛然发觉自己身处迷雾棋局之中，被彻底蒙蔽了双眼。至于沈溪花自然是下棋之人，而王星蕊则是一枚可以被随意丢弃的棋子。至于另一位跟沈溪花对抗之人，王星蕊认为那人只能是王守林，因为沈溪花对抗的是整个法律制度。

如果沈溪花没有走上盗猎这条不归路，任何一条道路都能混个风生水起，这一点王星蕊完全没有怀疑。但可惜沈溪花走错了路，也硬生生将路给走窄了。王星蕊把手里的香烟弹到车窗外去，缓缓启动发动机踩下油门，慢慢朝回去的方向行驶。

在中途她经过一家服装店，毫不犹豫地换了一件紧身衣。毕竟她出门时穿的就是黑衣，若是回去还是一身黑衣没沾染任何血迹，依照沈溪花的性格，必定心生怀疑，到时事情就会露馅。

王星蕊想起执行任务之前，沈溪花曾叮嘱她金盆洗手后嫁一个好人家，嘴里泛着苦味喃喃自语道："沈溪花，你真能让我平安嫁个好人家？我到底该不该相信你？希望你别让我太心寒啊！"

没过片刻，王星蕊就来到王守林等人正在激战的丛林。路过这段丛林时，王星蕊发现了远处有着一个黑点。她迅速将车速慢下来，随后将车隐藏到一处不容易被发现的灌木丛里，缓缓打开车门下车，用一旁的树叶将越野车遮掩，暗自咽下一口口水，偷偷打量远处的情况。

因为没有望远镜，王星蕊只能拿出手机用照相功能，放大查看那个黑点到底是啥玩意。结果仔细一看才发现那个黑点，竟是一辆越野车，王星蕊的心脏加速狂跳。

"该死，到底发生了啥事儿？"王星蕊低声喃喃自语，脑补各种特殊情况。

首先，王星蕊想着王守林可能来此跟王鸿阳展开了激战。她其实跟蔺永清犯了同一个错误，那便是认为警方根本不会注意到这个位置。毕竟，这个地方鸟不拉屎，连一个像样的动物种群都没有，警方无论如何都不应该关注此地。

其次，王星蕊便猜测蔺永清等人受到了野兽进攻，可这一点很快又被排除了。一如她之前所思考的那样，这地方连一个像样的动物种群都没有，自然更加不可能会有啥大型动物出没。

突然，王星蕊的心突突乱跳，那只剩最后一种可能——便是队伍产生了内讧。

"靠！"王星蕊一声怒骂，返回车内取出猎枪，而后往挎包里疯狂填装子弹。

王星蕊最不想看见团队内自相残杀，因为她除了这帮兄弟之外，就没有别的亲人了。她用舌头舔了舔嘴唇，打算立刻直冲上山。可还没等她展开行动，远处突然传来阵阵汽车轰鸣。

"真是活见鬼，居然有雷子出现！"王星蕊的反应很迅速，听到机动车的轰鸣之后，她脑海里自动出现了这个答案，而后没有任何犹豫，立刻躲到已经隐藏好的车后。果真机动车的轰鸣声越来越大，没一会儿时间，几辆警车陆续出现在王星蕊的视线里。

当那些警车都停稳后，十几名森林警察扛枪从车内走出，还迅速仔细打量附近的环境。

王星蕊有些疑惑地从口袋中拿出手机，查看信号情况，显示只有一格微弱的信号。

与此同时，不远处的丛林内，有一名女警正在挪一个血淋淋的人，一步步缓缓走了出来。

"该死，居然是她！"王星蕊自动握拳，双目满是怒火看向女警，发现她旁边的是初禹阳。

王星蕊的心中可谓五味杂陈，这一刻她有想冲出去抢人的冲动，好在很快便抑制住了这种冲动，否则警察那边抓住的人就不止初禹阳一个了，还会加上她王星蕊。恰好此时，林念也满脸疲惫地将已经严重昏迷的初禹阳交给一名警员。

"他失血昏迷了，立刻救治，别耽误！"林念还不忘特意叮嘱了一下，那名警员轻轻点了点头，将初禹阳放到警车上后，那台警车立马掉头，鸣笛开道朝医院的方向疾驰而去。

而先前那位负责带队的警官也在此刻开口提问："请问目前到底是啥情况？"

"王队现在正跟花狍盗猎队内的盗猎贼博弈，敌方之前发生了严重内讧，初禹阳便是因此负伤陷入昏迷状态。"林念言简意赅地解释了一下，然后又出言催促道，"我们赶紧过去支援，我怕会迟则生变。"

话毕，林念便领着负责带队的警官和一干警员，往王守林跟秦卫山所处的位置火速赶去。

第三十三章　金钱诱惑，苦苦哀求

王星蕊咬着下嘴唇看向林念和一干警察离开的方向，整个人也随之陷入沉思状态，思索自己该咋办。如今初禹阳被捕已经没法搭救，她王星蕊虽然敢想敢做，但还没蠢到贸然劫警察的车子。就算真劫车成功了，初禹阳的伤势也禁不起耽误。为了能让初禹阳活命，王星蕊彻底放弃了劫车的想法。

至于蔺永清和王鸿阳如今的状态，王星蕊也不太确定。她刚才隐约从林念嘴里，听到了"内斗"这个关键词，内心自然恼怒不已。而内斗产生之因必定与沈溪花的安排有关，又想起王鸿阳和沈溪花的关系，王星蕊已经能预判沈溪花给对方布置的任务，绝对是秘密暗中截杀初禹阳与蔺永清。

只不过，可能因为王守林等人的突然出现，让王鸿阳的暗杀计划也出了意外，现在王星蕊无法确定王鸿阳和蔺永清是否被捕，或者已经因内斗而两败俱伤。可以王星蕊的倔强性格，必然要亲眼看到结果，内心才能彻底安定。无论是因为她当花狍盗猎队"二把手"这么多年，还是为了已经死去的丈夫金炫辰，后边那个鬼门关，王星蕊势必都要闯一闯，更何况之前，蔺永清曾将她从鬼门关给拉了回来。

王星蕊是个真性情的女汉子，确定完计划之后，她沿着林念以及一众警察的另一个方向开始向山路攀爬，并且速度还不断加快。虽然目前还不知道蔺永清那边的具体情况，但以她推断来看对方一定走不远，为了不被警方发现行踪，她还特意绕了不少弯路。

林念的记忆力特别强大，不一会儿就带着一干警员，成功抵达她之前跟王守林与秦卫山分开的地方。众警没有停留太长的时间，林念特意说了一下初禹阳是在这地方受的伤，就继续领头往另外一个方向走去。不过，王星蕊虽然走了远路不假，可运气比林念要好很多，她已经能隐约听到枪响了。随后，王星蕊屏住呼吸开始仔细辨别枪声的位置，耳朵微微动了好几下。

"在那边！"王星蕊成功判断出枪声传来的方向，二话不说就急速朝着声源所在地跑去。

与此同时，王鸿阳依然只会无能狂吼，破口大骂王守林道："狗鼻子，你个没胆子的老尿包，有本事就跟你黑狼爷爷出来单挑，别跟个孙子一样只会躲躲藏藏，我最看不起你这种胆小鬼！"

蔺永清望着王鸿阳这般失态且陷入癫狂的模样，内心除了冷笑外就没有别的想法了。

"真是有勇无谋！"蔺永清给出了最为精准的点评，武夫只知用武力去解决问题。

王鸿阳刚才之所以会如此，也是因为他手里的子弹已经完全打完，如今就只剩下最后一条路了，那就是不顾一切迅速逃跑。可如果逃跑便会成为王守林和秦卫山眼里的活靶子，他自然不愿铤而走险，更何况王鸿阳的双脚已受伤，早就失去了逃跑能力。

蔺永清认为自己能不能活着离开还有悬念，可王鸿阳最终的下场早已提前注定了。

王鸿阳要么被警方给逮捕归案，要么就豁出性命赌一把，看能否成功逃出险境。

王鸿阳内心亦很明白目前的处境，最开始跟王守林对枪时，他还没有现在这般慌张和绝望。毕竟，王鸿阳手中有枪跟子弹就自信满满，只要能将王守林和秦卫山解决，最后借机把蔺永清给干掉，那最终大赢家自然只有他一人了，这个想法可谓相当美好跟天真。

不过，王鸿阳和蔺永清也不清楚，那就是王守林和秦卫山此刻也正好将子弹全部打完。

原本秦卫山想保存子弹的数量，对方射击时不打算进行反击，王守林却直接拒绝。一旦让蔺永清和王鸿阳察觉出来他们子弹告急，二人一定会不顾一切代价拼死反击，以火力全开进行压制。所以，单从心理战术层面上看，子弹不够这个信号绝不能轻易被敌方捕捉到。因此，王守林和秦卫山唯有一路不断反击，这也导致二人现在都没子弹了。

"一会儿时刻注意我的战术手语。"王守林低声叮嘱道，"发生不妙情况后，立刻撤离。"

"如今黑狼双脚重伤失去行动能力，现在还无法推测他和蔺永清的关系如何，但最起码可以确定，就算咱俩到时想紧急撤离，对方的战斗力也只剩蔺永清了。二对一的情况下，我们胜算较大，不会有太大的生命危险。"王守林冷声分析着当前的局势。

秦卫山点头如捣蒜那般，表示自己已经听明白了，因为王守林的分析确实没啥问题。

就在这时，蔺永清没有把注意力放到王守林那边，而是默默将目光看向了王鸿阳。

思索片刻，蔺永清压低声发问道："黑狼，你还有没有力气？你到底能不能走？"

王鸿阳稍微沉默了一下，最终用很虚弱的口吻答道："我走不了，受伤使不上劲儿。"

"你手里头还有没有子弹？"蔺永清又不动声色地继续追问，同样心里却另有着一番盘算。

"没了，一颗子弹都没了，之前全都打干净了。"王鸿阳使劲儿喘着粗气，低声回答道。

"那完犊子了，问题是我也没子弹了，现在该咋整？"蔺永清故作恼怒地质问了一句。

"野驴，你个智囊快想想招啊！"王鸿阳第一次觉得心里没谱了，盯着蔺永清低吼道。

"黑狼，你真一颗子弹都没了？该不会是骗我呢吧？"蔺永清面带疑惑又问道。

"对！"王鸿阳无比严肃地说道，"我是真没子弹了，骗你我不得好死！"

蔺永清深吸一口气，仿佛相信了一般，点了点头道："我现在过去背你，咱们一起撤离。"

王鸿阳听了整个人不由得眉毛一皱，脸上露出了不可置信的表情。他原本以为蔺永清问这些是打算去解决王守林和秦卫山二人，此刻这句话反而让他有些发蒙。毕竟，二人之前可是结下了大仇，他能大发善心冒险来救自己吗？不过，已经陷入绝境深渊里的人，看到救命稻草怎么都会紧紧抓住，于是他又将疑惑给放到内心深处，冲蔺永清那边点了点头。

"行，野驴，你慢点来，我帮你盯着狗鼻子那边。"王鸿阳又仔细想了想，最终决定如实相告道，"野驴，你娘确实没死，俺之前实在没法子才扯谎骗你，好歹咱们也是同一个队的战友。我黑狼没有那么不讲良心，动手去杀自家兄弟的老娘。"

蔺永清看似有些冰释前嫌那般点了点头，可眼里却一直紧盯着他手中的猎枪。

王鸿阳完全没注意到这个细节变化，因为他满心都想着自己能脱困，这样就不用去见阎王了。

当蔺永清距离王鸿阳只有三米距离时，蔺永清以迅雷不及掩耳之势举起猎枪，随后瞄准王鸿阳手边的猎枪果断扣动扳机。这一系列动作极快，快到王鸿阳还没能缓过神来，手中的猎枪便已被击中彻底报废。而蔺永清早就计划好了，他根本就不打算救助王鸿阳，之前那些话都是为了让其放下戒备，故意说出来的谎言，给他一个能够绝境获救的假希望，真正用意是想毁掉对方的武器，让其自生自灭或落到警方手里。

王鸿阳的眼神中满是疑惑跟不解，但这疑惑和不解没一会儿，就全转化为愤怒与怨恨。

"野驴，你居然敢骗老子！"王鸿阳咬牙怒骂，想起身去打蔺永清，可一直没成功。

"真该死！"王鸿阳抓起手中的泥土，狠狠向蔺永清那边洒，仿佛那些泥土能变成子弹。

不过，很可惜蔺永清开完那一枪之后便迅速后撤离开，王鸿阳的土连他的衣襟都没沾到。

"野驴子，我要杀你全家！"王鸿阳放声怒吼道，"沈溪花一定会把你给剥皮拆骨！"

"沈溪花，我迟早也要弄死她！"蔺永清此时可谓无比清醒，一边冲刺一边放狠话。

王守林和秦卫山也趁机相继探出头去观望，但二人最后只看到了蔺永清迅速逃离的身影。

"师父，他俩这又是整哪出？我咋感觉好像又内讧了？"秦卫山眉头拧成一团，继续出言追问，"师父，这蔺永清是真把黑狼给舍弃了，选择自己一人逃跑？可他为啥非要这么干呢？这里头该不会又有啥陷阱吧？"

王守林没有立刻答复，而是认真思考起来，这个情况让他很是怀疑蔺永清在用苦肉计。

"野驴，我还没见着自己的老娘，我真没害你娘，我之前都是瞎扯谎。你不能就这样丢下我，我不想落狗鼻子手里，坐牢的滋味太难受了！"王鸿阳瞬间就想到自己如若被抛弃会有啥下场，他一改之前的恶劣态度开始主动哀求，冲着蔺永清离去的方向大喊。

"野驴，你救救我，我有很多钱，都是瞒着沈溪花藏下来的钱，你千万别不管我！"

"野驴子，俺藏下来的钱能够你花三辈子，你救我一命，我可以给你很多钱当报答！"

王鸿阳看着蔺永清渐行渐远的身影欲哭无泪，下一刻就骂道："野驴，我祝你不得好死！"

王鸿阳骂完人之后，又回头看向自己身侧的那把枪，心里最后一丝希望也完全破灭了。王鸿阳自然不是初禹阳那种无脑的大傻子，当然不会完全跟蔺永清如实汇报自己弹药的情况。准确一点来说，他的口袋内此刻还剩下三颗子弹。但如今猎枪已经完全废掉，就算有子弹也派不上用场，用"任人宰割"这四个字来形容此刻的他最合适不过。

不一会儿，秦卫山和王守林便来到王鸿阳面前，看着王鸿阳一脸颓废跟失落的模样。

王守林和秦卫山都觉得眼前之景不太真实，居然不是使出了所谓的苦肉计，而是他真的被蔺永清给无情抛弃了。师徒二人之前还打算躲避二人的联手追杀，结果他俩二次展开内斗。这次内斗不仅成功抓到最为神秘的黑狼，猎物和猎人的身份也因此迅速调转。

"今天真是走大运了。"秦卫山望向身旁的王守林，"师父，这下又多一个落网之人。"

"卫山，废话少说，先把他给我铐上。"王守林盯着王鸿阳，嘴上下了这么一条命令。

秦卫山听令将已经准备好的手铐拿出，朝王鸿阳的方向走去，双眼也一直盯着对方的一举一动，时刻暗中防备别有啥异动。当秦卫山接近的那个瞬间，王鸿阳突然动了，但与秦卫山和王守林猜想的局面完全不同，王鸿阳没有搞临死反扑那一套，而是开始哭着苦苦哀求。

"狗鼻子，俺有老娘，你放过俺吧，俺以后都不当盗猎贼了。"王鸿阳望着王守林道。

王守林和秦卫山二人均一脸疑惑之色，花狍盗猎队何时出了一个如此没骨气的盗猎贼？

"我有很多钱，我给你们二人一人二十万，你们放我一马如何？"王鸿阳开口提议道。

王守林脸上的表情顿时凝固，他带着一抹极具深意的笑容看向王鸿阳，此情此景让他不由得又想起了当年的林森案。因为同样是提出了金钱诱惑，可当时林森的身份是伤者，而提议者是沈溪花。不过，如今身份调转，王鸿阳变为伤者，为了能够苟活下去，才提出用钱买命的建议。

"黑狼，五年没见，你这些年过得可好？"王守林没接对方的提议，只是冷声反问道。

第三十四章　命悬一线，必死之局

王鸿阳听到王守林的问题之后，脸上的哀求之色更浓，他缓缓开口说道："王队，我是被沈溪花威胁了。他抓了我的老娘，只要我不听话干活，他就会弄死我娘，所以我也是被逼无奈！"

"甭废话！"王守林直接打断王鸿阳，"就说你这五年都干啥了？沈溪花又干了啥事儿？"

王鸿阳咽下一口口水，没有半点犹豫直接回答道："王队，我这五年一直配合沈溪花监管花狍的内部成员，沈溪花这五年从没亲自动过手，都是让花蕊跟舌头那些人去干脏活累活。说白了，沈溪花现在习惯当甩手掌柜。"

"黑狼，你们为啥会反目内斗，沈溪花给你下了命令或任务？"王守林继续往后发问道。

"沈溪花命令我弄死野驴和舌头，我感觉她是想独吞花狍盗猎队成员这么多年积攒下来的所有财富，随后独自一人远走高飞。你们多半也逮了舌头那个蠢货，那家伙是不是都如实招供了？"王鸿阳又想起舌头，脸上的神情相当气愤。

王守林面带笑意答道："王鸿阳，舌头你就先别管了，他犯下的事儿他自己心里有数。"

话音落地，王守林侧过脸冲秦卫山点了点头，如今是时候该动身赶往花姐的大本营了。

王守林深知绝不能让花姐脱身，因为这是对法律的亵渎，也是他从警生涯中最大的耻辱。秦卫山自然能领会王守林的用意，拎着手铐来到王鸿阳面前，想将对方给铐上。可恰逢千钧一发之际，王鸿阳的嘴角露出一抹嘲笑。他双手撑地猛然向前拱，随后张嘴就向秦卫山的脖颈处咬去。从其双目之中还能解读出一些东西，那便是无尽嘲弄和病态疯狂。

这架势看起来是笑话秦卫山和王守林小看了他黑狼，笑话秦卫山和王守林着了他的道。

王鸿阳虽然有一些窝里斗的性格，但面对警察会有什么结果，他所犯下的罪行估计连无期都没资格，他最终要面对的只能是死刑。就算今日能侥幸大难不死，未来迟早有一天也会被押上刑场挨枪子儿。而等待死亡的过程之中，对他来说也最压抑跟憋屈。他怎么都受不了那等屈辱，亦如在花狍盗猎队内成为沈溪花的狗作威作福，他这条狗自然也很要面子。

王鸿阳想着反正迟早都是一个死，还不如痛痛快快死了，这也算是他最后的一点体面。不过，死之前他还是想带一个雷子下去陪葬，不是为了沈溪花那帮花狍盗猎队成员，而是为了自己不孤孤单单地走，黄泉路上好歹还能有个伴。但他却忽略了一点，秦卫山内心早就有所防备。

因为秦卫山之前遭遇过被夺枪的屈辱，他脑海中也早就无数遍上演要如何预防突发情况。

只见王鸿阳的嘴距离秦卫山脖颈处不远，腥臭味已经传到秦卫山的鼻尖。王守林也随之怒目圆睁，察觉后迅速向秦卫山跑来。恰逢此时，一个席卷着无穷愤怒的拳头猛然出现到王鸿阳的面前。这拳头出现得毫无征兆，仿佛上一秒就已经蓄力，又好似凭空出现那种感觉。

那个拳头狠狠砸到王鸿阳的鼻梁上，让他犹如沙包一样，朝来时的方向倒飞出去。连带王鸿阳的鼻梁都错位了，疼痛让他眼睛微眯，上嘴唇和下嘴唇张开老大。

随后，王鸿阳惨然落地，他微眯的眼皮下，是充满着不甘心、愤怒和绝望的双瞳。

但无可奈何，这次王鸿阳输了个一败涂地。秦卫山迅速跑到王鸿阳的身旁，将手铐精准铐到他的左手，随后将他整个人翻转，把手铐给彻底铐死。这番打手铐的动作可谓行云流水，如今的秦卫山已经不是当初那个菜鸟新警了，反而特像一个有着丰富经验和阅历的资深干警。

王守林脸上的担忧一扫而空，取而代之的是欣慰和骄傲。他欣慰秦卫山能够如此快速成长起来，骄傲的是自己在这个年龄时还远远不如对方。当然，最重要的还是，这小子是自己的徒弟。

"卫山，你这次表现很不错。"王守林缓缓走到秦卫山的面前，抬手拍了拍他的肩膀。

秦卫山很冷静地点了点头，片刻后才有些不好意思地咧嘴一笑道："谢谢师父夸赞。"

片刻的沉默后，王守林对秦卫山下达最新安排："卫山，你守黑狼，我去取弹药，然后追野驴。"

"师父，我跟您一起去吧，他腿脚受伤，手也被铐住跑不了。"秦卫山想了想提议道。

"不行，肯定要有人看着他，黑狼这家伙绝对不能让他跑了。"王守林早就猜到秦卫山一定会拒绝，可他心中的想法不会被秦卫山轻易改变。王守林深知沈溪花那个女人有多可怕，无论如何都不能让秦卫山陷入危险。这情景亦如之前撵走林念一样，如今他要故技重施撵走秦卫山。

秦卫山陷入短暂的纠结之中，但看到王守林严肃的表情后，他还是无奈服软了。

"行吧，我听您安排。"说着，秦卫山抬手敬礼，特意叮嘱道，"师父，您一定要小心。"

王守林低头看一眼倒地的王鸿阳，便离去了。

至于秦卫山，脑海中的想法跟林念一样，将王鸿阳送回去后，他会重新去寻师父。

秦卫山是铁了心要跟师父并肩作战，他无论如何都不能放心王守林孤身犯险。

位于不远处，王星蕊正在一路追踪，她的脑门上也分泌出大量汗水，一边呼着气，一边向树林深处狂奔。当她即将到达刚刚枪声的地方时，左边突然传出穿越树林摩擦树叶的声音。

王星蕊顺势举起猎枪，猛然间瞄准那边的方向，口中不忘一声低喝："谁？狗鼻子？"

"是我，野驴啊！"蔺永清不由得脸色大喜，开口地道，"花蕊，你怎么来这地方了？"

"黑狼咋不见了？"王星蕊看到只有蔺永清一个人，脸上有些失望，她开口追问道。

"狗鼻子那家伙突然杀过来了，我听到动静后跟黑狼下车查看，结果黑狼那小子居然想杀我。舌头听到枪声赶过来支援我，却不幸被黑狼重伤。然后，狗鼻子就带人出现。我承诺跟黑狼联手一起对抗狗鼻子，没想到黑狼这小子竟然如此之阴，偷偷在我背后放冷枪！"蔺永清开始一本正经胡说八道。当然，蔺永清绝不能如实说黑狼唯一逃生的机会，被他给亲手毁了，否则王星蕊必定雷霆狂怒。对于这个被称为"小花姐"的女人，他心中对其也是相当的敬畏。

"我的运气比较好，侥幸躲过了一记冷枪，黑狼也因此跑了。然后，我就跟狗鼻子斗上了，对方子弹消耗殆尽后，我才有机会逃离，我耳朵中枪了！"蔺永清又迅速解释了一下。至于为何蔺永清会编造一个黑狼已经逃离的假话，从王星蕊脸上写着的担心他也能看出来，很明显王星蕊现在还不信王鸿阳背叛了的事实，以对方的那种性格，恐怕很可能会直接杀过去，把黑狼那家伙给救出来。

如今蔺永清只想马上分钱远走高飞，从此跟花狍盗猎队划清界限，也能彻底金盆洗手。

"花蕊，我们快点离开这里，狗鼻子那边恐怕马上就会追上来。"蔺永清有些焦急地说道，可下一刻他就面色大变了，眉头紧皱发问道，"花蕊，你咋知道狗鼻子那个家伙出现了？"

"野驴，这事纯属巧合，我本来想回大本营，突然看见你们之前的那辆车，便停下来想进去找你们。结果还没等我出发，就有好几辆警车开来了，我还意外看到了舌头。"王星蕊如实回答道。

"花蕊，事不宜迟，黑狼也会逃离，他那么鬼精的一个人，绝不会落雷子手里。"

"不行，我要先弄死狗鼻子，不然我心有不甘。"王星蕊握紧猎枪气冲冲宣布道。

"花蕊，别意气用事，当下保命最要紧！"蔺永清一时间有些无可奈何，拉着对方就想离去，然后又继续劝说道，"你说你看见了好几辆警车，那可是十多个雷子，咱就这一把猎枪加两个人能斗过才怪！"

王星蕊从蔺永清的话语之中听到了潜台词，她从挎包内取出一把子弹，交到蔺永清手里。

蔺永清立刻如释重负地开始为自己的猎枪更换弹药，与此同时，心中也渐渐安定了不少。

"野驴，狗鼻子那边一共多少人追杀你和黑狼？"王星蕊非常冷静地开口发问道。

"一共有三人，舌头被抓时候留了一个。"蔺永清准确答复道，"目前应该只有两个。"

"那边只有两个人的话，咱俩埋伏打个突击如何？"王星蕊咽下一口口水，大胆提议道。

"花蕊，咱快点撤吧，狗鼻子确实是只有两个人，但支援不是已经到了吗？那咱留下来必死无疑，要知道命只有一条，而且咱们落网后结局会很惨啊！"蔺永清欲哭无泪地不断劝说，内心也是焦急不已。

蔺永清认定王鸿阳会拖延王守林和秦卫山，但王鸿阳已经受伤了，就算能拖延也不会太久。

而这短短几分钟的宝贵逃命时间，刚刚差不多已经被面前的王星蕊给完全消耗殆尽了。

现在如果还不撤离，蔺永清觉得迟早都会被雷子抓住。但王星蕊却好似压根没有考虑到这些问题，目光带着睥睨和极致愤怒之色，狠狠拿着手中的猎枪向夯实的泥土直接砸了过去。

"我的兄弟除了我谁都不能动，如果动了就必须付出代价！"王星蕊很认真地放出狠话。

蔺永清听闻这句话时，顿时一愣。他抬头看向王星蕊，片刻又无奈叹了一口气。因为这句话蔺永清已经有好几年没听到了，最先讲这句话的人不是王星蕊，而是已经死去多年的二哥——金炫辰。

"花蕊，现在不是闹脾气的时候，咱们必须离开，毕竟保命才是最重要的事！"

王星蕊想了想，认为确实在理，然后冲蔺永清喊道："行，那我就听你一次。"

此话一出，蔺永清整个人都松了一大口气，他最担心的就是王星蕊冲动。

第三十五章　与虎谋皮，持枪质问

王星蕊冷静下来后见蔺永清身上还有伤，于是带着蔺永清快步往车上走，二人顺利来到一辆越野车旁。王星蕊快速打开后备箱，取出医护用品，开始为蔺永清处理伤口。蔺永清身上的伤口经过细致包扎跟处理之后，整个人的精神状态比之前好了很多。

处理完伤口后，王星蕊驾车快速往大本营驶去，蔺永清则在车上疯狂地吃东西，他真的太饿了。

王星蕊跟蔺永清都没有发现，距离车子较远之地，有人骑着马默默地跟踪他们。这位骑马跟踪之人正是王守林，他不由得暗自庆幸在马上提前存放了武器和子弹，胸口处还提前安置了一个跟踪定位器……

远处花狍盗猎队的大本营内，沈溪花正哼着歌准备做饭。她准备做小鸡炖蘑菇。想起这道小鸡炖蘑菇，她的嘴角也浮现出一抹笑意，而且这笑意里满是杀机。

在解散这天做小鸡炖蘑菇这道菜，沈溪花自然也有特别用意，因为最初搭帮结伙成立花狍盗猎队的那一天，沈溪花也做了道小鸡炖蘑菇。当时大锅菜吃着倍儿香，还别有一番韵味，并且从某个角度上来说算有始有终了。当然，最为重要的是这道菜下毒既方便又省事。

虽说沈溪花这次做的是散伙饭，但事情并非如此，这是她给黑狼和花蕊准备的断头饭。

"舌头和野驴子应该已经被黑狼解决了吧，真是不知不觉间又少了两个大麻烦！"沈溪花轻声念叨着，脑海中现出蔺永清和初禹阳的身影，很快就将这二人的身影挥散掉。除了金钱和未来挥金如土的生活外，现在能影响到她情绪的东西已经很少了。

不过，沈溪花压根没料到，警方如今的效率有多高，早就已经将初禹阳和王鸿阳给逮捕了，而且最大的宿敌王守林现在也正朝她杀来。沈溪花将榛蘑清理完毕后，从腰中缓缓取出一袋白尘，这玩意就是要往汤锅里下的超级毒药。沈溪花没有一丝犹豫地把药完全倒入汤锅，脸上随之露出变态和邪恶的笑容，仿佛她已经拿到花狍盗猎队这么多年来积累的全部财富。

沈溪花将榛蘑放入汤锅内后，又倒入了一点酱油跟生抽提鲜，转身去做散伙饭的饮品。

至于大米饭，她只焖了三人份，毕竟在她看来，最后也就只有王星蕊和王鸿阳能回来。

沈溪花做完全部的准备工作后，就到院子里晒起了太阳。

不知过了多久，一辆越野车出现到沈溪花的面前，而负责驾车的人就是王星蕊。

沈溪花脸上重新出现了虚伪的笑容。等车辆停稳之后，车门被推开，缓缓走下来两个人。

沈溪花看到王星蕊和蔺永清后神情有些惊讶，很快便恢复了正常。但她隐约听到了马蹄声，往远处一望，她看到骑马的人竟是王守林！沈溪花的脸色突变，她不明白王守林怎么会知道大本营的位置，难道是王星蕊和蔺永清出卖了自己？

王守林骑着马很快就来到三人面前，他翻身下马打招呼道："沈溪花，好久不见。"

王星蕊跟蔺永清见状才意识到他们居然被跟踪了，二人呆愣在原地，没有沈溪花的命令，他们不敢贸然行动。

"王守林，你莫非也来吃散伙饭？"沈溪花扭头看向王守林，淡淡一笑问道。

"沈溪花，我来抓你归案！"王守林答道。

沈溪花故意冲王守林挑衅道："你可真是好胆量，既然都来了，可有胆量一起吃个饭？

王守林为拖延时间，等局里支援找到他的位置，于是欣然答道："好！"

如此一来，反而让蔺永清和王星蕊的表情不太自然，显然不知道后边该怎么办。

"花蕊，带客人和野驴去客厅等待，饭菜马上就好。"沈溪花边说边转身向房屋内走去。蔺永清和王星蕊望着沈溪花的背影，两人不由得对视一眼，而后朝屋内走去。

蔺永清和王星蕊之所以还没彻底反击沈溪花，也没敢暗中对其放冷枪，是因为这些年盗猎的辛苦钱还没拿到手。只有沈溪花有放钱房间的钥匙，她放在哪里没人知道，所以沈溪花暂时还不能死，她若死了他们很可能永远都拿不到钱了。

很快，众人便来到客厅。王守林看到客厅正中央上方所悬挂的兽头，相当震惊。特别是当他看到东北虎的虎头之时，内心的怒火狂飙。他一直以为花狍盗猎队仅仅抓捕野生狍子，如今看来还是太小瞧了对方。花姐之所以能赚如此多的金钱，光靠国家二级保护动物野狍子定然不够。

要知道，放眼整个大东北，东北虎自然种群已经很稀少了，甚至只有东北虎国家级保护区内才有适宜种群。若有单独种群出现到这边的保护区范围内，这对于自然生态有多么重要，意义也非比寻常。这无异于意味着自然水平达标了，以往存在的种群栖息环境也能重新恢复正常，未来的大自然会越来越美丽。

可这群可恶的盗猎贼却活生生破坏了大自然中的生态链条，这本来就是一件很恐怖的事情，比如一条生态链中存在至关重要的一环便是蟒蛇，而蟒蛇之下是老鼠，蟒蛇之上则为鹰隼，这算一条单一的生态链。当蟒蛇消失后，老鼠可能会因为没有天敌暴虐生长，到那时生态链失衡，最后将会酿成大祸。

"该死的花狍盗猎队！"王守林打量着身边的王星蕊和蔺永清，暗中握紧了自己的双拳，当然他最痛恨之人还是那位在厨房忙活的花狍盗猎队头目，造成这一切的罪魁祸首——沈溪花！

为了防止王守林突然反扑搞出么蛾子，王星蕊和蔺永清二人先后坐到他的左右两侧。

　　而这一刻，王星蕊也露出了笑容，主动发问道："王守林，你单枪匹马过来不怕死？"

　　蔺永清也看向王守林，显然他对这个问题的答案也非常感兴趣。

　　"说实话活到我这个岁数了还真不怕死，即使你杀了我还有千千万万个我！"王守林如实回答。

　　"王队，你可真会说笑，你一个人还想翻了天不成？"王星蕊又侧头望着王守林那张老脸，轻轻摇了摇头道。

　　"我能不能翻天，等着瞧！"王守林打算借助王星蕊引发花狍内讧。

　　"王队，我想问你一件事，你能如实回答吗？"王星蕊吐出烟圈看向王守林，试探问道。

　　"花蕊，你想问我关于金炫辰的事？"王守林同样也抽了口烟，面无表情地以问代答道。

　　"对，五年前我男人死了，这事跟你们有关吧？是不是陈磊把我男人的位置提供给你们了？"王星蕊凝神重新发问，就算她心中已经有了答案，可还是希望听到王守林亲口说出真相。

　　"确实有一定关系，不过陈磊真没把金炫辰的位置提供给我们。"王守林又抽了口烟回答道。

　　"那你当时是怎么找到的目标？"王星蕊的情绪有些激动，总算要知道当年的真相了。

　　"我们寻找到了沈溪花留下的线索。那个时候虽然是冬天不假，她每隔一段时间就会留下很长一串脚印，我自然很轻松就能寻找到，毕竟步法追踪就是靠脚印去展开追寻。"王守林开口回答道。

　　"啥意思，二哥不是负责抹去痕迹吗？"蔺永清听着王守林的解答有些蒙，继续追问道。

　　"你先闭嘴！"王星蕊低吼道，随后她看向王守林，"你继续说。"

　　"我知道你们内部有一个成员，专门负责抹去痕迹，因此我发现你们留下的脚印后也很是诧异。我和林森当时想着宁可信其有，不可信其无，便随着脚印一路追踪，最后发现了金炫辰。"王守林仔细回忆又缓缓往下补充，"当我们发现金炫辰时，他已经奄奄一息了，好似吞服了什么毒药。最让人不解的是他死前，还不忘拼命替你们遮掩雪地里的痕迹，害怕被我和林森发现。"

"你说二哥吃了毒药？这又是啥情况？"蔺永清更加不解了，因为金炫辰不像是那种想不开的人。

金炫辰的死因他很清楚，沈溪花对此已经给过解释。事情要从五年前说起，某一次进行的盗猎行动中，金炫辰因为暴露痕迹，最后跟王守林和林森殊死一战死亡，传言透露金炫辰位置的人是护林员陈磊。因此，王星蕊这几年内一直暗中监视陈磊，同时心里头也无比仇恨王守林。可如今王守林给出解释后，反而让蔺永清有些不解，按照王守林方才的说辞，仿佛全都指向了沈溪花。

"狗鼻子，开枪打死我老公的人不是你吗？"王星蕊压下心中怒气，一字一顿地问道。

"当时我是为了能激怒你，你很清楚我是什么样的人，这种事情上我不会，也没必要去撒谎。"王守林神情很严肃地回答道，"如果你还是不相信，分局里有关于金炫辰的死亡分析报告，你到时可以去看看。"

"真狠！"蔺永清抽了口烟冷不丁吐出这两个字，现在他终于将一切关系全梳理明白了。

蔺永清清楚地记得，金炫辰总爱跟沈溪花对着干，毕竟沈溪花的一些行为太过残忍霸道。而金炫辰则希望团队内不要沾染那么多血腥罪孽。而且在金炫辰活着的那段日子中，有几次众人并没听令沈溪花，而是选择听金炫辰的命令，毕竟金炫辰比沈溪花更有人情味儿。而一个有人情味儿的领导，自然是所有下属的第一选择。最终，金炫辰死了，还被沈溪花完美嫁祸了王守林和林森，这一切看起来是如此的天衣无缝。

毕竟整个花狍盗猎队内的成员，包括王星蕊在内，也压根不会选择冲到分局去看金炫辰的真正死因，也不会想到能有机会跟王守林坐在一起当面对质。一切线索之前便被掩盖，一切证据也化为黑夜之中的冰雪无人问津。

"花蕊，她骗了咱们五年啊！"蔺永清更加觉得沈溪花可怕。

王星蕊则不断喘着粗气，红着双目正死死看向地板上的那把猎枪，脑子里不知在想什么。

第三十六章　分道扬镳，花钱买命

　　这样的异常状态持续了数分钟，王守林看蔺永清和王星蕊二人的表情各异，脑子里一时也若有所思。

　　王守林一直以为这件事在花狍盗猎队内不会是啥秘密，但此刻看到王星蕊和蔺永清二人恍然大悟的模样，自然意识到了问题，他们多年来都被沈溪花给骗了。当然，王守林也没因此冒昧发问。光看王星蕊要吃人的模样，就明白最好保持沉默，不然极大可能会引火烧身。

　　蔺永清神情复杂地走到王星蕊身边，鼓起勇气轻声问道："花蕊，你打算咋处理这事？"

　　虽然蔺永清清楚金炫辰的死跟沈溪花有必然联系，可王星蕊不只是金炫辰的妻子，同时还是沈溪花的义女，无论如何沈溪花对王星蕊都有养育之恩，而王星蕊在某方面还是太重情义，他实在吃不准王星蕊会如何处理。而偏偏又处于花狍盗猎队散伙的关键节点，蔺永清自然想知道王星蕊心里的想法，这有利于他对当前形势进行分析判断，然后想好关键退路。

　　王星蕊没有回答蔺永清提出的问题，继续保持沉默吸着烟，静静暗自思考后续应对之法。

　　王星蕊其实早就怀疑金炫辰的死跟沈溪花脱不开干系，毕竟陈磊之前也给她透露了这一重要信息。可王星蕊心中还是无法接受，自己该怎么去面对沈溪花，难不成真要杀了沈溪花为金炫辰报仇？

　　猛然之间，王星蕊想起接到的那个最后任务，又想起曾经跟金炫辰相处的点点滴滴，特别是王守林刚刚提到了一点，金炫辰就算已经濒死也拼命为花狍盗猎队隐藏踪迹，让她也很快确定自己要干啥事了。

"野驴，你不是一直很想要很多钱？"王星蕊突然扭头看向蔺永清意味深长地问道。

"你这就是一句废话，难不成你不想要钱吗？"蔺永清翻了个大白眼，没好气地反问道。

王星蕊抬眼看向蔺永清，流露出了跟对方相处这么多年以来，第一次极为苦涩的表情。

"野驴，我想要钱？咱俩一起共事多年，你还不清楚我是啥样人吗？我从出生到现在都处于沈溪花的阴影之下，她给我灌输了人生观，让我不停为她赚钱，你认为钱对我来说真有意义吗？"王星蕊一脸苦涩，顿了顿继续自顾自往下说，"我虽然没读过多少书，但我也知道人情世故，并不是花狍盗猎队成就了咱们，是花狍盗猎队毁了咱们啊！"

蔺永清听着也有一些整不明白她为啥要如此说，事到如今讲这些话还有啥意义可言？

"野驴，等吃完散伙饭，分完钱后，你要钱我要命，从此分道扬镳，永不相见。"王星蕊冷声道。

蔺永清脸上的神情更加疑惑了，不由得把眉毛一挑质问道："花蕊，你这话到底几个意思？"

"钱全归你，我要买沈溪花的命！"王星蕊一字一顿地低声道，话语之中尽显杀气。

沈溪花对她有养育之恩是不假，但沈溪花害了金炫辰的命，这是利欲熏心所致。

王星蕊最终还是决定花钱与蔺永清联手，要买沈溪花的那条命，好为死去的金炫辰报仇。

"花蕊，你没有任何社会技能，除了干盗猎贼你啥都干不了，你不要钱是疯了吗？"蔺永清还不忘担忧王星蕊的未来。在他看来，狼子一旦金盆洗手后，根本找不到合适的工作去赚钱谋生。因为常年游离于法律之外，虽然风险比较大，但利益也很大，这就是一把无形的双刃剑。当适应了这种节奏之后，突然回归到正常社会，拿着固定工资，内心自然无法平静接受。

"野驴，你不必劝我，我心意已决，你尽量配合我就好。"王星蕊冷声接着补充道。

至于为何不要花狍盗猎队内属于自己的那笔钱，王星蕊的内心深处其实早就有了想法。

"花蕊，我会高度配合你，你那份钱我一分都不会动。"蔺永清沉思片刻，开口宣布道。

虽然王星蕊的那份钱对他来说诱惑很大，毕竟沈溪花若死了，花狍盗猎队剩下的就只有他和王星蕊了，只有两个人分花狍盗猎队内这么多年来积攒下来的财富，要说不心动那是不可能的。

不过，蔺永清总感觉其中有诈，内心老有一种无法言说的异常之感，这就如同危机预判。

王星蕊又转头看向了蔺永清，嘴角露出了一抹笑容，最后徐徐点点头。其实，她刚刚说不要钱是真心话，亦如蔺永清之前所言，她这种人回到正常社会根本无法适应，所以她压根就没打算回归，因为她的丈夫死了，如今又要去手刃养母，她的内心早已萌生死志。

王星蕊心情颇为复杂，侧头看向王守林，略有感慨地说道："谢谢。"

"不客气，你应该知道真相。"王守林极为平淡地说道。身为一个时常游走于死亡边缘的老警，他刚才清晰捕捉到了王星蕊双眸之中的失神，王守林清楚知道一点，王星蕊就算真要死了，死前也绝对会顺带弄死自己。不管怎么样，自己还是跟金炫辰的死扯上了关系。

"唉，真是个疯婆子。"王守林内心感慨，不愧是沈溪花的养女，跟沈溪花一样癫狂。

当这三个人各种心思活络之际，沈溪花已经端出饭菜，一股无比浓郁的香味疯狂散发。

"家人们，开饭喽，我今天做了小鸡炖蘑菇。"沈溪花平静的声音徐徐传出来。

蔺永清和王星蕊立刻手持猎枪瞄准王守林，迫使王守林起身移动位置。

此时的王守林一脸无奈，只好乖乖跟随蔺永清和王星蕊缓步向前移动。

"狗鼻子，一会儿你要多吃点，这是给你准备的断头饭。"蔺永清低声说道。

王守林一脸冷漠，仿佛这些都在意料之中。很快，众人依次落座，沈溪花也坐到主位上。

只不过，只有四个饭碗和一盆小鸡炖蘑菇，而这四个饭碗中有一个看着还是全新的碗。

四人各自落座之后都没有说话，只是静静坐在自己的位置上，看上去都很心事重重。

沈溪花先笑了笑，举起手中的红酒杯，望向另外二人道："你们辛苦了，快动筷吃吧。"

"按照以往的老规矩，我要讲述菜品的寓意，你们应该还没忘记花狍盗猎队成立那天，我便是用这道小鸡炖蘑菇招待所有人的吧？"沈溪花嘴上如此说着，还故意把视线落到王星蕊的脸上。

王星蕊默默点了点头，接着道："你当时还讲了这一道菜背后的趣事。"

"对，当时花姐说谁能做好一盆小鸡炖蘑菇，那么在家庭之中的地位就会往上蹿，可以成为真正的一家之主了。"蔺永清也顺势加以补充，显然都没忘记当时的情况。

"是啊，小鸡炖蘑菇可有着很长的历史文化。"沈溪花看见蔺永清接过话茬，面色微微缓解了一下，然后半开玩笑自言自语道，"正所谓姑爷领进门，小鸡吓断魂，主要就是指这道菜了！"

"这歇后语有点意思。"一直没发言的王守林露出感兴趣的模样，他看向沈溪花接着道。

"正式吃菜之前听一段关于菜品背后的故事，这是谁都无法拒绝的诱惑，更何况是断头饭呢？沈溪花，你说我这话是不是很对？"王守林脸色平静，然后又提议道，"要不你给我讲讲这话的来历？"

沈溪花没有理会王守林，王星蕊则看向这一盆小鸡炖蘑菇，苦笑着讲了起来："这句话的意思是说，当新婚的女子领自己的丈夫入门之时，娘家基本上都会以小鸡炖蘑菇来招待。因此，新姑爷一进家门，小鸡就知道自己死到临头了，就要和蘑菇一起炖，然后进到新姑爷的嘴里。"

"那这小鸡不就要被吓断魂了吗？此菜是招待贵客的一道佳肴，宁吃飞禽四两，不吃走兽半斤。小鸡炖蘑菇的营养价值特别高，因为小鸡炖蘑菇用的都是乡下笨鸡。何谓笨鸡呢？这笨鸡是吃五谷杂粮和虫子长大，营养价值极高，味道醇正，又香又浓，炖鸡的蘑菇用的是野生榛蘑，细杆子，小薄伞那种。"王星蕊解释了一番，心情却有些伤感。

因为这道菜，她想起了金炫辰，二人确定关系那一晚，沈溪花也给金炫辰弄了这一道菜。

物是人非，如今只有冰冷的仇恨，身边的一切都彻底变了模样。

"这小鸡炖蘑菇，越炖越香，榛蘑味极鲜美，用榛蘑可以最大程度衬托出鸡肉的鲜香。"王星蕊一句接一句，使一旁的蔺永清也忆起了当年往事，仿佛一切都还历历在目。

"菜品那么多，为啥娘家招待姑爷只用小鸡炖蘑菇呢？"王星蕊继续往下说道。

"敢情就用一道菜考验姑爷？考验吃相吗？"王守林趁机接话茬，实则故意拖延时间。

"这个当然有别的讲究啊！"王星蕊一边回忆着与金炫辰的点点滴滴，一边进行相应的讲解。

"这道菜主要考验姑爷的临场反应能力，小鸡炖蘑菇这道菜要加入粉条才最正宗，而农村自家做的粉条，特别长，要吃的时候就用剪刀剪断放入锅中，可这给新姑爷炖粉条就不能剪断，一大长条放进锅里面去。"王星蕊忍不住笑了一下，才继续讲道，"不清楚状况的姑爷如果夹了粉条来吃，那可就是彻底中计了！"

"那么长的粉条，吃不完不就浪费了吗？"王守林随口接话，主要是想让话题继续下去。

"你别打扰我，先让我说完！"王星蕊面带怒气地看向王守林，脸上的神情特别不爽。

三番四次被打断讲话，还真让人心生怒意，更何况还是一个在她看来必死无疑的老雷子。

王守林轻笑着看向王星蕊，没有继续说话，只是使劲儿点点头，又示意对方重新往下说。

王守林早就已经打定主意，面前那道所谓的小鸡炖蘑菇，就算有多正宗他都不会吃。

"如果不小心夹起了长粉条，重新放回盆里头不好，吃又一口吃不下，姑爷自然会急到脸红脖子粗，娘家的小舅子们就在一旁看姑爷闹笑话。如果这门亲事成了的话，那以后就会成为娘家人用来开玩笑的趣事。"王星蕊说着说着，脸上又露出笑意，仿佛想起了什么事来。

话音刚落，王星蕊触景生情，还夹了一筷子小鸡炖蘑菇吃下。

"这还真有点意思。"王守林听王星蕊讲完关于小鸡炖蘑菇的故事，不由得感慨了一句。

王守林看向王星蕊又问道："金炫辰娶你时也吃了这道菜吗？"

"对，当时也吃了这道菜。"随后，王星蕊又偷瞄一眼沈溪花，眼睛里的杀气让人不寒而栗，她又吃了一口菜。

沈溪花好像对此早就有预料，神情无比自然地轻笑着补充道："没错，当时负责做这道菜的人也是我，如今我还真有点怀念那段美好的时光。可惜小金子命不够硬太早死，年纪轻轻就被雷子给害死了，不然现在我应该都能当姥姥了。无法实现这个愿望，我想起来也是有一点失望跟遗憾。"

王星蕊听着这些假仁假义的话，捏紧了手中的那个高脚杯，又用眼神暗中看向沈溪花，她内心实在忍无可忍了，咬牙一字一顿地逼问道："沈溪花，那你如今既然都这么说了，为什么当时还要选择毒杀他？时至今日还不能给我个答案吗？你为啥非要毒死我男人不可？"

第三十七章　死不瞑目，金钱满屋

沈溪花听罢，双眸闪过一丝杀机，故作淡定反问道："花蕊，你真不肯信我了？"

"沈溪花，你让我如何继续信你？难道还想把我当傻子骗吗？"王星蕊内心深处的怒火猛然爆发，瞪着沈溪花大声怒吼质问，"我虽然不清楚你是如何毒杀了他，我如今只想问你一句，这些年里你可曾有因此心生悔意？"

沈溪花先是干咳了一声，片刻竟然面带尴尬地看向王守林道："王队长，又让你见笑了。"

王守林轻轻摇了摇头，虽然不清楚沈溪花为啥这时故意点他，但如今他只想保持沉默，这让整个餐桌的氛围变诡异不少。只见沈溪花重新拿起一双筷子，轻敲面前的饭碗发问道："这顿散伙饭还吃不吃，还想不想分钱了？"

王星蕊只好又拿起筷子夹起一块榛蘑，榛蘑夹着小鸡炖蘑菇的汤汁一同泡到米饭之中，迅速扒拉一口米饭。而蔺永清压根就没动筷的意思。

沈溪花扭头看向蔺永清，冷声发问道："野驴，这顿散伙饭你一点都不想吃？"

"说实话，我真没啥胃口，因为心里头太郁闷。"蔺永清随便找了个理由敷衍道。

"我最后问一句，这散伙饭你真不打算吃吗？"沈溪花提问时脸上的表情很古怪。

"我是真没胃口，反正也不饿，我等着分钱就好。"蔺永清嘴角扯出一抹笑意道。

随后，蔺永清从怀中取出烟默默点燃，就这样一边看着沈溪花，一边抽起了烟来。

若之前这样干，绝对会让沈溪花爆发，毕竟没人敢忤逆她。

"野驴，你翅膀硬了！"沈溪花笑了笑，又调侃道，"你胆子挺大，敢忤逆我了。"

"大姐，咱们都要散伙了，我爱干啥是我的自由！"蔺永清又抽了口烟冷声道。

"野驴，你居然敢跟我讲自由，我看你是想受家法伺候了！"沈溪花话音刚落，将放在餐桌之下的右手迅速抽了出来，只见其右手上不知何时出现了一把很特别的银白色手枪。

王守林看向那把枪，他的面色当场陡然突变，因为这把枪的主人就是——林森。

"砰！"沈溪花持枪后没有犹豫，直接动手扣动扳机，而她瞄准的目标就是蔺永清。

此刻的蔺永清右手拿着香烟刚要往嘴里送，但左手已经默默朝着地面的猎枪摸去。

不过，蔺永清的速度比子弹还是慢了一拍，因为沈溪花开枪的速度太快太突然。

一颗子弹猛然从枪膛里射出，瞬间击中蔺永清的左胸处。沈溪花一枪命中后，又将手枪给放到嘴边，然后轻轻一吹，随后笑着看向王守林和王星蕊，云淡风轻般点了点头，感觉就像干了一件不足挂齿的小事，完全没觉得自己是杀了一个人。

蔺永清的脸上则写满不解之色，他怎么都没料到沈溪花这一枪会如此果断跟精准，他清晰感受到生命正快速流逝，非常痛苦地用双手捂住左胸的伤口处，以为这样便不会因失血过多而丢掉性命，还能稍微苟活一段时间。

王守林只静静看了一眼伤口的位置和出血量，便已经判断出结果，蔺永清这回必死无疑。

"我，我现在还不想死，那些钱还没分给我啊！"蔺永清嘴上如此说着，脑子里的意识已开始涣散，连带着他这一生的种种经历，都犹如走马灯那般从眼前快速闪过，最终停留到了某一天的某个时刻，那是他正式加入花狍盗猎队的第一天。随后，蔺永清的身体不听使唤地往后仰，连人带椅一同往后倒去。大量鲜血从伤口处不断喷涌而出，整个餐厅顿时充满无比刺鼻的血腥味，而蔺永清还是之前那副死不瞑目的状态。

王星蕊有点无法面对这个突发情况，一时间非常震惊，看了看地上死不瞑目的蔺永清，又看向突然开枪杀人的沈溪花，最终她还是起身缓缓走到蔺永清身边，望着蔺永清那至死都没有闭上的双目，内心如同打翻了的五味瓶，刚刚还是一个活生生能说话的人，转眼之间就稀里糊涂死了？

王星蕊不禁回想起一些往事，尤其是蔺永清加入盗猎队这些年里，居然都没受过什么致命大伤，总能凭借智慧化险为夷。蔺永清同样亦是她内心认为最有可能安然无恙，拿着钱全身而退的唯一人选。可如今他却直接死了？还是被沈溪花给一枪射死，到最后连遗言都没留下。

王守林对此也颇感无奈，毕竟是一条生命的流逝，还是被那种不正义的方式处决了。

如此一来，王守林更加无法弄清，蔺永清为啥会在家里的相框中留下摩斯密码。

"唉，野驴你到死居然还不忘分钱，最终你还是死在了一个'钱'字上啊！"王守林想起蔺永清最后的那句话不由得感慨万千，抬手轻轻擦去脸庞上飞溅的鲜血，他一直都没敢太小瞧沈溪花这个女疯子，蔺永清则是输在太过自大和自以为聪明，可以说算是聪明反被聪明误。

蔺永清自以为拥有猎枪便能公然反抗沈溪花，完全没防备对方去获取武器，这一点算蔺永清考虑失误，因为蔺永清个人的记忆当中大本营一楼都是休闲室跟厨房，根本不会用来存放武器。

可蔺永清完全没料到一个情况，那就是沈溪花身上其实一直携带了一个武器——林森的配枪。王守林对那把枪可以说相当熟悉，枪内还有林森当年没打完的五发子弹，当然如今只剩下四发子弹了。

王守林想到这些时，又扭头看向王星蕊，他觉得王星蕊也必死无疑，因为她的心还不够狠。

不过，王守林内心有着很大的把握，自己应该不会死，至少不会死在这个大本营里头。

"野驴，你居然就这么死了？你咋不知道稍微躲一下？"王星蕊颤抖着看向地上蔺永清的尸体，一滴晶莹的泪水从眼角徐徐滑落，然后又扭头看向沈溪花，深吸一大口气质问道："沈溪花，你为啥要开枪打死他？他好歹也跟我们一起走过了十年风雨，他是你亲眼看着长大的孩子啊！"

王星蕊这么多年来还是首次如此失态地怒吼沈溪花，当然同样也会是她此生最后一次了。

"花蕊，你知道公然违抗我的人只有死路一条，你一直都知道这条铁律。"沈溪花把玩着手里的枪，很冷静地说道，"人犯了错本就该受惩罚，干了好事自然就该奖赏，当然如果太膨胀，那就只能死路一条，这就是我沈溪花的规矩。"

"金炫辰当年也公然忤逆过我，我自然会动手解决他。"沈溪花又转了一下手里的那把枪，继续耐心解释，"我当年杀死小金子不为什么，只因为他影响到了我在花狍盗猎队的绝对统治，我不希望团队里有人一直唱反调！"

"我要杀了你！"王星蕊像疯子一样捡起蔺永清身旁的猎枪，然后将枪口瞄准沈溪花。

沈溪花此时还是面色平静如水，可把玩手枪的速度变慢，同时还不忘开始大打感情牌道："花蕊，我今天如果死了就死了，可我不想让你也死了，我杀野驴和金炫辰都是为了保你啊！"

"沈溪花，你少胡说八道，我不相信！"王星蕊狠狠咬着牙，仿佛随时都会扣动扳机。

"花蕊，我现在就是一个老太婆，我死而无憾，可你是我从小养到大的女儿，我攒下这些钱，其实都是为你一个人而留。"沈溪花的眼眶不禁红了，顿了顿又继续补充，"你想杀我的话随时都可以动手，但你队友的老母亲们，没有了儿子又没钱，以后该怎么过活呢？"

王星蕊自然能听懂话外之意，盯着沈溪花质问道："听你这意思是知道我没完成任务？"

"当然，我养你这么多年，你啥性格我不知道吗？"沈溪花说着，双眸内闪过些许惊异。

因为沈溪花刚刚说这一席话完全是一种试探，毕竟她还真不清楚王星蕊在之前的几次任务之中已经对她产生了疑心，从而最后在道德跟良心的影响之下，没有如实去完成她布置的最后的任务。

如今王星蕊主动承认了，沈溪花也只能顺着话接下去。不过也正因如此，王星蕊没有实心实意地完成她布置的杀人任务，那沈溪花杀王星蕊也就找到了一个合适理由，自然不会因此心怀愧疚。

"沈溪花，甭废话，带我去分钱吧！"王星蕊决定要把钱给那些老人，持枪出言逼迫道。

"花蕊，这样选就对了，人还是要向钱看啊！"沈溪花不禁哈哈大笑，看上去极其疯癫。

王守林知道又一个人被金钱给迷惑了，他静静观察着沈溪花，并且时刻准备暴起反击。

"你们跟我来吧，看看啥叫金钱屋。"沈溪花没有杀王守林的意思，还主动开口邀请。

王守林微微一笑缓缓起身，站到王星蕊的身旁，而且还悄悄暗中打量对方的神情。

"花蕊看来是真铁了心要弄死花姐，这枪口一直都没移动过。"王守林暗自嘀咕了一句。

当然，如果老天爷够给力的话，王守林还是希望能像之前一样，他成为那个渔翁大赢家。

不一会儿，沈溪花就打开了地下室。王守林凝神看着地下室的入口，不禁也为之称奇。

光凭这个地下室的入口设计，就能分析出沈溪花最初建这个大本营时，有充分考虑过地下室的具体用途，无非就是用来专门隐藏那些不能见光的财富，打造其口中所谓的金钱屋。

王守林内心暗自感慨幸好这次没带队杀到大本营来，若不是自己单枪匹马杀过来，光光这个地下室里的金钱屋，或许也要费很长时间才能找出来。可如今沈溪花就这样把地下室直接暴露，倒也让王守林有些震惊，内心也同时很疑惑不解，沈溪花为啥如此自信？

毕竟，今日警匪再次相遇，可谓仇人见面分外眼红。王守林和沈溪花自然都不想让对方活着离开，命中注定会是一个你死我活之局，最后就要比拼谁能更技高一筹，方可笑到最后。

不出片刻，一行三人顺利下到地下室里。沈溪花没有过多浪费时间，直接领着王守林和王星蕊来到藏匿巨额财富的一个小房间。她用指纹解锁推开房门，王守林看着眼前之景大为震惊，就连王星蕊都倒吸一大口凉气，面前的这个场景实在太具有冲击力！

只见这间看起来小小的房屋之内，无数现金如砖头那般堆到一起，一摞又一摞的钱看着格外整齐，而且还堆满了整整一间房，确实不愧金钱屋之名。虽然这些现金都被塑料布给密封了，可还是能清晰看到那些面值，全都是红彤彤崭新的百元大钞。

王守林又暗叹一口气，这房间里的所有钱，背后都是数之不尽的动物生命跟人命啊！

"老林，我今天一定要为你报仇！"王守林看向沈溪花和王星蕊，内心燃起滔天杀意。

钱这个玩意儿虽然很有用，但如果跟生命进行对比，其实钱财毫无用处。

毕竟，健康能换来财富，但财富却换不来健康，归根到底就是一个超级无解的死循环。

第三十八章　母女决裂，当场击毙

王守林对唯利益至上的行为很痛恨，但归根结底还是没办法去改变这种情况。毕竟老话常说"人为财死，鸟为食亡"，这亦是亘古不变的道理。如今，他只想看看沈溪花的葫芦里到底卖啥药，还有等会儿要如何给林森报仇。

"花蕊，这都是我给你留的钱。"沈溪花微笑着对王星蕊说，感觉像说一件很平常的事。

"等一下，你这话的意思是，屋子里这些钱你都留给我？"王星蕊此刻早就已经看直了双眼。虽然她是盗猎队内贩卖皮草的第一负责人，但那些钱都是在手中一过，随后全部交给沈溪花去处理，因此对这么多年积累的财富情况还不太清楚。她如今见到这满屋子的钱之后心里大为震惊。

沈溪花见王星蕊目瞪口呆的表情，很满意地点了点头，显然已经达到她所要的效果。

王星蕊回过神后看向沈溪花，表情带着坚定，半信半疑地问道："这些钱你真全给我？"

"原本是要所有成员一起分，如今只剩下你了，自然也就属于你了。"沈溪花解释道。

"沈溪花，你真能有这么好心？"王星蕊对沈溪花发出了灵魂拷问，脸上满是疑惑之色。

"花蕊，你好歹也是我亲自拉扯大的孩子，你在我心中跟亲生孩子差不多，你如此质问我未免太伤人心。"沈溪花又摆出一副很痛苦的表情，抬手捂着胸口抱怨了一句，可右手握着手枪的力度却悄悄加大不少。仅凭这一个行为就意味着沈溪花仍然心有防备，而她防备的对象不言而喻，正是面前那位手持猎枪的王星蕊。

"沈溪花，我是真没想到，你居然还会伤心啊！"王星蕊自然不信沈溪花的花言巧语。

"我也是个人，自然会伤心。你想拿钱，还要完成最后一个任务。"沈溪花接着补充道。

"你想我执行什么任务？"王星蕊反问的同时已经能猜出，沈溪花打算让她做什么了。

"这个任务也不难，你开枪杀了他就行。"沈溪花抬手指了指王守林，冷声宣布道。

"好。"王星蕊点了点头痛快应下，这一刻她又重新变成了花蕊，那个唯命是从的花蕊。

可经过这一系列血腥磨砺以及各种背叛后的王星蕊，又真是之前那个唯命是从的她吗？

话音落下，只见王星蕊举起了猎枪，随后把枪口瞄准前方，猛然间用食指扣动扳机。

沈溪花顿时眉毛一紧，双眸随之收缩迅速躲开，快速跑到了一处现金砖后进行躲避。

王守林自然也不是傻子，也快速躲避到远处，因为沈溪花跟王星蕊彻底反目。

沈溪花咬紧牙关，双眸被怒火填满，刚刚若不是她一直小心提防，那枪早就要了她的命。

如果方才那种距离之下被不幸命中，除了当场死亡这个结果，怕不会有别的结果了。

"花蕊，你疯了不成？居然敢对我开枪！"沈溪花怒吼着举枪，蓄势待发。

王星蕊面无表情地反驳道："你先杀我男人，又杀了队里的兄弟，我要为他们复仇！"

"花蕊，你为何还如此执迷不悟？是老娘一把屎一把尿把你养大，让你拥有了第二次生命！"沈溪花额头的青筋暴起，出言质问道，"你的命都是我给的，我还留下这么多钱给你，如今要你去杀一个王守林都不行吗？"

"你说我杀了你男人和队里的兄弟，你的脑子是不是出问题了？"沈溪花眉心已经拧成麻花状，可见她如今该有多愤怒，"如果没有这些雷子插手，咱们用偷摸干盗猎？队伍内部还用勾心斗角？结果我现在让你杀一个雷子，你居然反过来对我开枪，真是白养了你这头白眼狼。当初我就该让你活活饿死，而不是把你收养回来！"

王星蕊听着不由得摇头失笑，面对沈溪花的疯狂谩骂，她除了一脸平静应对之外，内心毫无波澜，极为淡定地从怀中摸出一根烟，点燃静静吸了起来，同时开口说道："沈溪花，从现在起，我跟你正式决裂。至于狗鼻子也会跟你一起死，但你要比他先死才行，因为你的威胁比他大太多。"

"花蕊，你个白眼狼，现在跟我玩决裂！"沈溪花破口怒骂，因为这不是她想要的答案。

沈溪花没有继续贸然出击，而是暗中等待着王星蕊毒发，她对自己下的毒特别有信心。

因为王星蕊绝不会撑过一个半小时，而从刚刚对方进食到现在，已经过去了半个小时。

沈溪花早就想好了要打持久战，把对方给活活耗死即可，菜里的毒就是她最大底气。

王守林自然也没坐以待毙，低头看向自己的腰间，随后从腰间摸出一把手枪。

这把手枪陪伴了王守林多年，也特别具有价值和意义，因为当年跟林森一同击毙过狼子。

王守林深吸数口气调整好姿态，把自己的身体靠在钱砖前。微弱的灯光照耀着这一层又一层由现金摞起来的钱砖，钱币淡淡的红光映照到王守林的身上。王守林同样不敢贸然出击，想看沈溪花和王星蕊之间到底谁会胜出，最好是这二人能拼个两败俱伤。

王守林也暗自估算了一下目前的局势，王星蕊使用的武器是一把猎枪，猎枪在这种地形不复杂的战场中，本来就有着极大优势。因为子弹打到身上人必死无疑，而相反沈溪花的手枪如今还剩下四发子弹。

当然，王星蕊的猎枪也有致命弱点，因为换弹速度太慢，等一枪子弹打完，要花很长时间去重新换弹，而这换弹时间对王守林来说就是最佳突破点。至于沈溪花那边也不足为惧，她那把手枪只剩下四发子弹，若子弹全打光就没危险了，到时就算进行贴身肉搏，王守林自信自己的赢面也会很大，何况他还额外带了一把军刀。

没过片刻，王星蕊就抽完了手中的那根香烟，抽烟的过程中她有萌发过一种冲动，直接用这带着火星的香烟点燃身后的那些钱砖。可最后她还是没有这种用烟点钱的魄力，毕竟是诱人的百元大钞，白白烧了也会心疼很久。

王星蕊不禁想起自己这一路走来到底是为了啥呢？最终不就是为了搞钱吗？如今用手中的香烟把钱砖给点燃，那铤而走险干盗猎又图个啥？难不成为了图吃警队里的枪子儿？那这样活着也太窝囊了。

王星蕊静静用手摩挲着背后的钱砖，很奇怪心里还产生了一种想要长眠于此的情绪。

随后，王星蕊犹如被雷霆击中那样，低声喃喃自语道："难道是小鸡炖蘑菇有问题？"

王星蕊一念及此，就立刻从躲藏的位置冲出，抬起枪朝着沈溪花躲藏的方向疯狂射击。

不一会儿，火光和枪声顿时传遍了整个房间，王守林则暗自竖起耳朵细听枪声的次数。

沈溪花咬牙躲藏在某一处，没有去探头展开反击，其实也暗自算着王星蕊的子弹数量。

原本沈溪花还打算让对方多享受一下生命中的美妙时刻，如今她一心只想让王星蕊快点死。

沈溪花静静默念着子弹的数量，不久后她嘴角浮现出来一抹狞笑。

随后，她迅速从躲藏的位置探出，而后看向王星蕊的方向，沈溪花在极短时间内展开反击。

"砰"一发子弹快速打出，沈溪花又重新藏到钱砖之后，也没去看那子弹是否命中目标。

下一秒之后，王星蕊正不断进行深呼吸，看向往外疯狂冒血的右腿，嘴角处挂着苦笑。

因为连王星蕊自己都不知道为什么，一向身手敏捷的她没躲过，行动还变迟缓了。

如今的王星蕊也开始面对现实了，她确实是中毒了，沈溪花果然心狠手辣。

王星蕊脑子里又想起许多小时候的事，现在她更加认为自己就是一个超级大笑话。

很快一股超强的痛楚将王星蕊给强行拉回现实，被子弹打中严重影响了行动速度。

"这药劲儿，可真上头啊！"王星蕊内心暗骂了一句，很显然药物发挥效果了。

如今的王星蕊已然没法子了，她静静站在远处偷偷换弹，时不时抬眼看沈溪花那边。

王星蕊顺利把子弹换完，轻吐一口浊气，至少换弹成功，不怕遭遇突袭情况。

王守林也听到了王星蕊的换弹声，他长叹口气，已经猜出王星蕊想如何杀敌了。

王星蕊如今选择站在原地不动，其实就是想打沈溪花一个措手不及。毕竟，在中弹负伤的状态之下，所有人都会迅速找一个位置进行藏匿跟换子弹。而王星蕊却偏偏反其道而行之，不仅没更换位置，而且故意在受伤的情况下进行换弹，最终就是想打沈溪花一个出其不意。

不过，王星蕊实在是太高看自己换子弹的本事，因为她换弹的声音已经传了出去。特别是这个狭小的房间之内，换子弹就如同传递了一个暴露位置的信号。更别提王星蕊因为疼痛偶尔还会发出一声低吼，但她本人好像没意识到这个致命问题。

"果然是中毒了啊！"王守林吐出一大口浊气，瞬间就想到之前的那道小鸡炖蘑菇。

王守林心中暗自庆幸多亏有所防备，没动筷子吃那道菜，沈溪花确实是个阴险小人。

王星蕊强撑着换好子弹，然后蓄力跳了出来，结果刚一跳出来就被沈溪花击中。

王星蕊痛苦地捂着伤口，意识更模糊了，她依稀看到了一个年轻女人冲她招手。

王星蕊知道这是她跟沈溪花当年第一次见面时的场景，而那时自己刚刚失去了父亲。沈溪花缓缓走到王星蕊的面前，用手轻轻拍了拍她的脑袋，笑了笑，温柔地问道："小丫头，告诉我你叫什么名字呀？"

"阿姨，我叫王星蕊。"小女孩还是有些害怕跟害羞，低声答道。

"这是个好名字，我给你取个代号，叫花蕊如何？"沈溪花又开口道，"以后由我养你。"

小女孩望着面前有些神秘的阿姨，一时间有些不太好意思，她看起来过于热情。

可沈溪花说完这句话之后，就不继续言语了，而是转头向着远处走去。小女孩握起双拳，想起了父亲离开后吃不饱穿不暖的日子，一咬牙就朝着沈溪花的方向追了过去。年幼的王星蕊原以为这个女人会给自己较好的生活，可以有机会好好读书去改变命运。

不过，歹毒且腹黑的沈溪花并没有，而是在当年幼的王星蕊进入家门后便开始约法三章。

懵懂年幼的王星蕊自然不懂，只能委屈地配合着沈溪花，强迫自己学会那些所谓的知识。

当时，王星蕊要承担沈溪花的衣物换洗和打扫卫生，虽然很辛苦，可王星蕊没有任何退路和选择，她不能失去栖身之所，也不想成为一个没人要的小孤儿。

王星蕊偶尔表现好的时候，沈溪花也会大发慈悲带她去买衣服跟好吃的东西。

可王星蕊每次都会泪眼婆娑地看着同龄人，那些孩子脸上都洋溢着幸福的表情，跟在自己的父母身旁撒娇和打闹。而且有些还会哭闹使小性子，但家长却不像沈溪花那般冷漠，会耐心蹲下身子教育安慰。

王星蕊没有因此而感到沮丧，反而拼命学习沈溪花传授的那些知识。她希望通过自己的优秀表现，能换取进入学校读书的机会。因为从小王星蕊的爸爸就告诉过她，唯有努力学习才能改变命运，知识能够创造美好的未来。王星蕊也想过长大以后要成为白领，就算只拿着两三千的工资，但这样至少能安稳，良心上不会受到谴责，也不用时刻担心被警方逮捕。

可王星蕊都长到十六岁了，沈溪花还是不让她去上学，反而继续教她如何捕杀珍稀动物以及跟法外狂徒去进行非法交易。渐渐地，王星蕊也养出了狼子的脾性，整个人也更加心狠手辣了起来，为了能赚钱和达成交易，处事就更加不择手段。

王星蕊很清楚自己所处的这个环境，只有拼命让别人害怕自己，才有机会苟活下去。

所有人都不知道的是，王星蕊心狠手辣的背后，隐藏着一颗非常害怕跟畏惧的心。

直到有一天，王星蕊无意间遇见了那个很懂自己的男孩，那个男孩的名字叫金炫辰。

金炫辰跟别人非常不一样，他拥有着充足的学识，但由于某种原因遇见了沈溪花。他或许是有难言之隐，最后加入了沈溪花成立的花狍盗猎队里。当他进入花狍盗猎队之后，一切都开始不一样了起来。王星蕊感觉原本灰暗无光的世界突然有了一道光，这光让人觉得温暖且充满希望。

金炫辰既温柔又特别善良，无时无刻不打动着她。终于有一日，王星蕊跟他讲述了自己的过往。原本王星蕊认为金炫辰肯定会嫌弃自己，但让她没想到的事发生了，她从他的眼神中读出了心疼之感。

那一天，她和他就确定了关系，也清楚了金炫辰加入这一行当狼子的真正原因。

金父欠下巨额贷款逃出了国，如今这贷款背到了他身上，他当狼子也是走投无路。

但金炫辰的内心也非常清楚，当狼子本就是一件天诛地灭的恶事，因此没对自己盗猎的行为洗白，但这反而让王星蕊更加喜欢他了，这是个坦荡且"三观"很正的男人。王星蕊二十五岁那年彻底厌倦了这种当狼子的日子，跟金炫辰商量一番之后，金炫辰答应她干完最后一单之后，就带着她离开盗猎圈子。

自此之后，天高水远，他与她白头偕老过完余生。很可惜天不遂人愿，王星蕊跟金炫辰还是没能善始善终，二人最终阴阳两隔，一切美好的规划全部破碎了。当金炫辰出事之后，王星蕊没有立刻离开花狍盗猎队，她想查清金炫辰的真正死因，揪出幕后的那个罪魁祸首，亲自为金炫辰报仇。

那五年里，王星蕊拼了命想要弄死陈磊跟王守林，杀掉一切可能会导致她丈夫死的人。

时至今日，王星蕊才完全弄清事情的真相。其实，杀死金炫辰的并不是别人，而是当年收养了她的沈溪花。过往的种种回忆从脑海中一一闪过，这种感觉很奇妙，就如同镜花水月那般，让王星蕊的双眸内不自觉出现了点点泪花，似乎觉得自己这一生太不值跟乏味，而且貌似就没干过什么好事儿，绝大部分时间都干着违法勾当和赚黑心钱。可这些钱到头来还是替沈溪花赚的，自己搞这么多年啥都没有捞着，整个就是竹篮打水——一场空。

王星蕊双目无神地看向前方，不知为何内心反而很坦然，并没有那么畏惧死亡。

如果金炫辰没有加入花狍盗猎队，自己没有爱上他的话，沈溪花还会不会杀自己呢？

可惜，这世上没有那么多如果，本质上来讲都是她自己的选择，而如今算是自食恶果。

王星蕊痛苦地呻吟着闭上了眼睛，也渐渐停止了呼吸。她今生虽然是个十恶不赦的盗猎贼，但死前却衷心希望自己下辈子投胎能当一个平凡又普通的正常人，可以正常上学和参加工作，最后嫁人成家平稳过完一生……

第三十九章　不死不休，玩命追狍

王守林看了眼倒地死去的王星蕊，她的嘴角竟还出现了一抹笑意。他拿出手机一看发现没信号，最后决定先去追沈溪花。

如今，王守林也顾不上自己骑来的马了，他一边追击沈溪花，一边找有信号的地方给分局打电话，王守林内心最大的一个忧虑是，沈溪花很清楚他步法追踪的本事，谁都不知道当年金炫辰死后，她会不会利用这五年时间琢磨出了对抗之法呢？关于这一点，王守林还真没有猜错，沈溪花确实研究出了一套反步法追踪的逃亡方案。

只不过，沈溪花就算研究出来了，可处于王守林方圆一公里内，依然形同虚设无所遁形。

沈溪花逃离之后第一时间去往蔺永清的那辆车，从车里摸出好几个箱子，来到停放在门口的另一辆越野车上。她将那些箱子放到越野车的后备箱里，又从其内取出一把新猎枪，一路小跑来到王星蕊驾驶的那辆车前，只见一颗子弹射出，准确无误地击中那辆越野车的轮胎。

当沈溪花嘴角带笑想冲余下的轮胎开枪时，王守林此时也突然出现，立刻开枪对准沈溪花扣动扳机。沈溪花赶忙侧身侥幸躲过，马上调转枪头瞄准王守林，果断扣动扳机发出"砰"一声响，一颗子弹火速朝王守林射去。

王守林一边迅速闪躲，一边快速冲向沈溪花，同时还不忘瞄准进行开枪反击。

"砰！砰！"王守林又赶紧扣扳机打出两颗子弹，脚下冲刺的速度又加快不少。

沈溪花渐渐萌生退意，抬枪打出手枪里最后一颗子弹，转而便向那台越野车跑去。

沈溪花此时额头分泌出冷汗，内心极为惊慌，生怕王守林会趁机给她放冷枪。

当沈溪花顺利进入车里后，她快速发动车子，一脚油门下去，车瞬间快速飙出。可让她意想不到的情况也发生了，王守林驾驶着轮胎破了的车追来了，而且还跟她保持着一定的距离。其实，王守林这次也算是冒险一搏。毕竟，王守林驾驶的车左前轮胎正不断漏气，估计很快就要变成轮毂。如今，王守林冒险驾车去追沈溪花，对他而言操控难度也会很大。可王守林眼下没办法，他不想就此放跑沈溪花，所以必须冒险赌一把。

这是王守林身为森林警察的一种使命，誓与盗猎贼不死不休，死斗到底。他曾经也在林森的墓碑前立下过誓言，要用自己的生命去守卫大自然，亲自把那些罪大恶极的盗猎贼全部抓光，才不会愧对长眠烈士陵园的林森以及那些牺牲在反盗猎一线的兄弟。

王守林一边驾驶着晃晃悠悠的车，一边拿出手机查看信号，精神力分配也到达了极限。

虽然车子是有着不小问题，可王守林一直强行加挡踩油门，只为能够顺利追上沈溪花。

"狗鼻子，你是铁了心，要跟我玩命啊！"沈溪花通过后视镜看到紧追不放的王守林，咬着牙一只手打方向盘，另一只手则开始换子弹。没过片刻，两辆越野车便来到一处有些崎岖颠簸的路上，而且两辆车的车速都很快。不过，还是有着明显的区别：前一辆车的速度极快，驾驶状态较平稳；而后一辆车就像人喝醉了一样，一直晃晃悠悠个不停，给人的感觉仿佛下一秒就会翻车。

"砰！"只听一声枪响突然传出，眼看着前一台车里，沈溪花将猎枪给扛到肩上，凭借后视镜去判断方向朝王守林的方向扣动扳机，那颗子弹顿时射穿车窗玻璃。可因为她是第一次如此开枪，自然没顺利击中正在驾车的王守林。

王守林也从身上取下子弹进行填装，他将大部分精力都用到了驾车上，因此还要继续寻找时机去展开反击。可王守林与沈溪花的想法截然不同，王守林要射击的目标不是沈溪花，而是对方车子的轮胎。因为急速行车的状态下，王守林若能击中后胎，到那时沈溪花就算插翅都难逃。最为关键的还是现在车速不低，一旦车子爆胎，必定会不受控当场侧翻。

当然，沈溪花同样考虑到了这一点，内心一直很慌张，表情也不如之前那般风平浪静。

二人就这样开始了僵持，片刻之后行驶到一处有些泥泞的土地。因道路问题，沈溪花的车速又只能被迫降低，自然给了王守林跟对方保持距离的条件。虽然沈溪花偶尔会向后开枪，可对王守林的影响微乎其微。

随后，沈溪花的前方便出现一个土坑，她没有别的办法了，只能咬牙又降低车速。

"真是天助我也啊！"王守林内心激动低喝道，对于这上天给予的机会无比兴奋。

王守林右手打方向盘保持车辆平稳，左手拿猎枪伸出车窗，瞄准沈溪花的车胎射击。

不过，很可惜王守林打出去的这颗子弹，没能精准击中轮胎，因为太颠簸了。

他咬牙决定再搏一把，让双脚离开离合器和油门，双手扛枪探头瞄准沈溪花的车轮胎猛烈射击。

沈溪花震惊王守林不要命的同时，更气到用手直拍方向盘，内心别提多恼火。她猛踩油门，然后也离开驾驶位，架枪瞄准王守林射击。

此时的沈溪花也意识到，要阻止对方继续追击的话，只要破坏掉那台越野车即可。于是，她果断开枪，这次的目标是那辆车。

王守林和沈溪花二人的子弹同时告罄，连带着射击结果也差不多。只见沈溪花射出的那颗子弹无比迅猛，击碎了王守林的前窗玻璃，子弹射中前窗后又猛然打到后座上，没对王守林和车造成大影响。

王守林那一颗子弹很可惜没击中沈溪花的轮胎，却击中了车子的后备箱。

　　只见车的后备箱猛然弹开，随后两个黑色箱子滚落而出，跟着一同落下的，还有两三把零散步枪。王守林边开车边看着这一个场景，内心更震撼不已，他回头一看，果真发现原本放在车里的黑箱子不知何时被沈溪花转移了。

　　王守林虽然不清楚对方何时完成了钱财转移，可他最为震撼的是对方藏匿在后备箱内的步枪数量。王守林从警多年，非常熟知枪械型号，仅用瞬间就分辨出那几把枪的型号。如此一来就意味着沈溪花不仅是一个盗猎贼，而且很可能跟境外军火商也有联系，或者她背后还有另一个合作伙伴，只是这个人一直悄悄躲藏幕后，连花狍盗猎队的成员们都不知晓其存在。

　　"沈溪花应该将钱都转移到了境外，她一直都谋划着出逃！"王守林冷静展开分析道。

　　王守林望着面前充满花纹的玻璃前窗，更加决定不能让沈溪花逃掉，就算豁出性命都行。

　　而前车内的沈溪花已经快疯了，看到最后一笔任务的现金散落，内心如同刀绞那般难受。她本想解散花狍盗猎队，去往一个谁都不认识的国家过完余生。没承想，在最后这个紧要关头，却出了岔子。

　　"狗鼻子，你真是嫌自己太命长！"沈溪花内心想将车给停下，随后跟王守林决一死战。

　　最后，沈溪花还是没这么干，毕竟她也不傻，知道以现在僵持的形式，自己的优势更大。

　　因为王守林的车有损，只要等会儿行驶到宽敞之地，她绝对能将对方给甩个无影无踪。

　　可下一刻，沈溪花就从后视镜看见王守林松开驾驶车辆方向盘的双手，正聚精会神扛着猎枪，不顾面前因为失去车窗灌进来的大风，正目不转睛瞄准沈溪花车子的后轮胎。沈溪花直到此时才知道王守林被自己手下称为"狗鼻子"还真不是瞎叫，一旦被这种疯子咬上就算能侥幸大难不死，估计也要硬生生脱一层皮。

第四十章　镜花水月，临终忏悔

"这狗鼻子真比狗皮膏药都难缠！"沈溪花又破口怒骂，迅速打了下方向盘。

当沈溪花用手去打方向盘的瞬间，连带枪声也顺势传出。原本这发子弹应当完美击中沈溪花的车胎，可由于沈溪花及时打方向盘改变行车方向，导致子弹没有如期打中车胎，而是打中车子的保险杠。

她顿时将车减速和强行摆正方向盘，待车子完全恢复平稳后，才又继续开始加速，依然跟王守林保持着一定距离。

而在这时，王守林跟发了疯一样再度开枪，又一连射出两发子弹，最终他无法继续保持持枪姿势，因为车将要不受控制，他只能先控制好自己的车辆，再找机会射击。

王守林驾车时内心也特别紧张，生怕会因此而将沈溪花放跑。当然，王守林心中也暗自下了个决定，就算车子会翻也要加速追击，绝不能放弃任何一个抓沈溪花的机会。机会不会一直有，为等到这个机会，王守林已经等了整整五年，如今留给他的时间不多了。

沈溪花咬牙继续调转车头改变方向，想以此躲避王守林的攻击。或许她本身的运气不错，最后的这两颗子弹都没能击中车胎。沈溪花举目看向远处，已经能看到一条平缓的道路。如此一来，现在的沈溪花只需跟王守林僵持一小段时间，就有机会摆脱对方。

沈溪花的脑子里如此想着，伸出舌头舔了舔下嘴唇，通过后视镜观察王守林的位置，最后又重新端起猎枪，确定前方驾驶区域没障碍物后，瞬间迅速移枪回头瞄准王守林，果断扣动扳机。

上一次是因为沈溪花和王守林之间都有玻璃，受了折射影响，所以没法提升准确度。但此刻沈溪花的信心很足，只听"砰"一声枪响后，那颗子弹火速离开枪膛，直接朝王守林迎面射去。王守林没有犹豫，顿时把头埋下。最终，那颗子弹直接射穿驾驶位的安全头枕，可谓险之又险地躲过了这一枪。

"这老娘们真狠啊！"王守林骂了一句，一边保持车辆平稳，一边开始给猎枪更换子弹。

第四十一章　拼死截停，自食恶果

不一会儿，王守林更换完了子弹，抬头一边单手控制车辆，一边朝着沈溪花开枪。

二人又枪战了好一阵儿，还是没能分出胜负，王守林也发现了前方那条比较平稳的路。

"持久战真磨人！"王守林低喝了一句，他从警多年自然也看穿了沈溪花的后续打算。

因此，王守林内心稍微有些焦急，但没有表现出来，抓捕的关键时刻，心绝对不能乱。

"狗鼻子，你这会儿开着辆事故车来追我，算不算违章呀？"沈溪花看向后视镜里的王守林，故意提高声音大吼道，"我有个问题挺想整明白，话说你这个警察违章之后，是不是也要吊销驾驶证儿或者去缴罚款？"

王守林没搭理沈溪花，他平稳举起猎枪继续射击，沈溪花通过后视镜自然发现了这情况。

沈溪花心生一计，用手打方向盘，车子时而左转，时而右转，巧妙避开了王守林的子弹。

虽然有些子弹还是不可避免地击中车子的后保险杠，不过这些并不能对沈溪花造成太大伤害。

只要车子还能开就都不是问题，她迟早可以凭借车辆性能优势，将王守林给狠狠甩开。

与此同时，一直调整精神力分配的王守林无意瞄到手机屏幕，意外发现居然有信号了。

王守林将猎枪换完子弹后保持警醒状态，一边维持车子平稳驾驶，一边用手机打电话。

王守林要拨打电话的对象并不是别人，正是他最看重和信任的大徒弟秦卫山。

此时此刻，森林公安分局里，秦卫山和林念一脸担忧，站在分局门口踌躇不安，反复原地来回踱步。严格算起来，二人已经离开之前那片森林有一个多小时了，可依旧没有王守林的消息传回。自从林念跟支援的警力成功会合之后，花了极短时间就搜寻到了秦卫山和王鸿阳，王鸿阳目前已经被送往医院进行治疗。不过，初禹阳的情况要比王鸿阳好很多，他本人最起码意识很清晰。

林念跟秦卫山会合之后主动问起王守林的下落，秦卫山则如实说王守林去追蔺永清了。

二人经过简短商议之后，想马上动身去寻找王守林，却被支援队的领头人当场否决，因为对方来此也是受了政委李许国的命令。其实，真正的原因是王守林早趁着还有信号以及秦卫山和林念没太注意时，悄悄用手机给李许国发了条消息，消息的大意是自己如果陷于困境之中，务必要让负责支援的兄弟们将秦卫山和林念安全带回分局。如果要寻找自己，可以根据追踪信号来定位。原本李许国当时还很诧异，因为他不清楚王守林已经发现了花狍盗猎队大本营的位置，并且决定要孤身犯险。

当接到林念的求救电话后，才完全明白内幕，而那个命令自然也是李许国亲自下达。

秦卫山和林念只能乖乖归队，而支援队内则分出去一批队员，继续去搜寻王守林的下落。

可秦卫山内心却想着另外一件事，因为蔺永清的车内本携带着大量赃款。当他去往对方车辆进行查看时，赃款已经莫名其妙消失不见，这就意味着蔺永清和王守林已经离开，也代表有别的花狍盗猎队成员加入。

秦卫山也凭借步法追踪手段查到车辆旁还有着一处痕迹，这就代表着还有一辆越野车。

秦卫山将这个发现上报给李许国后，李许国便安排警员去查，让秦卫山和林念留在分局。

此刻，二人没有任何办法，只能面面相觑，脸上都写着担忧和紧张，生怕王守林出意外。

"秦哥，你害怕不？"林念吹了口热气，温暖了一下已经冰冷的双手，极紧张地发问道。

虽然此刻温度很高，林念却如至冰窟，除了畏惧外还有担忧，她最不想王守林出事。

"小念，放心吧，师父本事大着呢。"秦卫山嘴上虽然如此说，可内心也不是特别有谱。

"也对，王叔本事大，应该不会有问题。"林念亦接了一句话茬，如同自我安慰那般道。

话音刚落，秦卫山的手机铃响起。林念立刻凑到秦卫山身边向手机看去，只见屏幕上显示着"师父"二字，来电人是王守林。

秦卫山立刻按下接听键，电话那边传来模糊不清的声音，就像人在迎风奔跑大声喊叫。

"师父，您有啥吩咐吗？"秦卫山自然不敢耽搁时间，立刻开口问那头的王守林。

"卫山，你能听见吗？"王守林边驾车边发问，但车玻璃已经没了，所以声音非常模糊。

"我能听见啊！"秦卫山学过步法追踪的听声，对声音本就十分敏锐，此刻立刻回答道。

"卫山，我目前在建林道上，帮我叫支援，花狍盗猎队基地在宇鹏林！"

"好，我都记住了，马上帮您叫支援！"秦卫山冲电话那头大声回复道。

"去吧，千万注意安全。"王守林也不敢耽误时间，没有挂断电话就继续追击沈溪花。

只见王守林将放在两胯之间的猎枪重新举起，随后瞄准前方沈溪花的车子继续展开射击。

"砰！"枪响声也传到了手机这头，秦卫山跟林念自动对视一眼，二人疯狂冲入分局里。

随后，秦卫山和林念二人大声喊了起来："同志们，花狍盗猎队的大本营在宇鹏林那边！"

分局里的警官都迅速放下手中的事，一路小跑来到秦卫山和林念面前问到底发生了啥事。

二人吼完之后，一边进行简短解释，一边朝着政委办公室跑去，主要是为了叫警力支援。

三分钟后，只见数辆警车从分局内疾驰而出。这些车分为两个方向，一个奔往王守林所在的地方，另一个则赶往花狍盗猎队大本营。

车里的每一位警员脸上都带有期待之色，毕竟恶名远播的花狍盗猎队要被一网打尽了！

秦卫山和林念则果断去往了建林道那边，二人的脸上都挂着担忧之色。尤其是之前还听到了枪声，二人则更加担忧王守林会遭遇什么意外情况。当然，天有不测风云，人有旦夕祸福。这个世界本就不是那么圆满，如今的秦卫山和林念或许要过很多年，才会突然明白这个残酷的道理。

其实，严格一点来说，这不算是遗憾，而是某种意义上的圆满。毕竟，上一代人之间的怨恨情仇，本就应该由上一代去了结。后边的这一代新人，有着自己要背负的使命，有着自己的信念。

而位于远方的建林道上，王守林依旧继续跟沈溪花纠斗不休，战斗已经完全进入白热化阶段，二人的额头都挂满了汗水。如今正处于生死关头，自然谁都不敢轻易懈怠。沈溪花一边用手去挂挡，一边低声破口怒骂，她怎么都没料到王守林竟如此执着，简直就跟疯狗一样咬着她咋都不肯放。沈溪花同时也非常不爽，因为这么多次射击都没能成功射中王守林一枪，甚至连王守林的车胎都没毁掉一个，真是白白浪费掉了那么多宝贵的子弹。

"狗鼻子，真该死啊！"沈溪花觉得害怕了，她舔了舔嘴唇，从后视镜看向王守林那边。

正因这随意一看，让沈溪花当即双目一凝，王守林没像之前那样了，而是猛踩油门加速。

"狗鼻子是疯了吗？"这是沈溪花脑海中出现的第一个想法，但很快她也踏下油门加速。

不过，整体速度还是比王守林慢了那么一小刻，如今的王守林已经无限逼近沈溪花了。

"恶有恶果，你自己品尝吧！"王守林猛然大声怒吼，举起了那把猎枪猛然射击。

如此一来，沈溪花也无法躲避王守林枪里射出的子弹了，她那张脸上顿时写满了慌乱，不停用手去操控车子向着左右移动。可因为和王守林的那台车距离太近，此刻已经完全失去了躲避的机会，根本没留下太多能移动的空间。

"砰！"只见子弹从王守林的猎枪之中激射而出，随后成功命中了沈溪花的那辆车子。

"轰！"超强的嗡鸣声从沈溪花车里传出，这一刻对于沈溪花来说，最大的感受就是车子完全失灵了。沈溪花原本是一个处事极其稳妥的人，虽然没参加过正规驾照考试，但驾驶车辆这么多年，自然很清楚车子的状态和各种功能。

唯独眼下这个时刻，沈溪花对于所驾驶的车辆感到非常陌生。她用手轻轻向右打了一个舵，车子便如同处于水中游动不受控那般，猛然间向着右边撞了过去。而位于沈溪花的右方位置，正好有着一个小小的土丘。

"真他娘点儿背啊！"沈溪花一声怒骂，又突然，向着左方打起了方向盘，试图扭转局面。

可车无论如何都不向左拐弯，沈溪花心脏狂跳个不停，已经能预示自己接下来的结局了。

当沈溪花打算就此认命之时，车子又开始疯狂向左飘了，于是她又赶紧向右打方向盘，想要让车子回归正常的行驶状态。王守林见状，自然没有让她如愿以偿，发疯搏命那般驾车去撞沈溪花的车子。此时，沈溪花的那台车猛然进行漂移，狠狠朝着左边掉转车头。

沈溪花心中可谓如同一团乱麻，试着去减挡拉下手刹。原本减挡没出任何问题，可就在她拉下手刹那一刻，车辆巨大的惯性遭到了某种阻碍。那种感觉就好似一个皮球冲向一块盾牌顿时被终止了。

沈溪花这个野路子司机自然不清楚这一点，因为她压根没正规去考过驾照。车高速驾驶时突然爆胎了该如何去应对，这其实是科目四会学到的内容，正确处理方式应该是缓慢减速随后拉下手刹，可她竟然直接拉下了手刹。这操作等同于自寻死路，因为整辆车必翻无疑啊！

当然，或许沈溪花内心也很清楚，刚刚那一刻她的心已乱了，而心只要一乱就会判断出错。

如今，沈溪花的车如同足球那般开始在道路上翻滚着，没过片刻就自动停在了不远处。

王守林此时也不太好受，刚才他已经做好了赌命的打算，但万幸他驾驶的车没有失控。

虽然有很多风沙灌进王守林的眼耳口鼻里，可他如今却极为淡定，因为成功截停了目标。

只见王守林操控车子平稳减挡减速，随后慢慢用紧急制动减速，虽然最后车仍有些不稳定，但还是完美停到了沈溪花的车前。王守林将车子停稳后，抬手抹掉了脸上的那些沙子，也张嘴深吸上一大口气，双眸还有一些恍惚，因为刚刚这番以命搏命的操作，无异于半只脚踏入了阎王殿。王守林本人事后还是有些后怕，将深吸的一口气徐徐吐出，随后把猎枪和剩下的子弹全都拿上，推开已经破到不成模样的车门，迈着步子缓缓走下车去。

不一会儿，王守林便渐渐靠近了沈溪花已经侧翻的车子。中途，他还特意为自己点燃了一根烟，这是林森留给他那包香烟最后两根里的一根。王守林吸着这样的烟，才感觉紧张的精神缓解了不少。此刻，距离沈溪花的那台车只差几十米远。不过，王守林同样没敢太过掉以轻心，皆因沈溪花这老娘们太诡计多端了，对付这种阴险老狼子自然要时刻小心提防，切不可大意轻敌，稍有不慎就会输个一败涂地。

第四十二章　手枪抵头，黑金蛊惑

与此同时，沈溪花正在主驾驶位上痛苦沉吟。先前有一瞬间，她陷入了一种混沌状态，但随后又立刻调整好了状态，不断疯狂大口喘着粗气，目光里则满是恨意，恶狠狠地说道："这该死的狗鼻子，老娘今天怎么都要弄死你才行，不然我就不叫沈溪花！"

沈溪花将身上的安全带解开，随后整个人迅速下坠，碰撞让其面部表情更加狰狞。但她还是强行咬牙挺住，而后将副驾驶位的猎枪和子弹装好，随后用手打开车门。成功打开车门后，沈溪花没有着急要从车门爬出，而是通过后视镜去观察身后王守林的动向，结果并没如愿观察到王守林本人，反而先发现了那台已经停稳的车子。

沈溪花的心脏开始不受控地急速跳动，她又试图强行让自己保持平静，凝神朝王守林的那台车看去。但最终还是大失所望，因为驾驶位上早就没有人了。这自然就意味着王守林已经提前下车，还藏到了她无法轻易发现的视线盲区里。

"狗鼻子，果然不愧是老森警啊！"沈溪花内心极为气愤，但还是强行让自己保持冷静。

"王守林，咱们来谈笔交易如何？我等会儿给你五十万现金，你高抬贵手放我一马如何！"沈溪花用无比真诚的口吻继续说，"如果你认为五十万这个价少了，我还可以往上加价。据我所知，你们当警察的工资都不高，就算你现在是一个队长也不高，我给你这笔钱能让你安稳过完下半辈子了，

229

你好好考虑考虑吧。"

王守林自然也听到了，但没说话，内心没因此产生丝毫波动，他自然很清楚沈溪花的用意。

沈溪花本来也就是抱着试试看的态度，内心很明白王守林答应的概率非常低。但如果此刻王守林回话了，不论对方回答了什么话，都会让沈溪花迅速判断出王守林所处的位置。只要能判断出位置，那二人的局面自然又处于同一平面，就不会是王守林在暗，而沈溪花在明了。

沈溪花没因王守林不回答而恼羞成怒，她这小半生都游走于法律的边缘，算是彻彻底底的法外狂徒。沈溪花比花狍盗猎队成员都要聪明，她清楚无论处于什么局势，保持冷静都最为重要。

"王守林，你真不打算跟我做交易吗？我记着陈磊好像有个女儿来着，如今陈磊人已经死了，他可怜的女儿该咋办？光凭你那点儿死工资，能给她提供最好的教育吗？"沈溪花继续威逼利诱，想迫使王守林被迫接茬，"如果你不去努力搞钱，到时陈磊家那姑娘上不起学了，没有机会接受良好教育，你说到时等你下去了，陈磊会不会怪你呢？"

沈溪花不停游说，希望那些话可以让王守林的心改变，然后以此发现其下落。

此刻，王守林依旧蹑手蹑脚，朝沈溪花的位置摸去，他手中那根烟也烧到了烟屁股的位置。

王守林又看了眼手中的那根烟，摇头苦笑了一下，而后直接将烟屁股往自己衣服上摁。

王守林身上穿着的那件纤维质衣服顿时被烫出一个小火星，但香烟也因此完全熄灭。

王守林将吸完的烟扔到地上，调整自身状态到达最佳，继续往沈溪花的位置徐徐靠近。

"还真跟那个林森一个鸟样！"沈溪花见始终没人答复，恼羞成怒，破口骂了一句。

沈溪花看向副驾驶位，还是无奈只能摇头。现在副驾驶位已经完全被土坡堵住，肯定不会有机会能从副驾驶位出去，很有可能还不等她成功离开，王守林便已经将枪悄悄抵到了她的脑袋上，那时候会极为被动跟危险。

"手枪跟脑袋？"突然，沈溪花的双眸闪出一丝亮光，好像想到了能够破局的最佳法子。

沈溪花轻轻咧嘴一笑，开始整理剩下的那些子弹，而后目光无比坚定，看起来特别自信。

"正所谓富贵险中求，狭路相逢勇者胜，老娘也要豁出去了，等会儿好好跟狗鼻子赌一把命！"沈溪花自顾自嘟囔了一番。随后，只见她重新端着那把猎枪，将目光落到了主驾驶位刚刚打开的车门。她一咬牙，慢慢从驾驶位之中钻了出来。

果真，还没等沈溪花有什么大行动，就先被一把冰冷的手枪瞬间死死抵到了脑袋上。

沈溪花双目一凝，慢慢将手中的猎枪缓缓放下，她清楚现在最好的方式就是不轻举妄动。

沈溪花将目光缓缓看向手枪的主人，而后嘴角带上了一抹笑意，持枪者就是王守林。

"王守林，想开枪为你兄弟报仇吗？"这一刻，沈溪花清晰捕捉到了王守林双目中的杀机。

"沈溪花，说实话，我做梦都想为老林报仇！"王守林说着，又故意使劲儿往前顶了顶枪口。

沈溪花虽然被枪口顶着脑袋不假，可整个人一点儿都不慌张，反而还非常冷静跟淡定。

"王守林，你这么想就开枪吧，打死我为你兄弟报仇啊！"沈溪花又故意出言刺激道。

"沈溪花，你别逼我！"王守林厉声喊了一句，然后瞬间调转枪头，瞄准沈溪花的脚部便要射击。沈溪花一时间也是看了个目瞪口呆，万万没想到王守林会如此操作，他竟然改变了瞄准的位置。

王守林心中一早就有了想法，为让沈溪花能顺利落网，早打算抓捕对方后直接击伤。

沈溪花自然不会甘愿挨枪子，迅速开始往后狂撤，而后举起猎枪瞄准王守林就要开枪。

说实话，沈溪花原本是打算从王守林的枪口下逃生，她跟森林警察明里暗里打了这么多年交道，自然很清楚这帮警察骨子里都是什么性格，那就是敌人不把子弹打到你身上，绝对不会轻易开枪的性格。换句话来说，沈溪花的性命大于一切，因为只有活捉才能价值最大化。

沈溪花想利用王守林内心对警察这个身份的无上信仰，但她怎么都没有想到，王守林其实早就看穿了她心里的计划，并且很有魄力十分果断改变了射击目标。王守林之所以会如此果决，正因五年前没有这种魄力，才彻底失去了自己的好兄弟林森。五年后，王守林绝不允许自己重蹈覆辙了。而且要对付沈溪花这种极狡猾的女狼子，王守林认为自己就算使出浑身解数都很合理，因为沈溪花确实是个很厉害的对手！

不过，王守林最终还是失算了，因为沈溪花的计谋早在出车门时就研究好了，连带反应能力也超出了王守林的预料。只听两声枪响过后，沈溪花和王守林都没被枪械击中，沈溪花不管身后的情况如何，疯狂朝着右侧山林的方向跑去。王守林则因惯性向左一个踉跄，强行调整好身体姿态，但也被沈溪花拉开了一小段距离。

虽然这五年里沈溪花没有直接参与花狍盗猎队的任务，但她还是一直坚持锻炼身体跟进行体能训练，所以这五年里体能不仅没有下降，反而有着极大的提升。随着奔跑的速度不断加快，沈溪花感觉自己的身体越来越轻盈了，也不由得感慨自己这五年的努力没白费，亦开始庆幸没放弃体能训练。

"那些训练都没白整！"沈溪花嘴角冷笑，她还有幸福时光没享受，自然不想就此被抓。

沈溪花躲避成功后，内心有过短暂的欢愉，同时又升起了极大的谨慎，因为王守林的那套步法追踪肯定还是能找到自己的下落。如果不能把王守林给杀掉，她必然没有离开的可能。

当然，现在的沈溪花还不知道，王守林已经提前呼叫了警力支援，而且身上还装有一个信号追踪器。如今，现场的这两辆车都处于报废状态，沈溪花可谓是一点逃离的可能性都没了。王守林本来就是想玩一招瓮中捉狍，而这个狍自然是花狍盗猎队的老大沈溪花。等分局的支援队伍赶到，一切都将尘埃落定。

虽然沈溪花的速度极快，但王守林也不慢，一直紧跟在沈溪花身后，保持一定距离。

这也算是某种不成文的规矩吧，急速奔跑的状态之下，二人竟然都没有互相开枪射击。

二人的体力因跑了一段时间而开始下滑，沈溪花为了保存体力，迅速藏到了一处巨石后。沈溪花选择的藏匿的位置环境很好，恰好能遮挡住一个人的躯体，简直是最佳的掩护物。

沈溪花舔了下嘴唇，开始观察四周的动物脚印，随即又轻咳了一声，将状态调整到最佳。

"该死，这么多年狼子的本性还是没能改掉，习惯还真是一个可怕的东西啊！"沈溪花的嘴角抽动着，继续低声喃喃自语了起来，"如此看来，我还真是一个十恶不赦、跟森林和大自然有仇的老狼子，会干盗猎也是命中注定了！"

王守林自然听不见沈溪花的那番念叨，若是他能全部听到，定会冷笑着肯定对方的话语。

"听我一句劝吧，你乖乖束手就擒，我可以为你争取宽大处理。若是你表现良好的话，无期徒刑也很有可能。"王守林很清楚沈溪花不是傻子，因此没有以免罪的说法来蛊惑对方放弃，而是实实在在进行了一个提议。

当然，实际情况是判无期徒刑也不可能了，以沈溪花目前背负的人命数量来看，干盗猎这么多年藏匿下的黑金，甚至还涉及到了私藏军火的情况，估计要判死缓都不太可能，判死刑才是其最后的归宿。

"狗鼻子，敢情你这是要盼着我死啊！"沈溪花吐出一口唾沫，双眼在眼眶里转了几圈继续补充，"狗鼻子，我要是你就拿钱离开，所谓的忠诚跟正义能值几个钱呢？你这些年抓了这么多狼子，对于定刑的情况也很清楚。我如果被你抓了定会判死刑，这事儿我心里头可比你明白多了！"

王守林则面色铁青地反驳道："沈溪花，你本就犯下了滔天大罪，我如今是依法来逮捕你！"

"王守林，你未免也太高看我了。不久之前在我们大本营你也看到了，我是打算金盆洗手退出江湖了，而且你肯定也瞧见我车里那些枪了。我如今就实话跟你说吧，我跟境外那边的兄弟都商量好了，以后我是要去境外过完下辈子的人，你我何不做一笔买卖呢？你这次高抬贵手放我一马，我去境外好好享受美好生活，以后跟你一丁点关系都没有了。"沈溪花继续出言蛊惑，还顺势打出了另外一张牌，"你跟我交易的事，仅限天知地知你知我知，你拿了钱还能去帮陈磊的闺女，正好一举多得，为何不答应呢？"

"你就当卖给我一个忏悔的机会呗，你拿钱之后我便独自出境，咱们从此到死都将不复相见，根本没人会知道你收了我的钱啊！"沈溪花如今依然不忘继续蛊惑王守林，想以此去打动对方。如果对方真被说心动了，那样就能彻底避免一场生死斗。

第四十三章　狡诈如狐，一枪毙命

沈溪花毁"三观"的话传入王守林的耳中，让王守林惊愕之时，更加坚定了要抓捕对方。

若王守林今天让这个"三观"败坏的女狼子出逃境外，以后绝对会造成不可估量的灾害。

王守林决定不管付出什么代价，都要把沈溪花给逮住。类似这种一生都游走于法律边缘的人，自然会认为自己才是那位最强的命运之神，强到能掌握别人的生命。当然，这也要有一个前提，便是要有足够的钱跟势力。而沈溪花曾是花狍盗猎队老大，这样的老狼子到何处都会特别抢手，自然不用愁找不到同类。

"沈溪花，你赶快束手就擒吧，我现在只说最后一遍，不然莫怪我枪下无情！"王守林大声冲远处吼。其实，他内心也不是很喜欢跟对方继续纠缠，能尽快将其绳之以法，亦是王守林最大的心愿。

"王守林，你还真是一个爱认死理的狗鼻子，反正好话赖话都不听呗？"沈溪花勃然大怒，在她看来，自己这般低三下四与对方商量，已经给了王守林天大的面子，可对方丝毫都不给自己面子，"我之前都跟你说了，你拿钱把我放了，让我去境外报效祖国，给我一个机会就行！"

"沈溪花，你当我是三岁小孩不成？就你还想着报效祖国？肆意杀戮就是报效祖国？你这是给国家抹黑，你就是一个社会毒瘤！"王守林也彻底被激怒了，实在跟对方没什么话可以说。

若眼下换成蔺永清和王星蕊，王守林还不会如此暴怒，但如今面对的是杀兄仇人。

皆因沈溪花不单是杀掉林森的那个罪魁祸首，同样亦是花狍盗猎队幕后的最大主使。

沈溪花见几次游说都无效，随后直接探头瞄准王守林，二话不说就开始进行射击。她身上携带着大量子弹，可王守林那边的子弹数量不太多，若她跟王守林正式展开火拼，最后也一定是自己胜出。

"他的子弹应当不及我一半多！"沈溪花暗自猜测，双眸不停转动，心里已经有了计谋。

沈溪花第一个想到的计谋便是进行稳妥拖延，只要能跟对方不停对枪火拼，王守林的弹药肯定会先一步告罄，而那时自己将占据极大优势。第二个计谋便是边打边退拉开距离，最后也一定会以自己胜出而结束。想到此景，沈溪花的内心更加安稳，嘴角浮现出一抹笑意。

"狗鼻子，老娘今天一定要弄死你！"沈溪花将三颗子弹全部射出，随后也不管有没有让王守林受伤，整个人就迅速隐藏到了巨石之后。王守林则隐藏到了一棵巨树后边，感受着巨树发出的震动，脸上的神情比任何时候都要严肃。

沈溪花能想出计谋，王守林自然也可以想，他清楚自己现在所处的环境极为尴尬。原本对方车辆侧翻，王守林就理应一口气将之拿下，这时他内心也产生了一丝懊悔，本就该趁对方出现的瞬间直接开枪。

不过，最后王守林自己也释然了，现在的境况既然无法改变，那就只好欣然接受。

沈溪花开完枪直到躲回巨石后，王守林也没选择探头射击，因为反击意义不大，只会浪费子弹。如今，他正仔细思考着后续的破局之法。沈溪花发觉王守林没有开枪反击，嘴角扯出一抹冷笑，又开始迅速填装子弹，再度探头瞄准王守林的位置开始射击。

"砰！"一颗子弹飞驰而出，随着巨大的枪声传出，沈溪花大着胆子缓缓起身，而后在巨石的遮掩之下，向树林深处迅速走去。王守林躲藏在树后头，因为枪响的声音巨大，自然没有察觉到沈溪花已经开始移动了。

"砰！"又是一颗子弹从枪膛里头射出，只不过相比上一颗子弹来说打偏太多了。王守林望着这颗子弹的弹道方向，内心也是咯噔一下，王守林通过那个弹道方向，亦察觉到了沈溪花的用意。

"沈溪花真是个狡诈如狐的狠人！"王守林说出心里的判断，这背后其实存在两个陷阱。

沈溪花要么现在处于射击完逃离的状态，要么就是还留在原地等待王守林展开反杀。

若王守林认为对方处于射击完逃离的状态而探头射击，对方极大可能只是静静待在原地，瞄准王守林即将探出去的头，而那时王守林将会被沈溪花一枪毙命。而对方若是处于射击完逃离的状态，王守林却因第一种可能性产生怀疑没有追击，等到去追击时对方已经拉开了极大距离。

虽然王守林会步法追踪，但这种僵持的战场里，每耽误一点儿时间都会影响最终结局。

"该死！"王守林如今跟这种狼子对抗，需要时刻开动脑筋，不然随时都可能被算计。

可王守林没思考太长时间，仅三秒便下了决心，只见他迅速举枪探头，朝着右侧方一跃。

王守林等了两秒钟都没有任何情况发生，他缓缓吐出一口浊气，内心也略微安稳了许多。

王守林快速来到沈溪花躲藏的巨石后，也开始放慢了脚步，毕竟他不能排除沈溪花是否又留下了一个陷阱，正静静躺在巨石后准备给王守林致命一击。当王守林快要到达巨石后之时，突然双目为之一凝，只见在他的视线左侧处，出现了一块纤维质的衣服。王守林没有丝毫犹豫，果断举枪射击。

"砰！"一颗子弹迅速飞出，穿透了那纤维质的衣服。这也是王守林的果断之处，因为刚刚那纤维质衣服主人，也就是沈溪花，若真留在了石头后，自己没有及时开枪，死的人绝对是自己。

王守林一捏拳头来到巨石后，才发现那不过是简简单单一件衣物，根本就不是沈溪花。

王守林显然又被沈溪花下套了，也就是这简简单单的陷阱，让他又耽误了将近一分钟。

远处开始加快速度于丛林内奔跑的沈溪花此刻嘴角带笑，她留在原地的陷阱果真被王守林给触碰了。虽然对方已经成功识破，但沈溪花也没想过能凭借这件衣服，就能拖延对方多长时间。如今她跟王守林的距离已经拉开了将近五百米，虽然这五百米看起来不长，但在蜿蜒曲折的丛林之内，绝对不比平地里的一公里难度小。

王守林目光微凝盯向地面，片刻就开始加快速度，利用步法追踪搜索追随沈溪花。而沈溪花这么多年来一直研究反步法追踪，如今也终于派上了用场，她倒着奔跑，一边跑一边清扫自己留下的脚步痕迹。虽然这样在某种程度上，还是不能彻底消灭那些痕迹，但确实给王守林造成了一些负担。半个小时之后，王守林此刻距离沈溪花已经不过一百米，沈溪花听着身后穿越丛林的声音面色铁青。

"这个狗鼻子就不休息吗？"沈溪花怒声低骂，"真是比狗皮膏药都黏人！"

这半个小时之内，沈溪花用尽了所有手段和体力，不停奔跑时也消除了痕迹，本以为肯定能跟对方拉开越来越大的差距。但怎么都没想到，王守林半个小时的追踪，不仅没有降低速度，反而速度越来越快。沈溪花判断出王守林的位置后，无奈只好一咬牙，最后选择躲藏到了一棵巨树后。

沈溪花其实有些遗憾，早知道无法甩掉对方，就该利用这段时间去暗中布置陷阱。没想到陷阱没能布置，最后又出现了跟上次一模一样的场面。当然，如今沈溪花还稍微占着上风，而且还处于暗面，能够有很大概率干掉王守林。

"一会儿争取把狗鼻子一枪毙命！"沈溪花也开始厌烦猫捉耗子的戏码，此刻杀机越来越重了，她低声自言自语地念叨了一句，"原本我还打算放你一条狗命，如今看来要死一个才行了！"

不过，王守林此刻亦趁着沈溪花的胡思乱想，悄悄来到了她所躲藏的密林里。

王守林缓缓放低了速度，因为内心有种预感，沈溪花距离他现在的位置很近。因为在这片区域里沈溪花的痕迹已经开始不那么仓促了，而且有着很明显的拐点，自然就意味对方要么暗中布置了陷阱，要么是想暗中埋伏。

总而言之，这两个情况对于此刻的王守林来说，都不太友好。当然，如果是前一种情况，王守林确定陷阱位置后还会继续加快速度去追踪，怕就怕沈溪花很有可能是后一种情况。

王守林抓捕沈溪花的过程之中并不惜命，但他怕自己身死抓不到人，这对王守林来说很难接受。如今就算用自己的命去跟对方换命，王守林也不会心生悔意，因为他早就发誓要用生命守卫这片丛林。

只见王守林蹑手蹑脚在丛林之中行进，他打量着四周情况，没发现任何一处陷阱存在。

"难道是这个地方没有陷阱？"王守林眉头紧皱问道，不动声色地朝着一棵树后走去。

没过片刻，王守林就躲到了树后，轻轻探头开始寻找沈溪花有可能躲藏的位置，当然也不排除沈溪花根本就没躲藏于此，而是选择了急速离去。但这种可能性很小，王守林对自己步法追踪的能力很有信心。

果真，当王守林躲藏在巨树后没多久，确定沈溪花可能躲藏的一处位置后，出现了一个隐隐约约的人影。王守林的心脏加速，精神力也高度集中，不动声色地盯向那个位置。

此刻的沈溪花内心很迷惑，她刚刚已经感受到了王守林距离他的位置不会太远，但当她进行藏匿之后，却发现失去了王守林的声音。而这片丛林内，声音是她追寻王守林最主要的根据。因此，沈溪花不清楚目前到底发生了什么情况。

"狗鼻子追踪到了别的位置？"沈溪花暗自推测皱眉问，"他会犯这种低级错误？"

沈溪花暗自思索了很长时间，都没能确定王守林到底是什么情况。但说实话，她内心还是希望王守林能够出问题，因为这就代表着她拥有更多时间去逃跑，不用冒险跟王守林正面交锋了。

"不会被我吓到了吧？"沈溪花内心狂笑，确定没声音后，起身就要朝着丛林深处走去。

王守林此刻慢慢从巨树后摸索出来，以一种不发出声音但速度极快的步伐向沈溪花追去。

恰逢此时，沈溪花心中突然萌生出恐惧感，浑身被冷汗浸湿，想到了一个极危险的情况。

王守林有没可能通过步法追踪，发现自己躲藏到了巨树后头呢？很快她就打消了这个推测，因为她对自己这么多年来研究的反步法追踪能力还比较自信。因此，沈溪花还是回头看了一眼身后。也就是因为这一眼，让她瞳孔猛然收缩和目光呆滞。

只见王守林毫不犹豫地猛然扣动了扳机，一颗子弹火速射出，直接击中了沈溪花。

沈溪花被那颗子弹给击中之后，便朝着后方倒飞出去，最后"砰"一声摔落到地上。

此时的沈溪花内心只有一个想法，当即盯着王守林破口大骂道："老娘还是大意了啊！"

不过，最让人觉得诡异和不解的是，沈溪花被子弹击中的位置，居然没有半滴鲜血流出。

第四十四章　近身搏命，军刀扎胸

沈溪花疯狂喘着粗气看向子弹射来的方向，这才发现王守林早就在树木之后等待很久了。

这时，沈溪花的悔意也如潮水般涌来，原本她以为自己是黄雀，但大意之下变成了蝉。

"该死！"沈溪花低喝怒骂了一句，被子弹击中的滋味果然不好受，缓缓朝着树后爬去。

这时，王守林还没察觉出异常，他以为沈溪花已经中弹，正慢慢朝沈溪花的方向走过去。

可下一秒，让王守林错愕的事突然发生。只见沈溪花保持攀爬的姿势瞬间改变，竟然猛地起身朝着身后的巨树方向开始冲刺。王守林立刻举枪开始射击，但在沈溪花不断地躲避之中，没能准确击中对方。

沈溪花重新躲回巨树之后，才松了一大口气。她刚刚也考虑过趁机瞄准王守林偷袭，但是王守林不可能不防备，因此能够成功命中对方的概率很小，所以沈溪花还是选择趁着对方以为自己中枪进行逃亡。可这个过程同样很危险，一旦沈溪花在躲避过程中被王守林击中，那也就代表她要提前出局。可王守林没成功击中对方，也意识到沈溪花没中弹，毕竟他和对方使用的武器都是枪，一旦被击中是不可能爆发出超强能量的。

沈溪花的身上很可能穿了防弹衣，这是王守林心中的唯一答案。可让人疑惑之处是，沈溪花竟然有渠道能搞到防弹衣，但从某种程度上而言，也绝对不可能完美抵挡住子弹，除非对方搞到了制式装备。但制式装备管理这么严格，对方怎么可能搞到手呢？

也就在此刻，躲藏在树后的沈溪花不断喘着粗气，将自己的外套缓缓脱下。只见她外套下，居然穿着一件防弹衣。

如果王守林在此看到了定会顿时惊诧不已，因为这件防弹衣真正的主人是——林森！

原来，沈溪花当年杀掉林森之后，还顺手取走了他的配枪以及身上那件警式防弹衣，并且通过别的渠道购买到了一些普通材质防弹衣，随后用几件普通材质的防弹衣缝补，搞出了这件制式防弹衣。

"狗鼻子，你下手可真狠啊！"沈溪花躲藏在树后，喘着粗气骂道。此时的她已经清楚了，今天她跟王守林，能活着走出去的人只有一个。说白了，今日沈溪花想活下来，只能先杀掉王守林。

"你中枪了为啥没事？"王守林没有躲藏到树后，而是举着枪朝着沈溪花的方向赶去。

王守林现在的子弹已经不多，因此也就没必要躲到树后了。至于等支援赶过来，王守林率先否定了这个想法。身为一个拥有丰富经验的老警，他已经意识到，这压根就不太现实，支援来到这里最起码还要一个小时。如果对枪消耗的话，王守林根本挺不过一个小时，更何况沈溪花心思缜密，一旦发现王守林子弹消耗殆尽，绝对会赶尽杀绝。

因此，王守林现在是要给自己创造机会，创造出能一击必杀沈溪花的良机。

"告诉你又有何妨？"沈溪花冷笑着说道，"我穿了防弹衣，你应该也猜到了吧。"

"你从何处搞到的防弹衣？"王守林大声质问道，以此来遮掩自己的脚步声。

其实，王守林对于对方从何处搞到防弹衣压根就不在乎，因为这不是他的最终目的。

"这防弹衣是我花重金从海外特意采购，手枪估计你也认出来了，是林森当年所用之枪！"沈溪花极其狰狞地笑了笑，又冷声反问道，"不知道你死之后，又会给我留下什么宝贝。"

王守林没说话，距离对方位置已足够近了，迅速前冲出现到沈溪花面前，而后马上开枪。

只听"砰"一声枪响，沈溪花一时间被打了一个猝不及防，但依旧凭借反应能力迅速从树后方来到树的右方，巧妙且极其惊险地躲开了这一枪，还是没有被王守林方才的突击战术成功打倒。

"狗鼻子，你不讲武德啊！"接二连三地出错已经让沈溪花内心产生了极强的羞辱感。

沈溪花之前从王星蕊和蔺永清口中听到过，这二人跟王守林之前的战斗完全都是平等能力，没有谁处于劣势之中的那种概念。因此，沈溪花也先入为主地认为王守林战力不会很强或者特别难缠。可沈溪花如今发现，王守林绝对没有想象之中那么好对付。其实，她还考虑错了一个情况，那便是她有些太过盲目自信。这五年来，沈溪花将全部精力都放到了算计花狍盗猎队的成员身上，也就是用来算计自己人，没有跟王守林有过直接对抗。

"对付你不用讲规矩！"王守林说道。他突然察觉到沈溪花已经向远处开始悄悄逃遁，但他没有马上去追击。

"砰"又一声枪响，第一枪精准无误击中了沈溪花，但因为沈溪花穿了防弹衣，也只是让对方震荡而没有直接受伤，第二枪则是意外击中了沈溪花身旁的那棵树，显然没造成太大实质性伤害。

"狗鼻子，我跟你拼了！"这一刻，沈溪花心中的怒火燃起，回头举枪瞄准王守林疯狂射击。

沈溪花已经不想跟王守林纠缠了，不管怎么做都无法脱身，这个情况让她极其恼怒。

更何况这段时间的对抗，沈溪花也一直处于下风，让她这个花狍盗猎队的老大也打出了火来。

"你铁了心要跟我玩命？那老娘也不活了！"沈溪花躺在地上，朝着王守林连开三枪。

浓重的硝烟味从猎枪内飘出，但沈溪花没有任何不适，反而双眸内嗜血的杀性越来越强。

沈溪花没有任何犹豫，也没有马上更换位置，迅速站在原地开始更换起子弹来。

而当沈溪花面前的硝烟彻底消失后，也彻底看清了此刻王守林的状态。只见此刻的王守林捂着腹部，面色铁青，但手持枪却一丁点都没有颤抖。沈溪花看着王守林用手捂着腹部的位置，面露惊喜之色，她刚才射出的三枪，有一枪成功击中了狗鼻子！

"狗鼻子，没想到你也有今天啊！"沈溪花仰天狂笑，没有减缓手中更换子弹的速度。

随后，又接连四声枪响传出。这一刻，沈溪花和王守林算是同时开枪，只不过王守林因为没有及时更换子弹，手枪中只剩下了一发子弹，反而沈溪花拥有全新的三颗子弹，这对王守林非常不利。但这次上天没有眷顾沈溪花，这三颗子弹都擦着王守林的身躯飞了过去，反而是王守林的子弹准确无误地击中了沈溪花。

沈溪花再次被子弹巨大的动能击飞出去，倒地的一刻，她便立刻去仔细查看自己的伤势。

良久之后，沈溪花又狂笑起来："狗鼻子，看来我命不该绝，上天不想让我就这么死去！"

只见沈溪花防弹衣腹部位置有着两个巨大弹孔，就好似双胞胎平行出现到了防弹衣上。

若是那种完全重合的弹孔，那么现在沈溪花所受的伤势绝对不会如眼前这般轻松。

可沈溪花还没等继续嘲讽以及更换子弹，就突然看到远处的王守林猛然向自己冲刺而来。

"该死，看来这是真要跟我玩命了啊！"沈溪花又怒骂一声，迅速开始更换子弹。但随着王守林距离自己的位置越来越近，她根本没有足够时间去更换子弹，因此又意识到猎枪的意义已经不大了。

沈溪花当机立断迅速将枪械位置翻转，双手紧握枪托的位置，看向面前的王守林。

王守林也以同样的姿态冲向沈溪花，明显刚刚两人已经达成共识，改变了战斗模式。

王守林冲到沈溪花的面前后，便毫不犹豫用枪托朝着对方的头颅方向砸去。但沈溪花的反应也极灵敏，迅速用她的枪托与王守林的枪托对抗。两把本就材质不是很坚硬的枪碰撞到一起，随后犹如木头被斧头劈砍自动断成了两截。只不过这种断裂，是王守林和沈溪花手中的枪械一同断裂。只见无数碎屑开始纷飞，其中很多都打到了王守林和沈溪花的脸上，但二人都没有特别大的感触。

只见王守林又迅速打出一拳，目标直奔沈溪花头部。但沈溪花却好似早有预感一般，迅速下蹲左撤。完成这一系列动作后，她起身快速轰出一拳。而沈溪花这一拳的位置，正是王守林刚刚中弹的位置。这剧烈疼痛让王守林的脑门分泌出大量冷汗，原本因为中弹而麻木的腹部再度被唤醒，但王守林咬着牙没有后退。

因为王守林很清楚，这一刻自己绝不能后退，然后又故作佯攻，朝着沈溪花的面前迅速打出了一拳。沈溪花不禁面带笑意，认为这一拳跟之前没什么两样，于是再度下蹲左撤躲避。

可这一次，王守林完全不管腹部的那种剧烈疼痛，猛然间强行踢出了自己的左腿，弹腿瞬间命中沈溪花的头部，让沈溪花刹那间眼冒金星。这一脚王守林根本就没留力，几乎是用出了全部力气。

"狗鼻子，我一定要弄死你！"沈溪花面部狰狞，鼻子里流出了大量血，酸痛的感觉无异于中枪。

可下一刻，她便迅速调整好了状态，再度伸出一拳直击王守林腹部。王守林看到沈溪花这一拳，经过稍微的考虑之后，他选择强行硬接下这一拳，并且顺势朝着沈溪花的头部轰出一拳。两拳彼此都击中了想打的位置，王守林再也忍受不了疼痛，朝着身后退了一步，忍不住闷哼一声。

而沈溪花则直接倒退了三四步，缓了整整好几秒才恢复。虽然沈溪花有武术功底，但在经过警校专业训练的王守林面前还是远远不够。二人能够对峙的原因也很明显，因为王守林中弹了，战斗力方面远不能正常发挥！

王守林冷静地看向鼻青脸肿的沈溪花，不断分析着如何能快速解决战斗。其实在中弹之后，王守林便已经意识到自己的命运，那颗子弹早就深入腹部了。若他留在原地等待救援或许还能活命，起身作战就等于已经没了退路。

王守林还是决定要战，他要将这个森林毒瘤跟社会败类彻底铲除，这是他肩负的使命！

王守林因为受伤的关系，目光所见的东西也模糊了许多，甚至连思绪都没之前清晰了。

王守林强行使劲儿晃了晃脑袋，保持着作战姿态对向沈溪花。沈溪花继续猛然出击，只见她在地上迅速捡起一把断裂的猎枪，发疯一样朝着王守林冲去。而那把断裂的猎枪上还残留着一些尖端，若是被这尖端刺进身体，下场可想而知。若常人对战，第一想法肯定是躲避迂回。但王守林看到这尖端后想起了一个东西，没有后退反而朝着沈溪花冲去。

沈溪花见状不由得面色大喜，她也没有想到王守林竟然会这般愚蠢，居然赶着前来送死。

"狗鼻子，你也不过如此！"沈溪花的嘴角自动浮现笑意，好似已经能看到王守林倒在自己面前了。

下一刻，二人正式展开面对面交锋。沈溪花断裂的猎枪犹如刺豆腐那般，成功刺入了王守林身体里。可沈溪花脸上的表情没有预料之中那么开心，反而变成了震惊跟不解，因为情况的变化太过突然。

随后，大量鲜血从沈溪花嘴里喷涌而出，然后她用手推开了王守林，低头看向了自己胸部的位置。只见沈溪花的胸部下方正扎着一把军刀，而那把军刀锋利的尖端，已经成功突破了身上的防弹衣。

第四十五章　善恶有报，兄弟重聚

"这怎么可能呢？"沈溪花伸手擦掉嘴角的血，她有些不敢相信自己咋就这么轻易被反杀了。

沈溪花张大嘴拼命呼吸空气，鲜血从胸腔喷涌而出，可那一刀已经伤到了她的要害。

这么多年来，沈溪花首次受如此重伤，内心更因此无比痛苦和绝望，生机正在悄然流逝。

沈溪花不是没有考虑过会出现这种情况，但多年来的养尊处优加上即将实现的富豪级新生活，已经让她忘却了这种绝望之感。因此，沈溪花心生绝望时，双眸内更出现了对生命的极大渴望。

"我还不能死啊！"沈溪花如疯魔那般低声吼道，"我不能就这么死，我还要活着啊！"

下一刻，她用手去堵自己的伤口，但压根就堵不住，鲜血如同不要命般喷涌而出。

沈溪花曾经是一名医科专业的人才，内心其实很清楚自己的情况，如今她注定必死无疑。

王守林用那把军刀巧妙刺中了沈溪花的关键器官和动脉，而沈溪花身上没携带任何急救装备，如今等待沈溪花的就只能是死亡了。有一位哲学家说过，死亡本身其实不可怕，最可怕的是等待死亡过程中的煎熬。

此时此刻，沈溪花就处于如此状态。她整个人就像丢了魂一样，缓缓瘫倒在地。但当她看到面前正朝自己攀爬而来的王守林时，双眸内的绝望变成了无尽愤怒，就是面前这人斩杀了自己对于未来的美好希望！

沈溪花化愤怒为力量，开始朝着王守林的方向爬去，没过片刻就爬到了王守林身边。

此刻王守林双眸内意识已经涣散，但他内心还没放弃，那便是要把沈溪花给彻底拿下。

王守林强行抬头，映入眼帘的是一款女式靴子，最后又看到了沈溪花的脸微微一笑。

"该死！"沈溪花强行缓缓站起身，然后猛然踢出一脚，直接踢中王守林受伤的位置。

可正因为这一脚让王守林清醒不少，沈溪花要继续攻击时，王守林瞬间站起冲向沈溪花。

两人继续展开近身战斗，但因都有伤在身，拳头打到彼此的身上还有一些软绵绵之感。

"砰！"王守林将沈溪花给撞倒在地，立刻从自己腰间取出了一副银光闪闪的手铐。

那副手铐此时仿佛被赋予了一种特殊的使命，在阳光的照射之下是那么耀眼夺目。

下一刻，王守林将手铐一边打到了自己手上，随后将另一边打到了沈溪花的手上。

沈溪花因受到撞击还没回过神来，等听到手铐的声音欲反抗之际，便彻底失去了机会。

"狗鼻子，你是铁了心要跟我死一起吗？"沈溪花望着被铐住的手，很是气愤地质问道。

随后，沈溪花又低头看向自己受伤的那个位置，才发现鲜血流淌的速度已经开始变慢。

这情况自然就意味着失血过多，沈溪花的头已经开始轻度发晕，连带视力都大受影响。

那种感觉就好像一个正常人瞬间进入了醉酒状态，而且她此时全身上下都觉得有点冷。

沈溪花流出了眼泪，她很不甘很愤怒。她狠狠地拽着手铐，但注定只能徒劳无功。

沈溪花反抗许久也无果，就如同认命般躺到了地上，然后目不转睛地盯着身侧的王守林。

王守林嘴角带笑看着腹部的那半截猎枪，双眸内没有任何畏惧之色，反而写满了解脱。

"狗鼻子，为抓我把你自己搭上，"沈溪花看着王守林很疑惑地问道，"你一点都不后悔？"

王守林听着不禁咧嘴一笑，然后很淡然地说道："我真的一点都不后悔，因为我总算抓到你了，也为我兄弟老林报仇了。希望你下辈子投胎别继续当狼子了，不然老子还要抓你！"

沈溪花听着，不禁望天放声狂笑，但笑声渐渐越来越虚弱，她的生命正在疯狂流逝。

"狗鼻子，不管你怎么说，你最终还是输给了我！"沈溪花冷笑着反驳了一句，但下一刻眼神再次变尖锐起来，"你虽然毁了我的人生，也毁了我即将享受的美好生活，但你把命输给了我！"

话落，沈溪花拼尽全力想用左手打王守林，但却惊讶发现，她现在已经抬不起左手了。

沈溪花自然不愿意相信，疯狂想要用力抬起手来，但最后还是没能如愿顺利抬起。

这一刻，沈溪花彻底慌了，眼睛里流出了泪水，这是她对死亡最直观的恐惧。

"我毁了你的人生跟生活？"王守林冷笑着质问道，"你毁了多少人的人生跟生活？"

"你自诩花姐，拥有对别人生命的制裁权，可你有没想过，那些因为你而无辜死去的生命，还有被你残酷猎杀的动物呢？"王守林说着很是气愤，又丢下一句，"正所谓善恶有报，你现在就是遭受了恶报。"

"好一个善恶有报！"沈溪花短暂哭泣之后，想着反正王守林也要跟着她一起死不算太亏。

想到这里，沈溪花笑了笑，故意说道："狗鼻子，黄泉路上有你当垫背，我也不亏了啊！"

王守林扭头看着沈溪花这无比疯癫的姿态，冷笑不断地摇头道："咱们估计是不能同一路了，我是要去天堂跟兄弟们团聚的人，而你这种盗猎贼只能下十八层地狱，希望你下辈子别当狼子了，因为老子下辈子还要当警察，老子还要去抓坏人。"

沈溪花听着王守林的话又为之一愣，片刻后又仰天狂笑，但笑声越来越小，最后逐渐消失。

沈溪花的双目无神，木讷望天。这是她曾最喜欢的人间，但她马上就要离开了，眼泪顺着她的脸庞滑到锁骨处。但沈溪花还是跟没有任何反应一样，就这样一直用眼睛看着天空。

最终，沈溪花双眸内的颜色越来越淡直到发白，鼻子也停止了工作，一切都彻底结束了。

王守林扭动身子用右手去探对方的脉搏，发现脉搏已经消失之后，也暗松了一大口气。

王守林将身形调整了一下，从怀中摸出林森留给他的那包香烟，恰好还剩下最后一根。

"老林，你也挺会算账，给我留的存货正好啊！"王守林说着，又扭头重新看向了天空。

此刻，天空非常蓝，清风徐徐吹过，不远处还传来动物的叫声，一切都很平和跟温暖。

王守林将叼在嘴里的香烟点燃，一边吸一边自言自语道："老林，终于一切都结束了啊！"

王守林重新扭头看向躺在自己身边，死不瞑目的沈溪花，抓捕此人是他此生最大的执念。

而不久前，王守林亲手灭了心里的那份执念，成功终结了犯罪者，捍卫了内心的正义。

王守林狠吸一口烟缓缓吐出，大脑瞬间变亢奋。这一刻，他很是轻松，好像彻底解脱了。

王守林完成了对自己的承诺，用生命去守卫这片丛林，用生命去守卫自己看重的东西。

"还真是生死守卫！"王守林淡然一笑，双目也开始无神，但又充满着容纳世界的智慧。

王守林又吸了一口烟，随后夹着半截香烟的手缓缓落下。

当这口烟吸入之后，王守林没有将之吐出，脑袋一直仰望天空，双眸也开始失神了。

恰逢此时，王守林突然浑身一震，不知何时面前出现了一个身着体能短袖的男子。

王守林看向面前的男子，原本已经失去力气的身躯，不受控那般抖动了起来。

"守林，好久不见。"只见那名男子缓缓蹲下，面带笑意看着王守林打了个招呼。

王守林望着面前男子的面貌，眼里涌出了泪水，这人就是他朝思暮想的好兄弟——林森。因为林森的长相已经刻到了他心中，王守林这辈子都不会忘记，也不可能会认错人。

林森缓缓伸出自己的左手，王守林笑着将右手放到上面。下一刻，王守林竟能缓缓站起。

"老林，磊哥怎么没来？"王守林摩擦了一下手，又舔了舔嘴唇，看起来很兴致勃勃。

"谁说他没来，你看看那边！"林森用手拍拍王守林的肩膀，然后又指了指前方不远处。

只见位于前方的不远处，陈磊正叼着一个烟枪，一边吸着一边冲王守林使劲儿摆手。

"哈哈哈，果然是你啊！"王守林见状不禁笑出了声，这是那种见到老朋友的欣喜之感。

"兄弟，咱们过去跟磊子会合？"林森故意冲王守林挑了挑眉，然后开口发问道。

"行啊！"王守林点头回答道。这一刻，两人好似回到了当年，回到了读警校时的日子。

"老林，你可欠了我五年火锅，是时候该请回来了吧！"王守林看向林森皱眉逼问道。

"咱哥儿俩谁跟谁，不存在请不请。"林森说着又咳嗽一声，强行转移了话题，"话说守林，我可真佩服你，你这记性太好了，我五年前说的事儿你都没忘，不愧是当年警校公认的记忆小王子。"

"这事儿我能不记清楚吗？你可是不知道哈，为了你五年前承诺的火锅，兄弟我可好几个夜晚都睡不着，连在梦里都是想吃你请的火锅啊！"王守林万分感慨之前那每晚做梦的日子。

"行，我请，我马上就请好吧，真是怕了你这个倔脾气！"林森无奈摆了摆手，然后又补了一句，"干脆咱哥儿仨一起去吃吧，而且我五年前给了他一瓶酒，放到现在都能算是老酒喽，咱们到时可要好好整一杯才行！"

陈磊此刻也慢慢来到了林森和王守林面前，他抬头看向王守林，两人相视一笑。

林森一脸不解之色，他很疑惑地望着陈磊发问道："我刚才那话有啥问题吗？"

"当然有毛病，那瓶酒我送给你家丫头了！"陈磊一边吐出烟雾，一边笑着答道。

"你给她干啥？那么好的酒给她不浪费吗？更何况还存了五年！"林森很是气愤地吼道。

王守林赶忙帮忙打圆场笑道："老林，行了哈，天底下那么多酒，别盯着孩子们的酒了。"

片刻之后，王守林看向林森说道："别担心你丫头了，她身边有个好小伙，你就放心吧。"

"守林，啥好小伙呀，那人能有我好吗？"林森自动瞪大了眼睛，质问着王守林道。

"反正他比我还要好，我看人不会出错，你信我就行。"王守林望着林森无比认真地答道。

"森哥，你放心吧，那个小伙子我见过，给人的感觉很靠谱。"陈磊也借机补充了一句。

三人随后相视一笑，没有继续过多言语，片刻后就勾肩搭背，迈着步子朝远处缓缓走去。

从三人的语言之中可以听出，正在规划一会儿去啥地方吃火锅，然后吃完火锅去打篮球。

王守林一直目不转睛望着天空，嘴角露出一抹笑意，心跳声戛然而止……

第四十六章　失声痛哭，师徒永别

　　与此同时，建林道中数辆警车疾驰而来。第一辆警车内，负责驾车的是政委李许国，副驾驶位坐着的是秦卫山，后排则是一名警员跟林念。此刻，秦卫山正紧紧盯着手中的仪器，连大气都不敢喘一下。

　　只见秦卫山手中的仪器里有一个红点，而那个红点此刻没有移动，只是静静地定在原地。

　　"政委，还是没有移动。"秦卫山有些紧张地看向李许国请求道："能不能稍微开快一点？"

　　李许国也很焦急，这个仪器是探查王守林具体位置坐标的仪器，出发后由秦卫山看管。

　　只不过几分钟前，一直有细微变动的红点直接变成静止，好似凝固了那样一直没移动。

　　"政委，您确定这机器没毛病？"秦卫山皱眉发问，很希望李许国给出一个肯定回答。

　　李许国摇了摇头，一边开车一边回答道："卫山，这机器不可能坏。"

　　秦卫山又回头看了一眼林念，此刻的林念小脸煞白，黄豆般大小的冷汗已经布满了额头。

　　按照常理来说，王守林绝对不可能在原地那么久。虽然之前也有过静止情况，但每次静止的时间不会超过一分钟，可此刻已经超过五分钟了。最诡异的是连一丁点儿细微移动都没有，如果这个仪器没坏，就只剩一种情况了。王守林要么是身负重伤，要么就已经身死，这两个情况才会导致他无法移动。

可秦卫山和林念都不愿意往这方面去细想，因此才会不停催促李许国把车给开快一点。

其实，李许国内心也是如此，他很清楚王守林存在的意义，那可是最为核心的灵魂人物。

几分钟之后，车子抵达王守林和沈溪花丢弃车辆的地方，秦卫山和林念火速推门下车。

秦卫山站在王守林和沈溪花丢弃的车辆面前打量许久，林念一直认真观察着秦卫山的表情，但没从秦卫山的脸上看到任何异常表情，因为此刻的秦卫山表情不光很严肃，同时也特别凝重。

"秦哥，这个现场是什么情况？"林念不禁吞下一口口水，有些紧张地小声发问道。

"这个现场有两个人留下的痕迹，其中一个我可以很肯定是师父，另一个人我不是很清楚。"秦卫山有些懊悔地蹲下身子，继续观察地面上的脚印，良久之后才又继续补充，"另外一个人是一名女性，身高一米七左右，体重为 60 多公斤。"

"难不成这人是花姐？"林念听到报出来的相关数据后，眉头紧皱着主动反问了一句。

秦卫山快速起身，点点头附和道："很有可能是她，因为师父本就负责追击花姐来着。"

"因为花狍盗猎队如今只有花姐你和我没有见过，这个女人是花姐，她一直跟师父纠斗！"秦卫山快速分析了一下，随后看向李许国问道，"政委，您能不能打个电话问问去大本营的那帮兄弟，有没有查探到什么东西？"

李许国见事态紧急，立刻联系另外一队的带队警官，电话很快接通，他按下了免提键。

"老张，你那边什么情况？"李许国冲电话那头发问道，显然也是很关心那边的情况。

"李政委，我们发现了两具尸体！"被称为"老张"的带队警官，声音有些颤抖着回答道。

"发现了两具尸体？你这是什么意思？"李许国的眉毛一皱，意识到事情很不简单。

"女尸受了重创死因不明，因为身上没致命伤，男尸是被一枪爆头。"老张快速回答道。

"这一男一女都有什么特征？"李许国继续冲那头追问，同时也看向了秦卫山和林念。

此刻，秦卫山和林念都很震惊，居然发现了两具尸体，那这一男一女自然是野驴跟花蕊。

"王队到底做了什么呀？"李许国也同样很震惊，这打破了他对王守林以往的认知。

"政委，咱们快上山去找师父。如果我没推算错的话，上面跟师父缠斗的应该就是花姐了！"秦卫山确定王星蕊跟蔺永清死亡后，将插在枪包里的手枪拿出，持枪开始朝仪器上王守林的位置狂奔而去。

当然，若没有这仪器可以查看王守林的位置，秦卫山凭借步法追踪也能找到对方。

但现在秦卫山的心很乱。林念同样如此，她失去了父亲，自然不想又突然失去一位亲人。

两人爆发出极快的速度，转瞬就消失不见。李许国咬牙看向身边的队员，又看向离去的秦卫山和林念，摆了摆手大喝道："所有人跟我一起走，今天无论如何都不能让沈溪花离开这片丛林。咱们跟花狍盗猎队之间的恩怨，也是时候彻底清算了！"

全体队员都打起十二分精神，李许国带领众警快速朝秦卫山和林念离开的方向移动。

没过片刻，秦卫山和林念便已经最大程度不断接近王守林，最终瞧见了两个模糊的人影。

林念的视力自然没有秦卫山好，当她看到秦卫山的面部表情时，浑身也开始颤抖起来。

"秦哥，你刚才到底看到了什么？"林念扭头看向身旁的秦卫山，带着颤音轻声发问道。

"没什么，兴许是看错了。"秦卫山连忙挥手，没正式确定前，他告诉自己一定要冷静。

可距离那两个一动不动的人影越近，秦卫山就越冷静不下来，眼前所见实在太真实了。

不出片刻，林念也看到了那两个人影，李许国等人也很快来到秦卫山的身旁。当他们看到王守林嘴角的笑意以及空洞无神的双目后，所有警员都愣在了原地。李许国浑身不断抖动，内心怒火冲天，但怒火背后却满是悲伤。

李许国扭头看向秦卫山，发现身旁这个年轻小警，如今正泪流满面。

秦卫山的泪水如同大坝决堤，不断疯狂往外涌，彻底浸湿了他的衣襟。

男儿有泪不轻弹，只是未到伤心处。秦卫山望着王守林哭吼道："师父！"

林念从秦卫山的背后探出头，自然也看到了王守林的状态，整个人瞬间就要昏死过去。

李许国赶紧上前将林念扶好，但林念就跟丢了魂一样，死死呆呆地看着不远处的王守林。

数秒之后，林念心碎到连呼吸都非常困难，跪在地上失声痛哭："王叔，你不能走啊！"

随后所有的警员看着这一幕，都默默流下了泪水，站在原地齐齐向王守林敬了一个礼。

这期间哭声一直就没断过，因为昔日的好战友跟好队长牺牲了，众人将永远失去王守林。

秦卫山和林念二人一个站着，一个跪到地上，看着已经殉职的王守林内心伤痛不已。

师父为何宁愿将死亡留给自己，也不愿带着徒儿一同冒险？若有帮手，您也不会牺牲了。

秦卫山一边流着眼泪，一边迈步慢慢走到王守林那边，他最终半跪倒地注视着王守林。

如果不去看王守林腹部的半截猎枪，或许谁都不会认为王守林已经牺牲了，因为他的嘴角还带着一抹笑意，双目正打量着自己生前最热爱的世界，还有这片天空跟要守护的丛林。

秦卫山将王守林那睁着的眼睛缓缓闭上，从对方口袋中摸出钥匙，打开了手铐。

秦卫山将王守林给扶起，把他放到了自己背上，而一直哭泣的林念也在此刻止住了哭声，快步跑过去托住王守林，让秦卫山能更方便背。秦卫山没去看这片丛林，也没去看沈溪花，而是静静背着王守林朝来时的路走去。

秦卫山想起刚加入分局时，王守林便是这么"背"着他和林念一路成长，教会他在警队内如何学习跟进步，如何跟狼子打交道，如何对抗狡猾的花狍盗猎队，"背"着他走过了这一路的风风雨雨，而如今是该他背师父的时候了，好好陪师父走完最后这一段路。

秦卫山背着王守林每走出一步，哽咽就会自动加深一分，想着这一路走来见过的那些自然美景，他清楚师父刚刚其实又上了一课，上了他人生中最为重要跟宝贵的一课。这一课是当森林警察和从警的意义，也可以视为是对大自然的担当跟责任，而这份责任要用自己的生命去守卫。

"师父，我们回家吧，徒儿来晚了。"秦卫山流着泪水对背上的王守林低声呢喃道。

尾声　忠诚警魂，薪火永传

　　三年后，位于分局的女警公寓，林念平躺在床上呼吸平和，面带微笑，感觉像做了个好梦。

　　而那个梦里，林念又看到了那个池塘，看清池塘边的三个人影后，浑身亦为之一震。

　　林念的眼睛里流下了泪水，举目看向远处的那三个人，然后迈着大步往那边走去。

　　如今与之前梦境出现的情况相同，这一刻的林念竟然又被凭空出现的锁链给束缚住了。

　　林念呆呆地看着三个人影，咬紧牙关狠狠朝着他们冲去，而这时池塘边的三个人影似乎也感受到了突然出现的林念，三个人依次回头去看，果真发现了被锁链束缚的林念。但三人都没有出手帮忙，只是带着笑意看向林念。

　　片刻过后，三人竟然自顾自开始闲聊了起来，那些零零碎碎的声音传入林念耳朵里。

　　"老林，你说你家大姑娘能不能挣脱这些锁链呢？"陈磊抽着烟冲林森问道。

　　"肯定能，她可是我姑娘！"林森说完又看向王守林反问道，"守林，你说对不对？"

　　"那当然，她是我徒弟，肯定能行啊！"王守林一如既往地嘴角带笑，主动接茬附和道。

林念开始强力挣脱锁链，可奈何锁链束缚力太强，还是无法触碰到不远处的池塘。

林念咬了咬后槽牙，看向身边的那些锁链，怒火瞬间爆发大吼道："你当我好欺负吗？"

林念用手抓住自己身上的铁链，原本坚硬无比的铁链好似火遇到了水，开始消融。

林念见状没有半点喜悦，反而越来越生气，嘴上又骂道："原来都是纸老虎啊！"

林念将自己身上的铁链拆除，随后非常潇洒地一甩头发，便朝着王守林三人的方向走去。

"我家姑娘真飒，跟我年轻时有一拼。"林森无比感慨地赞扬道。

"老林，你真能往自己脸上贴金，小念比你年轻时优秀多了。"王守林没好气地反驳道。

林森没有继续回话，可满脸都写着欣慰之色，虽然王守林的评论是，自己不如林念。

三人就这样笑着看向林念，可就在林念要靠近三人时，脚步不知为何突然一顿。

林念仿佛想起了什么事来，轻轻咧嘴一笑道："老爹，王叔，陈叔，你们等我一会儿。"

三人顿时目瞪口呆，不清楚林念要干什么，但片刻后还是回复道："好，不着急！"

林念转头重新回到挣脱锁链的地方，把那些铁链全部拧断，一股脑儿扔到了池塘里去。

随后，林念拍拍手掌，看向王守林等人，嘴角带笑道："老爹，王叔，陈叔，好久不见！"

"好久不见，小念。"三人异口同声回答道。

"最近感觉咋样？"林森率先望着林念问道。

"挺好，老爸你们呢？"林念顺势出言反问道。

"我们仨也挺好哈。"林森亦咧嘴笑着答复。

"你们找我有什么事？"林念面带疑惑地追问道。

王守林迈出一步，缓缓走到林念面前，摸了摸她的头说："主要想看看你还有没有心魔。"

王守林这话让林念又涌现出泪水，最后她笑着点头道："王叔，心魔已经没了。"

"没有了就好，以后你要好好生活，好好工作，知道吗？"王守林语重心长地叮嘱道。

"王叔，您放心吧，我一直牢记从警使命！"林念笔直站在原地无比认真地回答道。

当林念说完这话之后，梦境瞬间发生巨大改变，她抬手擦擦眼睛，重新看向前方，但前方已经空无一物。

林念没去管梦境的突兀变化，而是快速走到池塘前，双手成喇叭状大喊："你们放心吧，我已经长大了，我会好好照顾自己，会当好一名森林警察，这辈子都要跟那些盗猎贼不死不休斗到底！"

话音刚落，林念从沉睡状态中醒来，打着哈欠看向床头柜，发现床头柜正不停地震动。

林念揉了揉眼睛将手机拿起，看到显示的来电联系人，微微有些不悦地按下了接听键。

"小念，你睡醒了吗？"那边传来了秦卫山沉稳的声音，显然是怕自己会扰人清梦。

"你坏了我的美梦，我梦到了王叔、我爸，还有陈叔，你要请我吃火锅！"林念发难道。

电话那边迟迟没传来回音，仿佛陷入了沉思。林念很清楚"王叔"两个字对秦卫山来说意味着什么，赶紧主动打圆场道："好了，不用你请吃火锅也行，换我请你吃如何？反正今天咱们俩休假，我已经预备好要被你狠宰一顿了！"

"好呀，你想请，我也没意见，反正不用我掏钱。"秦卫山笑着调侃道。

"秦卫山，你刚才跟我故意装悲伤呢？"林念则佯装气愤地大声质问道。

"好了，小念，没忘记今天是什么日子吧？"秦卫山重新轻声发问道。

"王叔的忌日，也是他留给你和我要看的信的日子。"林念的情绪有些低落地回答道。

"那你还不准备一下？把陈叔给你的酒拿着，咱们马厩见哈！"秦卫山开口安排道。

"好！"林念挂断了电话，依照秦卫山的意思，拿上了陈磊送的那瓶老酒赶去马厩。

没过片刻，身着便装的秦卫山和林念便出现在了马厩。二人跟三年前相比，现在的林念更为飒爽干练，而秦卫山则更为沉稳严肃。如今，二人身上总有一种好似经历了许多磨砺的气质。但这二人都很清楚，真正长大的那一刻，是因为三年前那片丛林里发生的事。

两人又深吸了一口气，坐上了彼此的坐骑，依然是白龙和青龙。不过，最让人心疼的是赤龙在王守林去世一年后，它也老去陪它的主人了。当时，林念掉了不少泪水，因为这代表让自己能记起王守林的东西又少了一样，也意味曾一同征战花狍盗猎队的战友不知不觉又少了一位。

不一会儿，二人骑着马带着花和酒来到了烈士墓园。秦卫山轻车熟路地带着林念来到了王守林的墓前。两人看着面前的干净墓碑，先是主动把花放到墓碑前，又互相对视一眼，都从彼此的目光中看出了伤感和追忆之情。

秦卫山又跪于墓碑前，如之前那般叩拜了三次，表示对师父的尊敬之后，才缓缓站起身。

随后，秦卫山看着墓碑缓缓说道："师父，你三年前留给我和小念的信，我要拆开了！"

林念也眨巴眨巴眼睛，仿佛期待着王守林能回应。这时，远处一缕清风微微吹过，好似回应了秦卫山和林念，王守林已经应允。秦卫山立刻拆开了信封，原来三年前当王守林牺牲之后，李许国便从办公室拿出了一封信。当时的李许国跟秦卫山和林念讲，这一封信是王守林生前所留。

不过，想要打开这一封信也有限制，王守林说是三年后的今天才能打开。

　　秦卫山和林念自然听从了王守林的遗愿，并没立刻就动手打开这个信封。

　　秦卫山将那个信封给拆开，看着很熟悉的字迹，泪水不知何时打湿了信纸，然后低声念道："当你们俩看到这封信时，我应该已经走了三年了。不过，我要特意说明一下，当我决定孤身前往花狍盗猎队时，就已经想到了牺牲的可能。因此，我不后悔这么选择，我人虽然身死了，可忠诚的警魂将会永存，亦会如同薪火那般代代相传。"

　　秦卫山念到此处，早已泪流满面，可还是继续坚持往下念道："我曾用生命向天地立下了誓言，要好好保护这片丛林。如今，这份责任也落到了你们身上。我还没忘记咱们初见时，卫山的话比较多，乐观阳光向上。师父希望你能一直保持这种性格，也不知道这么多年来你保持住没有，但为师相信你没变。"

　　"至于小念，你有心结，虽然我帮不了你太多，但希望你能打破自身的枷锁，勇敢突破自己。"秦卫山念罢看了一眼林念，然后吸了吸鼻子，"小念，如今三年过去了，你已经办到了吧？"

　　林念抬手抹掉不断流出的眼泪，带着哭腔接了一句："王叔，我办到了，我办到了。"

　　秦卫山见状，用另外一只手轻轻拍了拍林念的肩膀，又深吸一口气往下念道："如今，能在墓前看到你们我很欣慰，也不要为我伤心，我只是完成了自己许下的从警誓言。走好你们自己的从警生涯，做你们认为最重要的事。以后，我也帮不上你们了，你俩要好好保重，记住廉洁从警，执法为民。我去找老林跟老磊子了，勿念。"

　　虽然信件内容不长，可字字都满怀关切。又一阵清风吹过，这一刻的秦卫山和林念好似感受到了王守林的拥抱，静静听着风吟声，仿佛是王守林给出的回应。秦卫山深吸一口气，从怀中摸出林念给他的那瓶老酒，缓缓打开上边的瓶口，一股陈酿的酒香扑鼻而来。秦卫山拿着酒，缓缓倾倒在了王守林的墓碑前。

　　"师父，这酒你之前说过，要留着任务结束，咱们一起喝。"秦卫山望着墓碑上王守林的照片，一边流泪一边低声继续说道，"师父，如今任务已经结束，花狍盗猎队彻底被铲除了，咱们师徒一起喝个痛快。"

一旁的林念小声哭泣，用衣袖擦了擦眼角的泪，可泪水还是止不住狂涌而出。

倾倒了半瓶之后，秦卫山看着剩下的半瓶酒，最后举瓶默默喝下了二分之一。

随后，秦卫山把酒递给林念。林念一把接过剩下的酒，直接一饮而尽。

庆功酒已全部喝完，秦卫山从怀中拿出白色抹布，轻轻擦拭着王守林的墓碑。

"师父，原谅徒弟给您准备的庆功酒晚了些。"秦卫山一边擦拭墓碑，一边又自言自语道，"但好酒不怕晚，您说是不是呢？"

一阵清风又微微吹拂而过，吹动了树上的那些树叶。这一刻，树叶替王守林给出了回答。

秦卫山和林念又陪了王守林很长时间，分别在其墓碑前讲述自己三年里的变化跟成长。

秦卫山跟林念更加坚定，要替王守林跟林森好好守护这片丛林。二人都很坚信一点，王守林根本没有远去，而是化为了星辰和树叶甚至是清风，仍旧继续守卫着这片丛林。二人走出烈士墓园，秦卫山看向身边的林念，目光里满是呵护之意，而林念也扭头温柔地看向秦卫山。片刻后，秦卫山牵起了林念的手。或许这个情况也是王守林最希望看到的吧，但秦卫山和林念都比较腼腆，所以在王守林的墓前没这么做。

"秦哥，咱接下来干啥去？"林念因为之前喝了点酒，所以红着脸小声地问道。

"当然是去接芳然啊！"秦卫山轻笑着调侃道，"小念，我说你是不是喝多了呀？"

"你才喝多了呢！"林念抬手捶了一下秦卫山的胸膛，然后又问道，"带芳然去做什么？"

"当然是带芳然去吃火锅呀，你上次亲口答应人家这事来着，咋这么快就给整忘了？"

"对，我记起来了！"林念抬手轻轻拍了拍额头。如此看来，还真是刚才喝酒喝多了。

最终，二人走出烈士墓园。清风又吹动了树叶，仿佛是与秦卫山跟林念挥手道别。

黄昏的景色异常美丽，就如同斜挂的太阳散发炽热，层层的云朵笼罩住了自己的光芒，却不甘心被云朵遮掩，随后爆发出全部的力量。淡黄色的光如长剑，横跨整个天穹之上。秦卫山和林念就一同静静地边走边看。

突然，远处传来了轻微的马蹄声，秦卫山和林念向一旁躲避，静静站立。

随后，一个骑着赤红色烈马的身影，迅速从秦卫山和林念的身边掠过。

秦卫山和林念站在原地，看着那道身影有些呆滞。不知为何，二人感觉那一道身影是那么熟悉。但那位骑着赤红色烈马的人，好似压根没注意到秦卫山和林念，依然继续自顾自策马疾驰。

微弱的阳光照耀到那人的身上，男子的身姿非常挺拔，骑在马上这一刻的意境极美。

不知为何，秦卫山还是没忍住，突然鬼使神差地喊了一句："师父，师父真的是你吗？"

男子的身子突然一震，双手用力勒住烈马调转马头，侧头看向秦卫山和林念那边。

男子咧嘴爽朗一笑，然后轻轻摆了摆手，骑着马继续奔向前方广阔无边的茫茫林海……